中公文庫

命の家

上林曉病妻小説集

上林 曉
山本善行 編

中央公論新社

目次

命の家

上林曉病妻小説集

林檎汁

　今度は、武吉が、勝部氏から同情されるような立場になった。或晩、勝部氏は玄関から座敷へ通るなり、「気の毒ですなア、気の毒ですなア」と繰り返えしながら、爪先歩きでそろっと座敷を通り抜けると、縁端へ行って腰をおろした。「気の毒ですなア」を連発するほかには、その場の光景を形容する言葉がないらしい風であった。

　その場の光景というのは、積木のいっぱい散らかった座敷に、武吉が小さな幹子を抱いて坐っていて、そのそばには、広い掛蒲団を敷蒲団代りに敷いた上に、武吉の上の子供達が二人、狼藉たるさまで寝転っているのだった。姉の実枝は学校着の洋服のまま、脛をひっかがめ、右を下にして、蒲団の上端に寄って寝ていた。弟の行郎は実枝の足元に斜になって、タオル地の寝巻で、俯伏せに寝ていた。彼の投げ出した脚は、埃と汗で黒ずんでいた。それは今夜に限った寝様ではないので、武吉にはさして特別の感じもないのだが、それを初めて見る勝部氏には、なんとも言いようのない感動であったらしい。武吉の妻の恭子は、もう一週間も前から、暑さと衰労のために倒れて寝ていた。茶の間との間の襖が一

尺ほどあいていて、蚊帳《かや》の端が見えるのは、恭子がそこに寝ているのだった。だから勝部氏は、武吉の膝に抱かれている小さな女の子や、遊びに疲れて抛《ほう》り出されたように寝ている子供達の姿から、天涯孤独な哀れさを感じたのらしい。

「気の毒ですなア、気の毒ですなア」と言いながら勝部氏が坐ると、武吉は一寸《ちょっと》言葉もなく、今度は自分が勝部氏から憐れまれる境遇になったなと、初めて勝部氏を訪ねた晩のことを思い出していた。

　武吉と勝部氏の友情の成立したのは、半年ばかり前の冬の夜のことであった。以前武吉が雑誌記者をしていた時分、勝部氏に二三度外国文学紹介の原稿を書いてもらった間柄という以外には深い交際もないのだったが、その夜誘われるままにアパート住いの勝部氏を訪ね、勝部氏の侘しげな生活を眼にするや否や、武吉は深く心を動かされ、二人の間に急速に友情が成り立ったのだった。勝部氏は二三日前釣堀から釣って来た寒鮒を骨が柔くなるように煮つけながら、武吉に盃を持たせ、蛇がとぐろを巻いたような火《ひ》燗徳利《かんどっくり》から酒を注いだ。自身は湯呑茶碗に冷酒をゴボゴボ注いで煽《あお》った。勝部氏はどういう事情でか、十五になる娘と二人暮らしで、勉強机が仲好く並んでいた。女学校二年の娘は、その時もう床のなかで眠りこけていた。口をあけ、すうすうと寝息を立てながら、読みさしの少女物語が枕もとに転っていた。去年の暮、雇っていた女中に着物や洋服などすっかり持ち逃げされ、家を畳むことこれで三回だと言っていたが、勝部氏の部屋で目に触れるものすべて、

生活のうら淋しさを唆《そそ》らないものはなかった。武吉は気の毒なような、悲しいような気持で、すでに頭の髪の薄くなった勝部氏の微笑を含んだ顔を見るのであった。

　武吉はその夜のことを、今思い出したのだ。あの時は、自分が勝部氏の境遇に同情をしていとおしんでいたのに、今は自分が同情される身になっているのだと思わないわけにゆかなかった。武吉はあの時の自分の心持を思い浮べ、勝部氏が自分の境遇に心を動かされている気持をそっくり察することが出来た。

「奥さんの工合はどうですか。」と勝部氏はバットを吸いつけながら小声できいた。

「どうも好くなくって困っていますよ。今さきも寒けがするというて、手袋と足袋が欲しいと言うんです。この暑さにそんなことをすると悪いだろうと言ってもどうしてもきかないから、仕方なくさせましたがね。襖も明け放った方がいいと言っても、寒けがすると言って明けようとしないのを、やっとあれだけ明けさせたんですよ。」と武吉も声を潜めて言った。

「医者には診《み》せたんですか。」

「ええ、近所の医者に診てもらったんですが、五月頃子供が三人一緒に麻疹《はしか》にやられ、実枝が肺炎になったりしたのを医者も見ていますから、その時の看病疲れが出たんだろうと言うんですがね。——それは近因で、根本の原因は、もちろん生活上の心労だと僕は思っています。」

「あなた一人じゃ、病人やら子供さんの世話が大変でしょう。」

「ええ、さっきまで派出婦がいたんですがねえ、急用が出来てかえったものですから。……明日は別なのが来ることになっています。派出婦が来りゃどうにかやってゆけますよ。」

「大きい人はいいでしょうが、小さい人が困るでしょう。」

「それが、案外世話が焼けないから不思議ですよ。これで母親が病気だということを察するらしいんですね。女房が寝つく前まではまだ乳をしゃぶっていたのに乳もやめるし、洗濯しても買い出しに行ってもお袋のそばを離れなかったのが、夜は僕と一緒に寝るし、女房のそばへ寄りつきもしないですよ。その代り、水を飲んでも、飯を食っても、みんな僕がしてやらなくちゃならんですがね。」

「それじゃ、仕事もあまり出来ないですね。」

「このところ全然出来ないんですよ。今日は一寸急ぎの仕事があったものだから、その間中、派出婦に頼んで、バスに乗りに連れて行ってもらったんですよ。バスに乗るのが好きで、バスに乗ってそこらを一廻りして来るんです。夜もまたバスに乗るって言ってたんですが、バスはもう寝たよ、というとやっと納得して、積木で遊んでいたところです。」

　そう言っている口の下で、幹子は泣き面になりながら、「御飯、御飯」とねだりはじめた。「さっき食べたばかりじゃないの」と言うと、「おなかが空いた」と悲しげな声を出し

た。

「じゃア、一寸失敬します。」

武吉は勝部氏を一人残して台所の方へ立った。

「お菜《さい》は何にするの？」

「鰹節削って。」

武吉は飯をつぐと、鰹節削りを持ち出して鰹節を削った。時化《しけ》で菜《さい》のないとき、鰹節を削って醤油をかけて食べるのは、彼の郷里の習わしで、彼の子供たちも菜のない時はいつの間にかそれをするようになっていた。支度が出来ても、まだ不興げで、なかなか箸を取らないから、

「さア、早く食べないの。」と促すと、

「お茶漬けにして。」と言う。

お茶を沸かして、入れてやると、今度は「お匙がいい。」とまた半泣きだ。

武吉は泣き出されて、手がつけられなくなるのが一番怖いから、言いなり次第、匙で掬《すく》っては食べさせた。一杯の飯が半分もすまないうちに、今度は便所である。武吉は幹子を抱きあげると、便所へ立って行った。

やっと食事が済んで座敷へかえって来ると、「なかなか大変ですね。」と勝部氏が我が事

のように溜息をした。

「僕も近いうちに一冊小説集を出すし、少し生活が開けたかと思っていると、今度は女房が病気になるし、なかなか思うようにいかないものですね。」と武吉は苦笑をした。

「それはまだ本当に運が開けたんじゃないですよ。本当に運が開けたひとは、次ぎから次ぎと起ることが全部好いことばかりらしいですから……。」

「そりゃ、そうでしょうね。」

「運が足踏みしてるんですね。」と言って、勝部氏は初めて口を開いて笑った。

「今朝も、近所にいる青木克己君が満洲へ旅行する暇《いとま》乞《ご》いに来てくれたので、女房の病気の話をすると、なにも悪い事をしないのに不幸が来るなんて、人生て変なものですね、と言って行きましたよ。」

「悪と不幸とが因果関係にあれば、人生のことも簡単ですがねえ。善の結果が不幸になったり、悪の結果が幸福になったりするから、人生のことって判らないですね。」

「僕など表面上悪事はしないかも知れないが、文章を書けば、生活と健康に行き詰って天寿を全うすることが出来ないかも知れないだの、自分の立っている姿を見ると風前の灯のように頼りない気がするだのと書くんだから、これが女房の心身に影響を及ぼさないはずはないと思います。そう思うと、結局僕が悪事をしていたことになるんです。」

「そんなこと言っていては果てがないでしょう。それは寧ろ、あなたが誠実に生きている

証拠ですよ。だから奥さんが病気になられたことは今更仕方がないから、あとは全力を尽して恢復を計ってあげることですなア。」

「それに間違いはありません。」

そんなことを話しているうちに、武吉の膝の上の幹子が胸に凭《もた》れて眠り込んだので、勝部氏は立ち上った。

「何か用事があるときは、電話をかけて下さい。すぐ来ますよ。」と勝部氏はアパートの電話番号を教え、「お大事に」と言ってかえって行った。

それから中一日おいて、武吉はとうとう恭子を近くの南部病院へ入院させてしまった。病院に行って一週間か十日位寝て来てはどうか、そうしたらきっと快《よ》くなるよと説き聞かせ、医者もそれを奨めたけれど、恭子はどうしても入院しようと言わなかった。入院する費用があったらおいしいものを食べて滋養を摂る方が好いと言い張るし、それほど入院させたいんならその代りに純毛の毛布を一枚買ってくれと頼むのだ。その言うことは尤《もっと》もな言い分なのだが、その言い分を聞いていた日には病気が長引くばかりだから、強引に入院させてしまったのだ。朝の十時頃眠り薬を注射して、注射後一時間位の一番深い眠りに落ちた頃を見計らって自動車に乗せ、病院へ運んだ。武吉が頭の方を持ち、運転手が足の方を持って、毛布にくるまり、まるで生きた人とも思えない恭子を自動車に移したのだった。病院に着くと担架に移され、担架車に載せられて病室へ運ばれて行った。

夕方、武吉は三人の子供を連れて病院からかえって来た。恭子は一度眼をあいたきりで、まだ眠りから醒めていなかった。院長に簡単な容態を聞き、附添看護婦にあとを頼むと、武吉達は引き上げて来た。途々幹子は歩き疲れ、武吉は抱いて歩かねばならなかった。三つにしては大きな幹子はなかなか重くて、武吉の額と麦藁帽の間からは、水のような汗がタラタラと流れた。彼等のうしろからは、実枝と行郎がついて歩いた。行郎は幹子のぬいだ下駄を提げていた。実枝の提げた風呂敷包みのなかには、玩具の如露《じょろ》とキュウピイと渦巻パンが入っていて、市場の前まで来ると、目刺しを二把《わ》買い、氷屋の前へ来ると、アイスクリームを四つ買い足した。

かえって来ると、子供等にはアイスクリームを当てがっておいて、武吉は夕方の支度にとりかかった。茶を沸かし、目刺しを焼こうとしていると、幹子が泣きはじめた。アイスクリームは半分も食っていない。武吉は機嫌をとりながら抱きあげてみたが、いつまで経っても泣きやまないような泣き方なので、武吉は一番恐れていたことが遂に来たような気持で、一時はのぼせ上ってしまった。子供の泣声には、普段とちがって、母親を恋う遣る瀬なさと淋しさが籠っていて、その顔には神経衰弱のような翳《かげ》が見え、武吉自身もどうして好いかわからない悲しみに引き入れられるような気持がするのだった。いつまで家の中を歩き廻っていても仕方がないので、泣き喚《わめ》く子供を抱いたまま外へ飛び出した。しばらくそこらを歩き廻ったすえ、湯屋の煙突の肩のところに、若い月が懸っているのを見つけ

たので、「お月さん、櫛みたいだなア」と指さすと、子供は涙を光らせたまま一瞬息を呑んでいたが、突然からっとした声で、「ピカピカお星さんだよ」と、月に近く光っている星を指さした。その時の嬉しさ！　武吉は頭のもやもやが散って、世界が明るくなったような気がした。それからなおしばらく下火になった啜泣《すすりな》きがつづいていたが、S大学幼稚園のそばまで来て、プウルで音を立てて吹き上っている噴水を見せようとすると、幹子はすでに眠りに落ちていて、汗臭い頭が武吉の肩に温い重みとなって凭れかかっていた。

　眠りをさまさないよう用心しいしいうちへかえると、「真田さんの奥様が幹子にって」と言いながら、実枝が青い林檎を差し出した。幹子の泣声を聞きかねて隣の奥様が持って来てくれたのだろう。真田氏の奥様の郷里は岩手だから、郷里から送って来た今年の林檎であるらしかった。武吉は幹子を六畳に寝かしつけると、その頰にすれすれのところに林檎を置いた。

　武吉は台所へかえると、棚にトマトがあったので、ふとビイルを飲みたいと思い、「実枝、三州屋さんへ行ってビイルを一本貰って来い。」と座敷へ叫んだ。「ハアイ」と返事して実枝が玄関から走り出ようとすると、出会い頭に誰かとぶつかったらしかったが、直ぐ、「お父さん、勝部さんがいらっしゃったわよ。」と叫んだ。

　シャツと猿股のまま玄関に出ると、勝部氏が立っていた。

「奥さん、どうですか。」

「今日とうとう南部病院へ入院させたんです。」

「それがいいでしょう。その方が早いでしょう。」

「今病院から戻って夕食の支度をしているところです。まア上りませんか。」

「夕食済むまでそこらを歩いて来ましょう。」

「そうでしたら、済みませんが、一寸あがって下さいませんか。僕、一走り派出婦会へ行って来たいと思いますから。八時迄に行かなくちゃ、明日の派出に間に合わないかも知れないんです。」

「じゃア、僕が行ってあげましょう。」と勝部氏は、武吉から派出婦会への道順を聞いて出かけて行った。

　武吉は大急ぎで膳の支度を整えた。目刺しのほかに、トマト一皿、胡瓜四五本が食卓の上に並んだ。三州屋にビイルが品切れだったので、今度は高津屋へ、三本買って来いと言って、実枝に金を持たせてやった。

　桶の中のビイルに井戸の水をかけて冷やしていると、玄関に勝部氏の声がして、「明日の朝派出婦が来るそうです。」と言った。

　武吉は明るい気持で出て行って、「そうですか。そりゃどうも有り難うございました。派出婦が来れば一安心です。まア一寸上って下さい。」

「雨がボツボツ落ちてるんで。」とためらう勝部氏の横顔を稲妻が照らし、雷が鳴った。

「帰れなくなったら、泊っていただいてもいいですよ。」

「子供が一人で待ってるんで、泊るわけにはゆかないが……。」

という勝部氏に結局上ってもらって、二人は小さな食卓に向い合って、最初のビイルを一杯飲みほした。実枝がひとり、二人の横に坐って、目刺しの菜で夕飯を食った。行郎は飯の支度が待てず、幹子の足元に横になって鼾《いびき》を立てていた。

「よくビイルがあったですね。」と言いながら、勝部氏は丸胡瓜に塩をつけて囓《かじ》った。

「いや、取りつけの方の酒屋は品切れで、もう一軒の酒屋に行って、やっとあったんです。」

「僕の近所には一本もないですよ。この間はうちで飲みたくなったので、空瓶を持って行って近所のバアから生ビイルを買って来て飲んだんですよ。」

「ビイルの量り買いは珍らしいですね。」と武吉は笑ってから、「今夜は僕、病人を入院させて、なんだかほっとして、一杯飲みたいと思ってたところへあなたがお見えになったんで、嬉しかったですよ。」

「ほっとしたでしょうね。病院に入れれば安心していられるし、同じ気にかかるにしても、目の前に病人を見ているのと見ていないとでは、気持が随分ちがうでしょうからねえ。」

「違いますね。なんだかせいせいしましたよ。そこのところへ蚊帳を吊って寝ていて」と武吉は勝部氏の坐っているあたりを指さしながら、「呻《うめ》いたり、寒がったりするのを毎日

見ていると、こっちまで苦しくなって、実に憂鬱でしたよ。」

「病院へ行った方が、本人のためにも、あなたや子供さん達のためにもいいですよ。」

「今朝まだ暗いうちでしたがね、女房が僕を呼ぶんです。行ってみると、側を離れないでくれと言うんです。よし、よしと言うと、子供等もみんな連れて来てくれと言うんです。まだ寝ているからと言っても、構わぬから起して来てくれと言うんです。逆らうといけないと思ったから、睡《ね》むたがる子供等を起して女房の側へ集まったんです。女房は僕の手を取って、みんなここを離れないでくれと言うんです。僕は心細くなりましてね、万一のことがあるのじゃないかと心配になって、早く夜が明けりゃいい、早く夜が明けりゃいいと思っていたんです。そんなにして一時間ばかりしていると、心が落ちついたのか、みんなあっちへ行ってもいいと言って解放したんです。その時は、実際ほっとしましたね。それから夜が明けると直《す》ぐ医者へ飛んで行って入院の相談をしたんです。」

その時すでに、雷鳴は豪雨を伴って、家のぐるりに立ち罩《こ》めていた。隣の家の板壁に当るしぶきが部屋の中まで飛んで来た。吹き込んで来る風は膚《はだ》寒くて、戸障子もあけていられなくなった。飯を終えた実枝は、食卓の横にごろりと転《ころが》って、とうに眠っていた。一通り戸障子を閉めて座にかえって来た武吉は、「好い雨ですね。好い雨ですね。」と何度も言った。真夏に膚寒い思いのするのは、からだの弱い武吉にとって、何物にも替えがたい喜びであった。

「これで昼の暑さを洗い流してしまうでしょう。」と、勝部氏もはだけた胸をかき合わせていた。

「今日は暑かったですね。僕は子供を抱いて、病院との間を三度歩いたですが、汗が流れてかなわなかったですよ。」

「子供さん達みんな病院へ連れて行ったんですか。」

「最初病人を運ぶときは、小さいのだけ乗っけて行ったんです。ほかの連中も一緒に行きたがったですが、叱りつけてうちに居させたんです。淋しそうに自動車を見送っていましたがね、三時頃気にかかるので一度様子を見にかえると姉弟《きょうだい》が泣いているんです。それまでは近所の子供たちと遊んでいたらしく、部屋のなかはいっぱいに散らかっていましたが、弟が誰かと喧嘩して泣かされると、急に淋しくなったのか、姉も一緒に泣き出したらしいんです。その時まだ昼飯を食べていないので食事をさせ、それから家を閉めて、みんな病院へ連れて行ったんです。」

「昨日来ると言ってた派出婦は来なかったですか。」

「来るには来たですが、嫌やな奴で、昨日一日いてかえったんです。来るといきなり家の中をじろじろ見て、子供はないと聞いていたとか、奥様の病気はもう快くなっていると聞いていたとか言って、こっちがサアヴィスしてやらなくちゃ仕事もしないような奴でした。しかし僕も困っているから、もう一日だけいてくれないかといくら頼んでも、かえると言

って、昨夜かえったんです。あと頼んだけれど、今日は人がなかったと見えて来なかったんです。」

「そいつは困ったでしょうね。いや、困った時には一寸した親切が実に有りがたく、その代り不親切な奴は骨髄に徹しますなア。」

「実に嫌な女でしたよ。――時にあなたの訳したチロル農民小説集は大変評判が好いらしいですね。」

「再版するらしいですよ。」

「そりゃ、よかったですね。」と言いながら、武吉は残り少くなった三本目のビールを勝部氏のコップへ注いだことまでは覚えているが、それからあとのことは少しも覚えていない。「ああ、今日は疲れたよ」と言いながら横になったのが不覚のもとだったらしい。彼は昼間の疲れに酔いを発して、そこに眠ってしまったのだ。どれだけの時間寝ていたか知らない、彼は夢現《ゆめうつつ》のなかで、幹子の泣声を聞いていた。初めは、誰の声だかわからず、どっかで聞いたことのある声のようだと思っていると、それはだんだん幹子の声になって行った。夕方外に抱いて出た時の泣声がまだ耳に残っているのらしくもあれば、妻がまだ元気だった時分に聞いた泣声のようでもあった。遠くで泣いているようでもあれば、近くで泣いているようでもあった。武吉は眠りながら、幻の声のつもりで聞いていたのだったが、それが肉声となって耳いっぱいに響いて来ると、彼は突然眼を開いた。おやっと思っ

てあたりを見廻すと、勝部氏の姿が見えない。と、六畳の部屋では、幹子が眼をさまして、火のついたように泣いていた。彼は思わず立ち上って六畳の方へ行くと、泣き号《さけ》ぶ幹子を寝かしつけようとして団扇《うちわ》で煽いでいる勝部氏の跼《かが》んだ姿が眼に入った。

「済みません、済みません。お客さんをすっぽらかして寝てしまって。ぐっすり眠り込んで、子供の泣き出したのもちっとも知らなかったんです。」

と言いながら、武吉は幹子を抱き起し、勝部氏の手から団扇を取って煽ぎはじめた。幹子の顔には筋が立ち、汗が吹いていた。

「なかなか泣き止まないですね。おなかが空いたんですよ。林檎の汁を飲ませましょう。おなかが空いて泣く時は、林檎の汁が一番いいですよ。」

　そう言って立ち上ると、勝部氏はそこに転っていた青い林檎を握り、台所へ行った。やがて大根下ろしを探し出したらしく、流しの上でゴシゴシと林檎を擂《す》りはじめた。

（昭和十四年九月）

夜霊

一

毎月一回金曜日を選んで、先輩浅田氏を囲む親しい文学仲間の集りが行われていた時分のことであった。或る風の騒がしい夕方、基行は濠端を電車に揺られて会に出かけながら、柳の枝を靡《なび》かす突風が窓から吹き込む度に、息を呑み、ぞくっとからだを縮めていた。その日初めて合服《あいふく》を着て来たためばかりではないらしかった。悪寒だった。

会場に着いてからも、基行は窓から離れた部屋の隅に蹲《うずくま》っていた。会場は、銀座裏の堀に臨んだ或る倶楽部の二階座敷だった。開け放った窓からは、濁った堀の水を隔てて、ゴタゴタした街裏の家並が見えていた。当り前なら、それは決して嫌いではなく寧《むし》ろ好きな眺めであったが、外気に触れて鳥毛立つのが厭《いと》わしさに、手摺《てすり》に倚《よ》ってみる気さえ起らなかった。

そして間もなく浅田氏も見え、その二月くらい前に亡くなった近松秋江の思い出話を中心に、皆の興が乗りかけて来たところで、突然差し込むように腹が痛みはじめたのである。基行は一座の興を殺ぐのを恐れ、顔を顰《しか》めながらも、腹を抑えて一生懸命に怺《こら》えていた。しかし、痛みが激しくなる一方、痛みの前触れだった悪寒も募って来て、ガタガタ身慄いをしながら、だんだん気遠くなって行った。面白いはずの話も、今はもう耳にガンガン響くだけだった。

怺え性を喪った基行は、座を立って、部屋の端へ行って横になった。彼は息を詰め、脚を縮《ちぢ》かめながら、右に左に輾転《てんてん》した。俄《にわか》に快くなる当てもなかったが、立って帰って行くだけの元気もなかった。顔の色が退き、額に冷汗の浮くのが感じられた。中学校の寄宿舎で、やはりこうして腹痛を起して、蒲団の上を転げ廻っているところを、同室の上級生に負ぶさって医者の許へ連れてってもらったことが、腹の痛みの差し込みにつれて、疎ましく頭の中に浮んだり、消えたりした。

それを見兼ねて、立って来てくれたのが、会の幹事の庫田だった。庫田は暫く背を叩いたりさすったりしたあと、階下へ降りて行って、倶楽部の小母さんに医者のところを尋ねて来た。基行は庫田に伴われて、医者へ行くことになった。階段を降りようとするところで、後から追っかけて来て、基行のポケットへ十円札を押し込んでくれたのは、石川だった。

「万一の用心に。」と石川は言った。

宵の口の街通りを、基行は庫田の後について行った。歩く度に腹にひびくので、腰を曲げ、両手を脇腹に当てがいながら、そろそろ歩いて行った。

「胃痙攣《けいれん》でしょうな。」

「そうでしょう。僕は盲腸は切除してるんで、無い盲腸の痛むはずはないんだから。昨夜友人と遅くまで飲んで、今日は何んだか、朝から工合が悪いと思っていたんだ。飲み過ぎた罰ですよ。」と言って、基行は強いて歪んだ笑いを浮べた。

「胃痙攣なら、注射すれば直ぐ癒《なお》りますよ。」

「そうでしょうね。……今夜は折角の金曜会を台無しにして済まないなア。」

「いえ、それより、早く快くなればいいんですがね。」

「浅田さんにも済まないなア。」

「先生も心配されていましたよ。」

教えられて行った医院は、折柄チフスの予防注射でごった返す騒ぎだった。医院の片脇には、町内の役員らしい人たちが卓子を置いて受附を構え、玄関から待合室にかけては、順の来るのを待つ人、注射を終えて肌脱ぎになって出て来る人たちで、犇《ひし》めいていた。庫田は基行を外に待たせ、人波を掻き分けながら、医院の中へ入って行った。

「胃痙攣で急な病人を連れて来たんですが……」と交渉する庫田の嗄《しわが》れた声が、医院一杯

の喧騒を縫うて聞えて来た。

「忙しくて、どうしても駄目だって。……その先にもう一軒医者があるそうですから、そこへ行ってみましょう。」

　庫田は出て来ると、先に立ってまた歩き出した。駄目だと聞くと、基行はもう一刻も猶予ならぬ気持で焦りながら、重たい足を引き摺ってついて行った。心なしか、腹の痛みも一層加わるようであった。

　尋ね当てた医院は、どことも知らぬ暗い路地の中に、赤い軒燈を点《とも》していた。小さなビルヂングの入口に、事務所風のドアが閉っていて、庫田が呼鈴を押すと、電燈が明るくパッと点されて、宿直らしい看護婦が出て来た。庫田はまた、前の病院で言ってた口上を繰り返した。

「先生は、先程自宅へ帰られまして、病院にはどなたも居られません。」という看護婦の返事だった。

「仕方がない。もう一遍さっきの病院へ行って交渉してみましょう。」

　庫田は基行を促して、もと来た道を帰りはじめた。基行はそこに突き坐りたい気持を押し殺しながら、萎《な》え萎えのからだを運んで行った。医院から医院へ方向を変える度に、

「面倒かけて済まないなア。」と彼は何度も繰り返していた。

　もとの医院は相変らずの混雑だった。後から後から押しかける人で、少しも人の退いた

跡は見えなかった。庫田はまた汚れた下駄を玄関に脱ぎ放って、注射室目当てに奥へ進んで行った。人々は、この無体な闖入《ちんにゅう》者に胡散《うさん》臭そうな視線を浴せていた。基行には、その姿が頼もしかった。

「やっぱり駄目だって。」

人込みの中から、からだを抜いて来るなり、庫田はそう言った。

「困ったなア。まだ痛むんですか。」

「まだ痛むんだけど。……悪い時に痛み出したもんだな。」と言って、基行はそこに跼《かが》んだ。

庫田は受附へ行った。医者のありかを尋ねるのだが、みな忙しそうに装おっていて、取合ってくれる人もない。

「お医者ですか。何んのお医者か知りませんが、お医者なら、この先にありますよ。僕がそこまで御案内しましょう。」

その時そう言って案内に立ってくれたのは、一人の若い学生だった。彼は高等学校の生徒らしく、白線を巻いた帽子を冠《かぶ》っていた。

「医者でさえありゃ、何んでもいいですよ。注射を打つだけなんですから。」庫田は気持の展《ひら》けた様子で答えた。

藁でも掴むような気持で、二人は学生の後について行った。一度通った道やら初めて通

る道やら、基行はまるで上《う》わの空で、暗い街角を曲って行った。

「ここなんですが。」

　或る建物の前に来ると、学生はそう言って、踏み摺れた階段口を指差した。二人は声を揃えて礼を言った。学生は帰って行った。

「じゃア、どうも有難う。もう一人で大丈夫ですから。」基行は階段に足をかけながら庫田に言った。

「大丈夫ですか。じゃア、お大事に。早く快くなるようだったら、また帰っていらっしゃい。」

　階段の上と下とで手を挙げ合って、二人は別れた。庫田の跫音《あしおと》の遠のくのを聞きながら、基行は急に独りぼっちになった淋しさに襲われた。庫田を頼りに寄りかかっていただけに、親の手を放れた子供のような心細さを感じながら、大儀な足取りで一段々々昇って行った。

　医者は、ガランとした診察室のまん中の椅子に腰かけていて、脈一つ見ず、言われるままに、注射を打った。頭の髪が薄れ、黄ばんだ顔をした六十年配の医者は、医者摺れがした感じで、心の慰めを与えられるものは何もなく、医者というよりも、ただ注射を打つだけの仕事をしている人間のように見えた。

「あすこの椅子に暫く寝ていなさい。三十分もすれば注射が利いて来ますから。」

　基行は、打っちゃらかされたような気持で、隣の薬品室へ行って、黒いレザアを張った

長椅子の上に、仰向けに寝転んだ。脚を伸ばすと、腹が突っ張るので、両脚を引っ屈めて、脛を立てていた。顔には汗臭いソフトを被せて、上から落ちかかる灯の光を遮った。

三十分の時間の経つのがもどかしかった。痛みは急には和《やわ》らがなかった。頭は熱っぽく、上衣の前をいくら掻き合せても、悪寒は絶え間なく襲って来た。彼は家を恋うた。東京のどことも判らない見ず知らずの医院の一室に、病む腹を抱えて、得体の知れぬ夜を過しつつあることを考えると、妻も妹も子供もいる我が家が無性に恋しかった。妻は以前から脳に狂いを生じかけていて、寝ても起きても手に余っているのだが、そんな妻でも妻のいる我が家が、こんな医院に居るよりは遥にましに思われた。一ッ時も早く家に帰って、毛布をひっかけ、蒲団を頭からかぶって寝たかった。

いつの間にか、診察室には二三人の患者が来ているらしく、病人とも思えぬ笑い声を立てながら、医者を相手に高話しをするのが聞えていた。聞くともなく耳を傾けていると、話の合い間に、たしかに洗滌している覚しい音が聞えて来るのであった。それに間違いはなかった。

「ははア、花柳病院だったのか。」

初めてそう気が附くと、基行は思わず顔を綻《ほころ》ばせながら、暫くは腹の痛みも忘れていた。奇妙なところで奇妙な夜を過すものだと考えると、彼は自分の置かれている位置が、我ながら皮肉に思われてならなかった。庫田に早くこのことを話して、一緒に笑ってみたいよ

うな気持に誘われながら、彼は独りで苦笑をつづけていた。

その時突然激しい驟雨が来たらしく、雹《ひょう》かと思う雨粒が硝子《がらす》窓を叩きはじめた。つづいて、稲妻と共に雷も鳴りはじめた。雨垂れは滝のような音を立てて落ちた。天地をどよもして、騒然たる響きが、建物をめぐって荒れつづけた。基行は息を屛《ひそ》めていた。奇怪な夜をいよいよ奇怪に彩るとも思われ、心細さと家恋しさは加わるばかりだった。

時計を見ると、三十分は経過していた。が、腹の痛みに変化はなかった。誰も様子を見に来る者はなかった。まるで捨てられたようであった。基行はだんだん焦《じ》れて来た。

「まだお痛みは止まりませんか。」と、掃除婦の女が入って来た時、基行の焦慮は頂点に達した。時間が来たので、室の後始末をするらしく、女は薬瓶の並んだ棚にハタキをかけ、カアテンを引きはじめたのである。この向きでは、医院を追い出されるか、ここで夜を明すよりほかなくなりそうだった。

「どうしたのか、ちっとも注射の利き目が見えないんですよ。」基行は恨めしそうな声で答えた。

「それはいけませんね。お家はどちらですか。」

「杉並です。」

「それは御遠方で大変ですね。」

「おまけに大雨になりましたし。」

「でも俄雨《にわかあめ》ですから、追っつけ止《や》むことでしょうよ。どうせ雨が止まなくては、帰ろうたって帰れませんから、それまで辛抱してらっしゃい。今に快くなりますよ。」

掃除婦は室の中を掃き終えると、出て行った。その後姿を見送りながら、基行は変に淋しかったが、掃除婦の最後の一言は、彼の焦れる心を鎮めてくれていた。そうだ、雨が歇《や》むまで帰れないんだから——そう思い返すと、雨の降るのを好い事に、却て肚が据わるのだった。

一時間近く経つと、漸く基行の腹は和らいで来た。麻痺薬が全身に利いて来たらしく、とろけるようにからだがだるく、息を吐く度に、モルヒネ臭い匂いが口を衝いて出て来た。雨も幸い小降りになったようだった。この機を逸してはと考えた基行は、先《ま》ずからだの調子を当ってみるつもりで、小用に立った。足許が多少ふらついてはいたが、胸もムカムカとはしなかった。

彼は服装を整えると、会計を済ませ、飲み薬をふところにして、階段を降りて行った。雨に降り籠められた二人の若い患者は、話を止めて彼の後を見送っていた。雨は小降りになっていたが、まだ完全には上っていなかった。彼はポケットから風呂敷を出すと、帽子の上から被って、医院で聞いて来た街筋を、有楽町の駅へ歩いて行った。外の空気は幾分か生気を呼び戻したけれど、足許はやはりふらふらしていて、ぬかるみに踏み込んだり、時々雨滴が顔に当ったり項《うなじ》に落ち込んだりする度に、ぞくっと身慄いすることは止まらな

かった。

晩《おそ》い電車だったから、座席は空いていた。基行は人目を避けて、隅っこの方に背をもたせ、蒼い顔をして、だらりと腰を下ろしていた。腹の痛みは殆ど感じられなかったが、全身にモルヒネの匂いがして、車体の振動と共に、次第に嘔《は》き気を催して来るのだった。彼は口をつぐんで、それを抑えつけようと努めた。その努力が辛くなればなるほど、電車の歩みがまどろっこしく、手繰《たぐ》り寄せて行く停車場の数を指折り数え、また指折り数えしていた。

駅から家までがまた遠かった。彼は歩きなずんでは時々立ち停って、息を入れた。胸の苦しさが、今はもう堪え難くなっていた。彼は道の端の泥溝《どぶ》にうつむき込んで嘔くことにした。人差指と中指を揃えて、咽喉の奥に突っ込んだ。誘いの水のように、二度三度突っ込んだ。彼はあたり憚らず、咽喉音を立てながら、腹を絞って吐いた。目汁鼻汁も流れ出て、切なかった。

彼はかなりせいせいした気持になって、あとの道は楽であった。家に帰って玄関の戸を明けると、水気の籠った匂いが鼻を衝いて来た。見ると、そこら一面の濡れ着物である。冬物、夏物、普段着、晴着、総て妹の着物ばかりが、皺《しわ》んだままに散らかっているのだ。驚いた基行は、妹の寝ている茶の間に踏み込んで尋ねた。

「貞子、この着物、どうしたんだ。」

娘の澄子と一緒に寝ていた妹は、まだ目を覚ましていた。

「嫂《ねえ》さんが怒って、行李を引き摺り出して、中の着物を庭に放り出したのよ。そこへ、あの俄雨でしょう。拾い上げて乾してあるのよ。」蒲団から顔だけ出した妹の眼は涙ぐんでいた。

「どうして怒ったんだ。」

「どうしてだか知らないけど。……わたしが居るのが邪魔っけらしいわ。わたしに居てもらいたくないらしいわ。わたしが家の事を切り盛りするのが、嫂さんの気に喰わないらしいのよ。夕食済まして、みんな寝ていたら、貞ちゃんなんか帰って頂戴、帰って頂戴って、怒って起きて来て、わたしの着物を投げ始めたのよ。」

「判らない奴だなァ。あんたのお蔭で、うちが立って行けてるのが判らないのかなァ。」

そうぐちりながら、基行も涙ぐんだ。

「で、淑子はどうしてるんだ。」

「寒けがすると言って、蒲団をかぶって寝ているわ。おまけに手袋をはめ、足袋まではいて寝ているのよ。」

「そうか。朝になっても収まらなかったら、医者を呼んで注射するんだな。」

「わたしたち、怖くて寝られなかったわ。」澄子もまだ眼を覚まして息を殺していた。

「そうか。」

怪訝な病院で、痛む腹を抑えて転倒していた間に、家では妻の無法な所行が行われ、妹と子供が胆を冷やしていたかと思うと、基行には人生が逆説的に感じられてならなかった。それと同時に、彼は良心の痛みのようなものを感じながら、暗い六畳の間へ行った。妻の寝床の中からは呻くような声が聞えた。電燈のスイッチを捻《ひね》ると、このジメジメとした蒸し暑い晩に、妻は蒲団を二枚重ね、頭からすっぽり毛布をかぶって寝ているのだった。彼は妻を責めるより先に、気を呑まれて了《しま》った。

「淑子、どうしたんだ。」と基行は不安げな声をかけながら、縁側の戸を開けようとした。

「開けちゃいやですよ。寒くって仕様がないんだから。」妻は蒲団の中に籠った咎めるような声で言った。

　基行はそのまま手を放した。

「淑子、どっか悪いのか。」基行は俯向き込んで尋ねた。

「とっても悪いの。」と妻は答えた。

　基行は不安ではあったが、胸のむかつきを思い出すと、深くこだわっているわけにもゆかなかった。彼は洋服の上衣を脱ぎ放つなり、蒲団の中に転り込んだ。汚れた毛布の匂いがからだ中を包んで、鼻に襲って来た。医者のところであれほど懐しがった匂いはこれだったんだと思いながら、彼は鼻をスンスン鳴らして、思う存分毛布の匂いを吸い込んだ。それとともに心が寛《くつろ》いで、妻の呻き声を夢のように聞きながら深い眠りに陥った。

二

それから数日経った六月の或る晩、基行は中野で歯科医をしている小川さんの家へ招かれて行った。小川さんは郷里の先輩で、淑子の従妹に当る信子と再婚したので、一夕馳走をすると言うのであった。

行ってみると信子の妹の富士子と、その夫の佐賀君も既に来ていて、応接室で団扇《うちわ》を使っていた。開けひろげた座敷の席に着いて、一杯二杯盃を重ねていると、病人を抱えて鬱屈していた基行の気持も、忽《たちま》ちほぐれるようであった。同居している医学生が、小田急沿線の田舎へ行って買って来たという鶏も、その頃としては珍味であった。飲むほどに、家で痴呆をつづけている妻の顔や、その妻と啀《いが》み合っている妹や娘の顔も、次第に彼の心から遠く離れて行った。

もう十分に酔いを発した基行は、娘さんと二人で仲好く台所との間を往き交って、酒や料理を運ぶのに忙しい信子を眼に留めると、「信ちゃん、まアそこに坐って、僕に一杯お酌をして下さい。」と言いながら手を伸べて、そこへ押し据えるような恰好をした。

「うん、基行さんに一杯お酌して上げなさい。」と小川さんも口を添えながら、傍に座を空けた。

信子はそこに坐って、上気した頬をしながら、お銚子を取上げた。基行は盃を受けて、口へ持ってゆく拍子に、手許が辷《すべ》って、ふと盃を取落してしまった。「あッ、酔っ払ったな。」と彼は頓狂な声を上げながら、ハンカチを出して、膝のあたりを押し拭うた。改めて注がれた盃を一息に飲み干すと、「一杯差しましょう。」と、盃を片手に銚子を取上げた。

「わたしは飲めないんですけど。」と信子がひるむのにおっかぶせて、基行は強いた。

「一杯だけ。今夜はお目出度い晩ですから。」

「そんなら、少しだけ。」

信子が三分目くらいで盃を引こうとするのを構わず、基行はなみなみと盃を満した。そして、一寸《ちょっと》呂律《ろれつ》の乱れた言葉で、もたれかかるように言った。

「小川さん、信ちゃんを可愛がってやって下さいよ。」

「可愛がりますとも。」と小川さんは真顔で答えた。

「信ちゃんは、実際女らしい好い人ですよ。親戚だから身びいきにして言うんじゃない。僕は他人だっても言いますよ。判りますねえ。やさしくて、おっとりしていて、実際好い人ですよ。うちの淑子が国へ帰ってお産をして、――澄子が生れた時です、お産の後が悪くて長い間入院していたことがあったんですが、その時親代りになって、澄子の面倒を見てくれたのが信ちゃんです。牛乳に玄米の汁を割って飲ませるやら、おむつを換えるやら、おまけにむずがり屋と来ていたんですから、それを夜の目も寝ずに世話してくれたんです

からねえ。僕は今でも感謝していますよ。」基行は喋《しゃべ》りながら感傷的になって行った。

「澄ちゃん、幾つになりましたかねえ。」と信子が尋ねた。

「女学校の一年ですから、十四です。」

「早や、そんなになりましたかね。この間みたようだけど。」

「澄子にとっては、実際大恩人ですよ。」

「時に奥さん如何ですか、信子から一寸様子を聞いたんですけど。」と小川さんが聞き込んだ。

「どうも、はっきりしないんで困っています。」

　座は暫くしんみりとなった。

「さア、基行さん、一杯乾して、お得意の串本節を一つ聞かせて下さい。」と笑いながら、佐賀君が銚子を取上げた。

「ははア、串本節か。あんまりお得意ではないんだが。」と基行は照れ笑いした。「それより小川さん一つ、何か聞かせて下さい。この間結婚式の場でお見かけするまで、小川さんとは二十年余りもお会いする機会がなかったんですが、中学校の上級生として見た面影はやっぱり残っていましたよ。頬っぺたはやっぱり桜色をしてましてねえ。しかし、お互いにもう四十を越えましたからね、その間めいめい自分達がどんな生活をして来たか判りませんから、それには歌を一つ歌ってみれば、一番早判りだと思うんです。例えば、佐賀君

なら会津磐梯山、僕なら、まア仮りに串本節として、それを一つ歌って見れば、二十年の間何をしていたか、大凡《おおよ》その見当がつくというもんだろうと思うんです。結局我々の一生というものは、酒に酔っ払った時口を衝いて出る歌を何か一つ我が物にするかしないかで決まるし、それに尽きるんじゃないですかね。」

「よう、基行君は文士だけあって、なかなか面白いこと言うなア。」と言って小川さんは手を拍った。

「まア、そんなことはどうでもいいとして、小川さん、兎に角一つ聞かせて下さい。そのあとなら、串本節でも、何でも歌いますよ。」

「じゃア、兄さん、白頭山節を一つ。その後で、基行さんの串本節と。」佐賀君が釘を差した。

「そんなら、白頭山節で一つお茶を濁しましょう。」と、温厚な小川さんは、細めた眼を茶餉台《ちゃぶだい》の上に注ぎながら、丸味を帯びた声で白頭山節を歌った。

「さア、今度は基行さん。」みんな一斉に囃し立て、基行の前の盃に新しく酒が満たされた。

「仕方がない。破れかぶれに歌いましょう。出鱈目ですよ。何しろ、十年も前に、銀座裏の酒場で習った歌ですからねえ。」

基行は酒を飲み干し、ズボンのバンドを弛《ゆる》めて歌いはじめた。

ここは串本向いは大島
仲を取持つ巡航船
ア、ヨイショ、ヨイショ、ヨイショ、ヨイショッ

歌い終ったか終らないかに、突然けたたましく警戒警報のサイレンが鳴り渡った。忽ち慌しく縁の戸が閉められ、遮蔽幕が張られ、電燈には灯覆いが被せられた。

役所で防護団の消防係長をしているという佐賀君は立ち上って、富士子共々、匆々に帰って行くことになった。

「僕も家のことが気にかかりますから、失敬します。」と基行も帽子を掴んで立ち上っていたが、

「君は家が近いからいいじゃないですか。もう少しゆっくり飲んで行き給え。」と小川さん初め皆に引き留められるままに、彼は到頭一人残ることに度胸を決めた。

「そんなら佐賀君、会津磐梯山はこの次ぎまでお預けですよ。」

玄関に立って、佐賀君夫妻を見送って座に還って来ると、基行はまた飲みはじめた。間もなく酒が尽きて、焼酎がグラスに注がれるまでになって来た。

「小川さんは強いなア。ちっとも色に出ないじゃないですか。」

「君こそ、ちっとも酔ってないじゃないか。さア、お引きなさい。」

「色に出ないのは僕の癖で、実は酔ってるんですよ。」

などと応酬しながらも、基行は注がれるままに焼酎のグラスを空けていた。

「基行さん、いつか佐賀のところで短歌の朗吟をなさったじゃないですか。とてもよかったわ。あれをまた聞かせて下さいな。」と信子がニコつきながら慫慂《しょうよう》した。

「ほう、それを一つ聞きたいな。」と小川さんも茶餉台の上にからだを乗り出した。

「あれですか。あんなもの覚えられてては困るなァ。あれはねえ、僕の友人に栗下という朗吟のうまい男があって、歌から節から、全部受売りなんですよ。彼が聞いたら苦笑するでしょうよ。」

「でも、いいわ。是非お願いしますわ。」

「そんならね、小川さん。朗吟はやるとして、お願いが一つあるんですが。……お嬢さんの絵を僕に一つ呉れませんか。」

基行は、応接室の壁に懸っていた、娘さんの描いたという少女像と花の油絵を思い出しながら、ねだるように言った。

「小さな展覧会に一度入選したきりでお恥しいものばかりなんですよ。」

「いや、どんなのにしても、若い娘さんの描いた絵は清純でいいですよ。僕の家は殺風景で額一つ飾りはなし、いつも垢まみれの生活をしているから、若い娘さんの描いた濁りのない絵が見ていたいんですよ。静物でも人物でも、何んでもいいんです。」

「そんなら何んかあるでしょうから、帰りに持ってらっしゃい。」

「じゃア、安心した。それでは一つ朗吟をやるとして。最初は島木赤彦と――これも僕の友人のおはこなんですがね。」

基行は一旦形を革《あらた》めていたが、忽ち顔を崩して笑いながら「その前に一杯飲まなくちゃア、これでまだ恥しいんですからねえ。」と咽喉を潤し、徐《おもむろ》に声を沈めて吟じはじめた。

高槻の梢にありて頬白《ほおじろ》の囀《さえず》る春となりにけるかも
囀る春となりにけるかも

「うん、なかなかうまいものだ。もう一つ。」と小川さんが調子づけた。

「今度は石川啄木――これも友達のおはこなんですがね。」

「前置きはいい、前置きはいい。」

基行は今度は調子を高めて吟誦した。

宗次郎が
おかねに泣きて口説《くど》き居り
大根の花白きゆうぐれ
大根の花白きゆうぐれ

歌の文句が文句だから、剽気《ひょうげ》た調子になっていた。吟じ終ると一座は笑いこけたが、その時、「小父さん、小父さん」と基行に声をかけたのは、頬笑みながら聞いていた娘さんだった。

「今の啄木の歌ねえ。『宗次郎がおかねに泣きて』ではなくて、『宗次郎におかねが泣きて』ではないですの。」

「ああ、そうか、そうか。そいつは今まで気附かなかった。そう言えば成る程、その方が歌の本調子だし、実際も宗次郎がおかねを口説きながら泣いたのではなく、おかねが宗次郎を口説きながら泣いたんでしょうね。主客転倒していた。こいつは一本参った。」

　酔っ払いらしく芯を失った基行は、他愛なく笑いこけながら頭を掻いた。その間に娘さんは座を立って、小型の啄木歌集を持ち出して来た。「どれ」と言いながら基行がペエジをめくると、娘さんの言ったことに間違いはなかった。

「やっぱり、お嬢さんの言う通りですよ。」と言いながら、ふと歌集から顔を上げようとして彼の眼に映ったのは、その次ぎに並んだ歌だった。

　　小心の役場の書記の
　　気の狂《ふ》れし噂に立てる
　　ふるさとの秋

基行は思わずドキリとした。家に残した妻の姿が、一瞬酔い呆けた頭に浮んだ。基行はさりげなく本を畳んで、娘さんに返した。

　基行が花の油絵を小脇に、医学生に送られながら、ふらつく足で中野の駅へ行ってみると、十時だった。彼は切符も買ってもらった。どんな風にして電車に乗ってどんな風にし

て降りたかをも知らなかったが、気が附いてみると、間違いなく降りるべき駅に着いていて、改札口の精算所で三倍の料金を払わせられていた。切符を見えなくしていたのだ。その次ぎに気が附いてみると、どこをどう迷ったのか、ロシア文学者の大山君の家の前に差しかかっていた。「ここは大山君の家だな、すると、もう少し歩いて、左に曲ればいいんだ。」と、心に合点しながら通り過ぎて行った。ところが、直ぐのはずの曲り角がなかなか来ないのだ。行けども行けども、両側には生垣が果しなくつづいて、暗闇ながら、ずうっと遠くまで見透図を作っている。丁度自動車に乗っていて、並木の間の道を疾走する時のような工合に、行くに従って、生垣は両方から倒れかかって来るように思われた。事実は、焼酎に脚を取られ、右に左に腰砕けでよろめいていたのであろうが、基行の気持では、恰《あたか》もその身が疾走しているように感じられ、生垣は後へ後へと飛んで行くのであった。その癖、どこまで行っても曲り角は来ないのであった。

やっと曲り角に来たので、左へ折れて半町許りも行って見ると、意外にもそれは行き詰りの路地になっていた。迷路に踏み入ったような頭の混乱を意識しながら、暫く立ち停って息を入れた後、彼は後に引き返した。方角を尋ねようにも、相憎《あいに》くの警戒管制で、灯の洩れている家は一軒もなかった。

漸くもとの道に出て、相変らず両方から倒れかかる生垣の間を進んでいた。するとその時、左手の生垣の中から、ポカリと一つ、赤い灯が現れて来た。「あすこが曲り角だな」

と力を得て、意のままにならぬ足を急がせていると、摺れちがって行ったのは、提灯を下げて夜警に廻っている防火群長らしい人の姿であった。怪しまれそうにふと心の臆した基行は、しゃんとからだを立て直し、「御苦労さん」と犒《ねぎら》う声を作って、行き過ぎた。

その次に基行が気が附いてみると、彼は油絵を抱えたまま、とある泥溝に落ち込んで、半身を路上に倒していた。酔っ払って電車を乗り過したことはあったが、ぶっ倒れたのは、初めてだった。どれだけの時間、そこにそうしていたものか、そこがどこであるかも、見当がつかなかった。頭を回らすと、警報は解除になったらしく、道の片辺の邸宅では、窓に黄色く灯を点していた。基行は身を起すと、窓下へ寄って行った。

「一寸お尋ねしますが、弁天町一丁目の町会事務所はどちらでしょうか。」

基行の家は、弁天町一丁目町会事務所の直ぐ筋向いだった。

「その道を左の方へ百米もいらっしゃれば、直ぐ右側の角の家です。」勉強している学生らしい若い声だった。

「ああ、そうですか、どうも有り難う。」

なんだ、ここまで帰っていたのかと気が附くと、尋ねに寄った家も、朝晩の出入りに見ている家だった。我が家を間近かに望みながらぶっ倒れて了ったのも不覚なら、見知らぬ土地のように思い込んでいたのも阿呆臭かった。しかし、それと共に、我が郷に入ったような安堵を感じたのも争えなかった。ただ問いに答えてくれただけの窓の中の男にも、な

んだか感謝したいような気持だった。

基行は弾む足で我が家に辿り着くと、戸を開けるのももどかしく、玄関に飛び込んだ。と、そこには、異様なる光景が眼に入った。玄関の薄暗い電燈の下に、妻と妹と娘の三人が、只事ならぬ気配で、固まり合っているのである。光の加減か、三人とも顔が窶《やつ》れて、萎え切っている風に見えた。基行は、安堵の息を吐いたのも束の間、頭からゾプリと冷水をかぶったような気持だった。妹は基行の顔を見ると、忽ち泣き崩れた。

「兄さん、遅かったわね。帰りを待ったわ。待ち遠しかったわ。」妹は気息も絶え絶えに、やっとそれだけ言って、涙の浮んだ眼を恨みがましく開いて、基行の顔を見上げた。

「どうしたんだ。」基行は酔いも醒め果て、三人の傍らに棒立ちに立った。

「嫂さんがわたしの手を握って、放さないのよ。三時間もこのままなのよ。」妹はまた泣いた。

「三時間！」

驚いて基行が見ると、妻はガッシリと妹の両方の手首を握り締めていた。

「淑子、何をするんだ。」

基行は怒って、妻の手をもぎ放した。握りくたびれていたのであろう。拍子抜けがするほど呆っ気なく、妻は握っていた手をポロリと外した。

「どうして、兄さん、こんなに遅かったの。」妹は三時間の間握り締められて色の変った

手首を揉みながら、まだ夢から醒めたばかりのような気抜けの態だった。

「どうしてって、酒を飲んでりゃ、どうせ遅くなるに極《きま》ってるじゃないか。」と基行は、道にぶっ倒れていたなんて罪深くて言えないので、それを誤魔化すためにわざと強く言った。時計を見ると十二時半だった。駅から家まで十分そこその道のりを、二時間もかかっているのである。妹の恐怖と懊悩とを思えば、それが明らさまに言えたものではない。それにしても、よくぞ帰って来たものだ、あの時泊って行けと留められるのを、そのまま聞いて泊っていたとしたら、どうなっていただろう。淑子のことだから馬鹿力を出して、朝まででも妹の手を放さなかったかも知れない。そう思うと、基行は今更慄然とするのだった。そして、泥酔しながらも、どうしても帰って来ずにいられなかったのは、虫の知らせというよりは、啄木のあの不吉な歌の暗示のおかげだと思わぬわけにゆかなかった。

「もう帰るか、もう帰るかと、ほんとに時間の経つのが長かったわ。」と妹は恐ろしかった時間を思い出しながらつづけた。「初めは、わたしの着物も何も脱がして、背中をパンパン打っていたのよ。それからわたしの手首を握り締めて、どうしても動かせないものだから、そのまま三時間じいっと坐っていたのよ。隣の柱時計が十時を打ち、十一時を打ち、十二時を打っても、兄さんが帰って来ないものだから、もう諦めて、朝までこのままかと思っていたわ。澄子ちゃんは澄子ちゃんで、嫂さんの手に縋って、『叔母ちゃんの手を放して、叔母ちゃんの手を放して』と泣くんだけど、放さないのよ。わたしも一緒になって、

泣いていたわ。」

見れば、澄子も泣き腫れた眼をしていた。

「病いとは言いながら、どうしてそんな馬鹿なことをするんだろうね。判らない奴だなア。」

基行は思わず自分の気持に負けて涙ぐんだ。すると今度は、堪らない怒りが発して、妻の方に向き直った。淑子はそれまで、虚ろな眼をしてそこにじっと坐っていた。

「おい淑子、貞子が居なくなったら、うちはどうしてやって行くんだ。あんたが役に立たないから、貞子を呼び寄せたんだし、貞子のおかげで、あんたも寝ていられるし、子供も学校へやれるんじゃないか。それくらいのことが判らんのか。それを邪慳にして、情無い奴だなア。早う寝よ、寝よ。」

淑子はスゴスゴと引き下るように、寝床のある六畳間へいざり寄って行った。

「さア、お前達ももう寝よ、寝よ。」

基行は妹達を促しながら、上衣をパッと脱いで、寝構えをした。

「まア、そのズボンの泥！」と妹が立って来たのを見ると、ズボンは泥だらけだった。

「ほんとだ。」と言いながら、基行はズボンも脱ぎにかかった。

「お父さん、お願いだから、今夜だけわたし達のそばに寝て。」と澄子が脅えた顔をして言った。

「そうか。そんなら、そうしよう。」

狭い茶の間に寝床を移すが早いか、基行はシャツとズボン下のまま、蒲団をひっかぶった。貞子と澄子も、つづいて隣の寝床に入った。

「兄さん、わたし、もう家に帰ることにするわ。辛抱して辛抱出来ないことはないけど、あたしの居ない方が、嫂さんのためによさそうに思うわ。」思い詰めたように妹が言った。

「そうか。」基行は言い淀んだ。「帰りたければ帰るのもよかろう。俺も、あんたにこれ以上苦労をかけたくないと思うんだ。しかし、あんたは汽車に乗って東京駅で左様ならして了えば、もうそれなりでいいだろうが、あんな病人を抱えて、いつになっても東京駅を立つわけにゆかない俺は、どうすればいいんだろうね。」

すると突然、貞子は蒲団の中で咽《むせ》びはじめた。

「叔母ちゃん、帰っちゃ嫌や、帰っちゃ嫌や。」と澄子も妹に取り縋って泣きはじめた。

三

七月に入って、或る夕方、基行は近所の風呂へ行った。相憎く風呂屋は閉っていて、臨時休業の札が下っていた。それを見ると、基行は無性に風呂に入りたくなって来た。一風呂浴びるつもりで軽く出て来たのだが、それでは済まされない気持になって来た。朝から

の膩汗《あぶらあせ》をさっぱりと流さなくては、どこもかしこもむず痒《かゆ》くて、矢も楯も堪らなかった。で、彼は足を伸ばして、森の向こうの風呂まで行った。が、その風呂屋も臨時休業であった。彼はがっかりしたが、駆り立てられるような気持に抗いかね、大迂回して、省線駅前の風呂屋へ急いだ。彼の相貌は、そこに風呂がなかったらどこまでもと言った気配を示していた。しかし遠くから望むと、幸いにも、高い煙突からまっ直ぐな煙が、もくもくと立ち昇っているのだった。彼は初めて和んだ気持になって、歩を弛めた。

　風呂に入ったのはよかったが、帰ろうとして下駄箱を見ると、背中合せに重ねて入れたはずの下駄が見当らないのだ。あたりにあるのは、汚れた板裏草履や鼻緒も満足でないちび下駄ばかりである。中古の桐張下駄だったが、黒天鵞絨《ビロード》の緒で、あれでも目立ったにちがいない。一週間くらい前にも、姿見のそばに置いておいた日本剃刀《かみそり》を盗まれたばかりである。「えいッ、癪だ。」と心の中で呟くと、ひとの迷惑は考えていられない、基行は土間の簀子《すのこ》板のとっつきに脱ぎ捨ててあった紺緒の下駄を引っかけ、後をも見ずに飛び出した。かなり履き古るし、傾いて摺れてはいたが、桐台だったから、俄に足が軽く、足早やに逃げ帰るには誂《あつら》え向きだった。しかし、足触りの悪いことには変りなく、それとともに、舐められたような憤懣と、舐めたような心の痛みとがごっちゃになって、一足毎に不快な思いを噛みしめねばならなかった。愉快で歩く道が速い如く、不快で歩く道もまた速かった。彼はいつの間にか、遠い道を家の前まで帰っていた。

家の前には、ふたりの人影が、薄暗い道の上に、ひそひそと立っていた。貞子と澄子の二人だった。

「あッ、お父さんが帰って来たわ。」と声を上げたのは澄子だった。

「どうしたんだ。」また何かあったんだなと胸騒ぎを感じながら、基行は二人に近づいた。

「お母ちゃんが怒って、わたし達を追い出したのよ。」と澄子が昂奮した声で訴えた。

「どうして？」

「どうしてっても、叔母ちゃんが折角夕食の支度をしたら、お母ちゃんがみんな取っちゃったのよ。あんた達は、寄ってたかってわたしを邪魔者扱いにするから、食べさせないって怒ってね。兄さんが帰ってから、みんなで揃って食べましょうよと叔母ちゃんが言っても、いけません、いけませんと叫んで、あんた達は外に出ていなさいって押し出すのよ。怖いから出て来ちゃったわ。そして、お母ちゃんたら、玄関もどこも鍵をかけてるわ。」

「無理をして、またこの前みたいなことになるといけないから、したい放題にさして、わたし達外に出ているのよ。」と妹が附け加えた。

「夕食、まだなんだねえ。」

「そうよ。」澄子が「勿論」という顔をした。

　基行は玄関に進んで、戸をガタガタと揺すぶってみた。鍵が固くかかっていた。台所へ廻ってまた戸を揺すぶってみた。すると、妻が走り出して来て、うちからガッシリと鍵を押

えた。

「おい淑子、ここ開けたらどうだ。」と基行は怒気を含んで言った。

「いけません、いけません。あんた達がわたしにどんなことするか知れないので、怖くって仕方がないのよ。」

「何言ってるんだ。怖いのはどちらと思うんだ。みんな入れなくて困ってるんじゃないか。まだ御飯も食べないし。」

「御飯はわたしがみんな食べちゃったわ。」淑子は澄まして言った。

「何んにしても、みんなを中に入れろよ。」

そう言いながら、基行はやけに戸を揺すぶってみたけれど、もう開ける妻ではなかった。鍵がかかって開くはずもない戸にしがみついているのだった。基行は戸を離れた。

「縁側の戸も閉ってるだろうね。」

「ええ、閉めてたわ。」と妹が答えた。

「じゃア、このまま暫くほったらかして、ソッとしとこう。そのうち鎮まるだろ。相手にすればするほど昂奮するからね。」

そう言って、三人はまた道の上に出て塊まったものの、どうしていいか途法に暮れるよりほかはなかった。飯もまだ食ってないし、入るべき家もない。三人は暫くそこにしょんぼり立っていた。道行く人は怪訝そうに三人の方を見て行った。

「貞子、少しお金持ってるか。」

「少しだったら持ってるわ。」妹はふところの蟇口《がまぐち》をさぐって言った。

「じゃア、駅の方を一廻りして来よう。今晩も屋台が出てるかも知れないから、蚕豆《そらまめ》の茹でたのでも食べて来よう。」

三人は、今し方基行が帰って来たばかりの道を引っ返して行った。基行は石鹸をくるんだ濡手拭をふところに入れていた。開け放った家々では、これから夕食の膳に就こうとしていたり、家内揃って膳を囲んでいたりした。三人は言わず語らずのうちに、羨しげな視線を家々の団欒《だんらん》に注ぎながら、沈んだ顔をして歩いて行った。

「屋台の奴、出ていてくれるといいんだがねえ。」基行の声には、屋台を唯一の救いと観じているような切なさが籠っていた。若し屋台が出ていなかったら、飢《ひも》じいことはさて措いて、もはやどこにも遣り場のないような気持だった。

案じたほどのことはなく、蚕豆を売る娘の屋台は、今夜もまた、駅前の三角洲になった家並の一端に、立喰いの客を寄せていた。遠目にも、赤い汚れた暖簾が、うらからの灯に猩紅《しょうこう》色に照らされて、いくつかの足影が動いていた。屋台の前に来ると、妹等二人はひるんで、何か囁き合っていた。

「お父さん、何んだか入りにくいわ。買って帰って、うちで食べてはどう。」と澄子が口を寄せて来て言った。

「じゃア、そうしよう。しかし、何んにも包み物を持ってないなア。」そう言いながら袂の底を探ってみると、丸めたハンカチが手に触った。基行はそれを取出してひろげた。

「嫂さんの分も、四人分買って行ってはどう。」と妹も寄って来た。

「うん。」

基行は頷いて、勝手知った暖簾の中へ割り込んだ。今夜は、赤貝の串焼きもやっていて、大きい方の娘一人で忙しそうだった。

「おい、これに蚕豆を四杯入れてくれ。」基行は娘の前に、ひろげたハンカチを出した。

「一寸、待って下さい。今、友ちゃんが帰って来ますから。」娘は、汗に汚れた顔に、そそけた髪が垂れかかるのを掻き上げながら答えた。洗い晒しの簡単服も垢染《あかじ》んでいた。裸の電球も、蠅の糞と埃と蜘蛛の巣とで薄汚れていた。

そこへ、バケツに水を汲んだ小娘が、裏口から、背を屈めながら入って来た。何《いず》れ劣らず、この小娘も垢染んでいた。

「友ちゃん、この方にお豆を四杯入れて。」

赤貝焼きの娘にそう言われると、小娘は茶呑茶碗に四杯蚕豆を量って、ハンカチの上に載せた。一杯五十銭だった。

「君たちは姉妹かね。」

「いいえ、姉妹じゃないわ。」赤貝を焼く娘が笑った。

「でも、よく似てるんじゃないか。」

「国が同じなんですから。」

「国はどこなんだ。」

「桜島です。」

「鹿児島の？　桜島とは、また遠い所から出て来たもんだねえ。」

客と娘のそんな話を聞きながら、ハンカチを包み終えると、基行は二人を促して、屋台を後にした。屋台の外には、順を待つ人が押しかけていた。

「豆を食べながら歩こうじゃないか。」

暗いところへ出ると、基行はハンカチを開いて、一握りずつの蚕豆を二人に手渡した。

三人は豆をかじりながら、踏切を渡って行った。基行はひとの下駄を穿いているので、ここまで来ると、持ち主に見附かりやしないかと内心ビクビクしていたが、暗いから大丈夫だと思い直したりして歩いた。どこを見ても、ところどころの家から灯が洩れているばかりで、眼を楽しませるもの、心を紛らせるものは何も無かったが、同じ運命を頒け合っている者の意識で、三人は何んとなく心を寄せ合っていた。

「あの屋台、随分繁昌してたわねえ。」と貞子が言った。

「うん。このあたりで、食い物を売ってると言えば、あすこしかないからねえ。あの娘の子等も大した人助けだよ。」人助けというのは、特に今夜の基行にとっては、実感だった。

「娘さん二人だけで、えらいわねえ。」と澄子が言った。

「そうだよ。時にはお巡りさんが検《しら》べに来て、原価はいくらかとか売上げはいくらかとか、とっちめられてるんだよ。それに、あれだけの蚕豆を剝いて茹でると言えば、朝から一日かかるそうだからね。今夜のように、赤貝の串焼きもすりゃ、尚一層手間がかかるだろう。」

いつまで歩いても果てがないから、三人は頃合いを見て、引き返すことにした。

「もう三十分以上は経ったろうね。」

「一時間近く経ったんじゃないか知ら。」貞子が応えた。

「淑子は、もう寝てるかな。」

「さア。」貞子は半信半疑の態だった。

三人は、闇の中に仄白く浮んだ道筋を頼りに帰って来た。家に帰ると、基行は台所口の硝子戸に顔をくっつけて、中の様子を覗った。家の中はしんとして、茶の間に蚊帳が吊ってあった。妻は蚊帳の中に寝ているらしかった。明りも点けず、家の中はまっ暗だった。

「今夜に限って、淑子は茶の間に寝てるらしいなア。」と基行は小声で妹に囁いた。

「わたし達がここ開けると思って、用心のために茶の間で寝てるんだと思うわ。」

「てっきりそうだねえ。そうだとすりゃ、呼び起して、開けろと言ってもやっぱり開けないだろうね。困ったねえ。」と考え込んでいるうち、基行はふと一計を思い浮べた。「そう

だ、俺が縁に廻って、硝子の破れから手を突っ込んで、ネジを外すからねえ、あんた達はここで待っとれ。淑子が起きる気配がしたら、ここを開ける風をして、ガタガタ戸を揺するんだ。その間に俺が戸を開けるからねえ。」

笑えた場合ではないのに、そう言いながら基行は可笑《おか》しくてならなかった。二人も忍び笑いをした。基行は庭に廻ると、硝子の破れを繕ったハトロン紙を唾で濡らし、そこを破って、用心しいしい手を突っ込んだ。ミシミシという音に淑子が目を醒したらしかった。基行は手を休めた。すると、台所口に当って、ガタガタと戸を揺すぶる音が聞えた。淑子は蚊帳を出て、台所口へ駈け寄った。その間に、基行は素早く腕を伸ばしてネジを外した。慌てたものだから、ネジは外れて、音を立てて落ちた。基行はサッと戸を開いて、座敷へ飛び上った。電気の灯を点けた。それと気附くと、淑子はそこらに蹴躓《けつまず》きながら走り出て来たが、後の祭だった。裏を掻かれた口惜しさに、淑子はそこに立ち竦んで、涙を溜めながら言った。

「貴方、覚えている？　葛城アパートにいた時分、わたしが帝劇へヴァイオリンの演奏を聴きに行って遅く帰って来たら、貴方は腹を立てて、わたしを閉め出してたじゃないの。」

「そんな、十五六年も前の、昔のこと言ったって、仕様があるかい。」

「だって、わたしあの時口惜しくって、泣きながらドアを叩いたわ。今でも忘れられないわ。」

「それを思い出して、俺達を閉め出したんか。」

「それもあるけど、雪ちゃんが東京へ出て来たいと言って来た時だって、貴方は来させなかったじゃないの。貞ちゃんなら、直ぐ来させた癖に。」と淑子は憎さげに言った。雪子というのは淑子の妹である。

「雪ちゃんの時と貞子の場合と、事情が違うじゃないか。雪ちゃんは東京に出て来て暮したいと言うんだったし、貞子は手助けに来たんじゃないか。」

「雪ちゃんだって、わたし、手助けさせるつもりだったわ。」

「嫂さん、そんなら、わたし帰るわ。帰していただきますわ。」側に来ていた貞子は、袂で顔を覆うとその場に泣き崩れた。

「帰って頂戴、さっさと帰って頂戴。」淑子は振り向きざまに言った。貞子は声を絞った。

「帰すのもいいが、貞子が居なくちゃ、一日も俺達がやって行けないじゃないか。貞子だって、こんなところに一日だって居たくはないんだろうが、それを我慢して居るんだぞ。」

「貴方は直ぐ貞ちゃんの肩を持つ。貞ちゃんなんか居なくったって、わたし一人でやるわよ。」

「現に何んにも出来ないじゃないか。」

「貞ちゃんが居るから、しないんだわ。」

「嘘つけ。」

「おお、怖い。貴方はわたしをいじめるつもりなの。」

と言ったかと思うと、淑子は突然「助けて下さい、助けて下さい。」と叫び始めた。基行は面喰らったが、貞子は息を呑んだ。澄子は脅えた顔をして、基行の袂を摑んだ。

「もうこうなっては、病院に入れるよりほかはないが、今夜は差し当り、医者を呼んで来て、鎮静剤の注射をしてもらおう。一走り武田さんへ行って来い。」

基行は妹に耳打ちをした。貞子は澄子を伴って出て行った。武田さんというのは、かかりつけの医者だった。

「貞ちゃんなんか、どこへ行ったの。」やや落着いたらしい淑子は、蚊帳の方へかえりながら言った。

「さあ、どこへ行ったかねえ。」と基行はさりげなく答えた。

玄関に乱れた跫音が聞えたのは、淑子が蚊帳の中に坐って、基行の当てがった蚕豆を掌に受けて、かじっている時だった。基行は玄関に走り出て、医者に事情を打ち明けた。医者は頷いて、鞄の中から注射器を取り出した。注射液のガラス管の口を切り、用意が整うと、「どうかねえ。」と医者はきさくな声をかけながら、蚊帳に近づいた。

その一言で医者と気附いた淑子は、「おお、怖い。」と叫んだまま、蚊帳を飛び出した。基行が捕えようとした時は既に遅かった。彼女はまた、「助けて下さい。」と叫びながら、跣足《はだし》のまま、台所口から路上へ突っ走った。基行も跣足で後を追った。附近の家で、二階

の戸を開けて見下ろす人もあった。淑子は飛び出した拍子に、泥溝に片脚突っ込んでよろけていたが、洗濯屋の角を曲ると、その闇の中に不安げに蹲《うずくま》っていた。

「おい淑子、帰ろうじゃないか。お医者さんは何んにもするんじゃないよ。」

そう言いながら基行が近寄ると、淑子は飛びのいて、「嫌やですよ。お医者さんなんて。わたし、どこも悪くはないのに、貴方は直ぐ余計なおせっかいをするから、嫌いだわ。」と抗弁しながら後退りするのだった。

「兎に角、うちへ帰ろう。よその人がみんな見ていて、見っともないじゃないか。」

基行は手を伸ばして捉えようとした。すると淑子はその手を摺り抜けた拍子に、明るい灯を映した格子戸に駆け寄って、それを後楯に手をかけた。

「おい、そこはお風呂屋さんの家ではないか。」

基行は声を潜めて追いかけた。進退窮した淑子は、前後の見境なく戸を引き開けて、逃げ込もうとした。

「なんだ、人の家へ入って……」

恥と怒りに身も世もあらぬ思いで、基行は妻を引き戻した。と見ると、お風呂屋の座敷では、折柄主人が熱でも病むらしく、額に濡手拭を載せて臥せっていた。枕辺には細君が寄り添って、団扇で煽いでいた。二人はこの騒ぎに、何事かと驚いたらしく、細君は団扇を使う手を止め、亭主は頭を擡げて、玄関口に眼を注いだ。

「お騒がせして、どうもすみません。女房が一寸病気なもんですから、大変お騒がせしました。御病気のところを、何んとも申訳ありません。」

基行は卑屈な思いで詫びを入れながら、お風呂屋夫婦の手前を取り繕うつもりで、妻を手荒く引っ張り出した。

「いいえ、どうかなさったんですか。」細君は気を呑まれた様子で尋ねた。

「一寸興奮して、家を飛び出したんです。前々から少し工合が悪かったんですが。……大変御迷惑をかけました。明日改めてお詫びに上ります。」何度もお辞儀をしながら基行は戸を締めた。

「お大事になさって下さい。」うちから細君の声が聞えた。

「さア、帰ろう。お風呂屋さんが病気で寝ているところを騒がせて、病気がひどくなって頓死でもしたら、どうするんだ。お医者さんももう帰った頃だ。さア、帰って寝たらどうだ。」

行き場を失って、案じ顔に立ち尽している妻の肩に手をかけると、妻は素直に帰りはじめた。基行はホッと救われた気持で、妻の肩に手を置いたまま、跣足で玄関へ上って行った。座敷に医者の気配を感ずると、淑子はまた身を翻《ひるがえ》そうとした。基行は後から強く抱き留めた。貞子が寄って肌を脱がせ、医者は間髪を容れず、腕に注射を施した。

注射を終えると、医者はサッサと帰って行った。柱にもたれて立っていた淑子は、注射

が利くとともに、だんだんからだをくず折らせ、しまいには柱の根方に寄りかかって、うつらうつらと居眠りをするように、からだを浮かせはじめた。それまで掌に握りしめていた蚕豆が、パラパラパラと音を立てて座敷に落ちるのも知らなかった。基行は世にも寛いだ気持で、次第に昏睡の深くなってゆく妻の姿を眺めていた。

三人がかりで寝床へ運んでも、淑子は何も知らなかった。注射の利き目は、一昼夜だという。明日の今頃になれば、また目を覚ますはずであるが、その妻の眠っている二十四時間の時間が、彼にとっては唯一の頼みの時間に思われた。それから後のことは、考えても恐ろしいし、考えてみる気にもならなかった。ただ彼は、この頃の奇怪な夜々のことを考え、夜にも霊があるような気がしてならなかった。総てが、夜の仕業であるように思われてならなかった。

（昭和二十一年七月八日）

悲歌

――或る作家の筐底原稿――

淑子よ。

お前が、「錠前と鉄格子のある病院」と、いつかの手紙に書いて来た病院から、「覚醒」（看護婦の言葉）してかえるのは、いつの日のことか。二度目に入院してからでさえ早や九ヶ月経って、今年も間もなく暮れようとしている。あと、どれだけ待てば、お前はかえって来られるのか。火の気も禁ぜられているだろうし、冷い病院で、正月を迎えねばならぬのは勿論のこと、一年や二年は愚か、三年も五年も、或いは十年も、お前はかえって来られないのだろうか。「お母ちゃんは、なかなか帰って来ないや」と、小さい和子は待ちあぐねているが、この子は、これから先いつまで、「お母ちゃんは、なかなかかえって来ないや」と待ち侘びねばならぬのだろうか。

毎日、日にち、お前のかえりを空しく待つのは辛いから、そこで僕はこの頃、お前宛ての手紙を書き綴って、自分の想いを陳《の》べ、自分の生活を語ろうと思い立ったのだ。僕はそれによって幾分かでも、自分の悲しみを和らげ、お前のかえりを待つ焦慮から救われたい

のだ。そして若し、お前がかえって来たなら、それを見せて、お前が居ない間における僕の想いや生活は勿論、子供達の生活や姿も、一眼でわかるようにしておきたいと思うのだ。僕はこの手紙を、三年でも五年でも、或いは十年でも、お前がかえって来るまで、書きつづけようと決心している。或は、永遠に書きつづけねばならぬのかも知れない。若しかしたら、三月か四月か経つうちに、お前がひょっくりかえって来て、中断することになるかも知れない。僕はこの手紙が、一日も早く中断されることを、どんなにか望んでいることだろう。これが若し、傑作非傑作を世に問う文学作品であるなら、少しでも長く書いて、出来るだけ読みごたえのある力作にすることこそ望ましいけれど、永い歳月をかけてこの手紙が長い文章になればなるほど、不幸を積み重ねる事であってみれば、僕は一日も早くこの手紙を中断するようになりたいものだ。

　これは公けに発表すべき性質の文章ではないから、お前が帰って来るまで、行李の底深くいつまでもしまっておきたいと思う。だが併し、文を売る生活の悲しさには、うちと病院と、二つの世帯を張る苦しさから、いつなんどき、病院の費用に当てるため、筐底から取出さねばならぬかも知れない。病院にいる妻に当てた文章を書いて、病院の費用を捻出せねばならぬとは、皮肉ななりわいであるが、それは僕達すべての作家が背負う宿命と思わねばならぬのだから。（十二月十七日）

十月二十八日、お前の編んだ毛糸の子供服が三着、小包で届いた時には、正直に言って、僕は死人にめぐり会ったように嬉しかった。白いシャツが一枚、黄色と薔薇色の上衣が一枚ずつ、みんな和子のだった。僕は表を見、裏を返して見た。きれいに編んである。紐も衿も、可笑しなところは少しもない。僕はもう諦めていたわけではない。ただ、期待が裏切られた時の失望が恐ろしいから、失望しないように少しでも覚悟を決めておこうと思っていたまでだ。それに、この前病院へ行った時、院長や看護婦の話を聞いてみると、なんだか元気のなさそうな話だったから、お前が毛糸を編んで送って来ようなどとは、夢にも思っていなかったのだ。それで、小包をひっくりかえして差出人の名前を見た時には、全く、死人にめぐり会ったような戦慄を感じたのだ。だから、包みを開いて、色とりどりの子供服が眼の前に現われた時の歓びは、言わなくても判ってくれるであろう。

和子は、三着の子供服を胸いっぱいに持って、「お母ちゃんが送って来たんだよ」と座敷中走り廻って、頰ずりしたり、抱きしめたりしていた。お友達が来ると、「お母ちゃんが送って来たんだよ」と、玄関まで持って行って見せた。遊びに出ていても、すぐかえって来て、取出しては何度でも畳み直すんだ。黄色いのだけ、二三日着込んで遊んでいたが、正月に着るんだよと言って、今はみな箪笥にしまってある。

お前の病気について、少しでも好い徴候が現われれば、好い方へ好い方へと、僕は解釈しているんだ。たとえば、毎月病院から届く小遣費の明細書の中にだって、僕は好い徴候

を嗅ぎ出そうとして神経を集めるんだ。九月中、一銭の小遣費も要らなかった時は、僕は非常に暗い気持だった。お前はその頃すっかりケチな気持になって、お菓子や果物をおやつに貰っても、お金がかかると言って、一口も食べなかったそうだね。ところが、子供服が来てから二三日して届いた十月分の小遣費を見ると、生菓子だとか林檎だとか食べた形跡があって、僕はなんだか愁眉を開く気持だった。わけても、箒《ほうき》四十銭、はたき十五銭と記入されているのを見ると、僕にはお前の生活が動いているのが感じられた。掃除をするだけの生気が出たのかと、嬉しかった。掃除や洗濯をなさいませんかと看護婦が勧めても、掃除や洗濯をすると、身を削がれるように辛いと言って、お前はこの二三ヶ月寝てばかりいたそうだからね。たまに、庭の芝生へ徒跣《はだし》で降りると、このままうちまで走ってかえりたいとも、言っていたそうだね。毛糸の子供服が届いて、つづいて箒はたきの小遣費が請求せられ、好い徴候つづきなので、十月の終りは、近頃になく肩の軽い気持だった。

子供服が届く一寸《ちょっと》前の頃、僕は狩野さんと二人で、或るおでんやで一杯飲んだんだ。狩野さんとは、今でも度々往き来して、将棋を指したり、時には酒も飲んだりしているのだが、その時お前の話しが出て、狩野さんがドイツの雑誌かなんかで読んだと言って、「幸福は汝の手にある《グリュック・リークト・イン・ダイネル・ハント》」という話をして呉れたんだ。それは二つの話から成っていて、一つは、或る判事か検事かが神経衰弱になって退職したところ、一週間かかって一脚の卓子を作り上げてみると、すっかり病気がよくなって、また元の職に就いたという話。もう一

つは、或る女が憂鬱病に罹《かか》って病院に入院していた時、友人になる画家か彫刻家かが見舞に行ったんだ。その時、その友人は何気なく洋服のポケットから粘土の塊りを取り出して捏《こ》ねはじめたんだ。すると女の眼がその粘土の塊りに吸いつけられ、やがてその粘土の塊りを手に取って、自分で捏ねはじめたというのだ。それからその女は、毎日粘土の塊りを捏ねているうちに、だんだん病気がよくなったという話なのだ。

その話を聞くと僕は、もう四ヶ月くらい前、院長の指図で、毛糸を病院に送っているのですがちっとも編んでる形跡がないんですと、語ったことだった。粘土の塊りを捏ねる話は、大変面白く、美しい話だと、印象深く思っていた矢先、お前の子供服が届いたのだ。
「幸福よ、淑子の手にあれ」と、僕は心の中で祈った。

御手の仕事が一番いいと思うから、もっと毛糸を送ってくれと院長からまた言って来たので、早速妹に言って、近所の店を二三軒歩かせたけれど、どこにもないんだ。新宿まで足を延ばして、デパートや毛糸店を捜させた挙句、やっと、十オンスだけ手に入れることが出来たから送ることにした。お前には、編み上げられたものが目的ではなく、編むことそのことが目的だし、つまり毛糸は病気を癒す道具なんだから、どんな毛糸でもいいだろうから、古いシャツなども妹に解かせて送るつもりだ。それでもまだ足りなければ、この間編んで来たのを解いて、又送ってあげてもいいと思うけれど、お前が折角丹精籠めて、病院の窓で編み上げたのだし、子供もあれほど喜んでいるのだから、解くのに忍びない。

来月十日が配給日だそうだから、それまで待ってみることにしたい。

とにかく、どんどん編んでください。

十一月九日、その日、一寸可笑しなことがあったよ。実は、まァ、可哀そうなことなんだけど。

午過ぎに、或る雑誌社の女の記者が見えたのだ。そのひとは、洋装をしていて、玄関で靴を脱いであがったのだが、和子がそのひとの姿を一眼見るなり、「お母ちゃん、お母ちゃん」と叫びながら、座敷の中を走りはじめたのだ。部屋から部屋へ走り抜けたり、縁側に走り出たりするのだ。そのひとが座敷に就いてからも、やっぱり、「お母ちゃん、お母ちゃん」と言って、隣の座敷で騒いでいる。丁度洗濯屋の信助ちゃんが遊びに来ていて、信助ちゃんも一緒になって、「お母ちゃん、お母ちゃん」と騒ぎはじめていたので、お母さんごっこでもしているのだろうと、僕は心にも留めていなかった。

すると、その女の記者がかえったあとで、浩子の言うのには、「和子ったら、あの女のひとをお母ちゃんと間ちがえているのさ」と言って笑うのだ。

僕は、ハッと胸を衝かれる思いがした。和子はもう、母親の面影を忘れているのにちがいない。うちには女のひとなど来ることは滅多にないから、女のひとが玄関に入って来て座敷に上って来れば、もう母親よりほかにはないものと思ったのであろう。お前の洋服姿

は、和子の生れるずっと昔、もう十二三年も前のことで、和子の前で洋装したことなどないのに、和子は、そんなことなど見境もないのであろう。「お母ちゃん、お母ちゃん」と叫び廻った時、小さな胸に、どんなに歓びを溢れさせていたか、あとになって僕は思い当った。和子はしょっちゅう、「今度お母ちゃんがかえって来たら、和子は大きくなったねえちゅうんだよ」と言っている。それを聞く度に、僕はただ、「うん、うん」と頷いているよりほかはないのだが、今日座敷にあがって来た母親は、坐ってからも和子の方を振り向きもせず、「和子は大きくなったねえ」ともなんとも言ってくれないから、和子は失望したことであったろう。そして、風の如く来て風の如く去って行った母親を、どんな気持で見送ったことであろう。

しかし僕は、和子のこんな思い違いを、笑うことは出来ない。僕自身、不覚にも、和子と同じような思い違いをしたことがあるのだ。

夏のことだった。夕食後、僕は一寸そこらを散歩してからかえると、玄関に女の下駄が脱いである。座敷には明るく灯がともって、大柄な女の姿が、ちらっと見えたのだ。「おや、淑子がかえっているな」と思ったのは、一瞬のことであった。座敷へあがってみると、幸子さんだった。けれども僕は、一寸の間、幸子さんであるとは信じられなかった。笑った顔、言葉の響き、坐り工合、お前にそっくりなのだ。しかし対坐してみると、忽ちの間に、お前の影像は消えて、生のままの幸子さんになってしまったのだ。僕は平生、このお

前の従妹さんと、お前と、ちっとも似ているとは思っていなかった。柄も幸子さんの方が少し小さいし、言葉の響きでも、姿でも、似ていると思ったことは、一度もなかった。然るに、あの夜は、幸子さんの柄がお前と丁度同じくらいに拡充して見え、声も姿も、お前と活き写しなのだ。僕が、幸子さんを一眼見て、お前の影像を感じ、忽ちのうちにその影像の消え去るのを見守った気持は、和子が、女の訪問者にお前の影像を見つけ、それが風の如く去ってゆくのを見送った気持に、恐らく同じ通ずるものがあるにちがいない。

序《つい》でに書けば、もう一つ、和子が思いちがいした話がある。それは、よそのひとと、僕とを思いちがいした話なのだ。

それも夏の頃であった。或る日僕は、子供達を妹に頼んで、文学仲間の会に出かけたのだ。そのあとで、子供達は三人で、元軍用地の原っぱの方へ遊びに行ったらしい。青い草原の向うを、麦稈《ばっかん》帽子に浴衣を着た男のひとが歩いて行く。それを見ると和子は、「お父ちゃん、お父ちゃん」と叫びながら、その人を追っかけはじめたのだ。「ありゃ、お父ちゃんじゃないよ、よそのひとだよ」と、浩子と道夫がどんなに止めても聞かないのだ。それでとうとうそのひとに追っ付いて「お父ちゃん！」と叫んでみると、振り向いたひとは、僕ではなかった。和子はそれを知ると、その場で泣き出したということだ。

お前の居ない留守の間に、子供達は、こんなふうに生活しているのだ。そう言えば、お前はまだ道夫の学校姿を知らないんだね。代用品のランドセルは、もう随分古びたよ。今

年の三月、お前がまだ家で寝ていた時分、お前の実家から、道夫の学校服が届いたので、その日直ぐ僕は道夫を街に連れて行って、ランドセルや靴や帽子などを買ってやったのだ。うちにかえって、試みに学校支度をさせてみると、我が子ながら凛々しい姿なので、僕は思わず涙が出そうになり、「お母ちゃんにも見せてお出で」と言って、道夫をお前の枕許に立たせたのだ。お前はうつろな眼で、道夫の姿が眼に入ったのか入らないのか、なんの表情も示さなかった。しかし、その後お前が病院で小康を得た時、その時のことを聞いてみると、道夫のランドセル姿を覚えているという。道夫の入学式の日には、お前はすでに病院だったから、その前に、一眼でも道夫のランドセル姿を、お前に見せてやったことは、せめてもの心遣りだが、「行って参ります」と言って登校し、「只今《ただいま》」と言ってかえって来る姿は知らないわけだね。

僕が病院に行く度に、子供達もついて行きたがる。お前も、見たいであろう。一度子供を見せにつれて来てはどうかと、院長からも言って来たことがあった。一週間に一度ずつ、赤ん坊の子供を見せに来ている患者の話も聞いた。子供を見た瞬間、ハッと母心に返る、その美しい奇蹟を僕も信ぜぬではなかったけれど、子供の幼い心に、お前の病院姿を見せるのが嫌やだから、僕は未だに子供を連れて行かないでいる。

六月の半ば頃、お前が大変好くなっていた時分、僕が病院に訪ねて行くと、お前は僕と一緒に散歩に出て省線の駅まで行き、そこから電車に乗ってうちへかえり、子供達と一緒

に一晩過し、翌《あく》る日また病院にかえることにしたいと言うことだった。散歩に出ることさえ許しが出なかったのだから、お前のそんな空想が実現せられるはずもなかったが、正月が近づくにつれ、大晦日の晩だけでもお前がうちにかえって、皆と一緒に正月を迎えることが出来たらと、今度は僕の方が、出来ぬ空想に耽っているところだ。

日附は忘れたが、十一月も終りに近い或る曇った日、僕はバスに乗って、西荻窪へ行って来た。実は、八月の二日の日に行くつもりだったのが、延び延びになっていたのだった。八月二日と言えば、お前が最初にその病院へ入院したのが、去年の八月一日だったから、その翌る日の一周年目に当るわけだ。去年の八月二日には、僕はその前の日にお前を病院に送ったので、附添の看護婦を雇うために、中央線沿線の派出看護婦会を片っ端から駈けずり廻っていたのだ。うちには、派出婦を雇って、子供達を預けてあった。出掛けるのにも、こっそり抜け出したのだった。

僕は、近くの看護婦会を手初めに、東中野、中野、西荻窪と空しく歩き、もう吉祥寺へ行く元気はなくて、お前に送る毛布を一枚買ってかえって来た。暑い盛りで、麦稈帽の下から汗はタラタラと流れ、着物もぐっしょりだった。その日のことを思うと、僕は自分で自分がいとおしくなるのだ。運命的な苦悩を負いながらも、健気《けなげ》に持ちこたえて運命の打開を計っていた自分の姿が、眼に見えて来る。僕は去年の自分の姿を思い浮べる度に、い

とおしさの余り、日も同じ八月二日に、去年と同じ道を歩き、同じ経験をして、去年の自分を偲ぼうと、前から計画していたのだ。けれども、八月二日には故障が出来て、実行出来なかった。十一月の終りに、思い立って、西荻窪だけへ行って来たのだ。

あの日、僕は、近くの看護婦会が駄目だったので、省線で東中野へ行き、東中野と中野の中間にある派出看護婦会を尋ね尋ねて行ったのだった。今年も僕は東中野の駅で降りて、同じ道を歩くつもりだった。その看護婦会も駄目だったので、僕は線路沿いに中野駅の方へ歩いて行った。途中、或るアパートの前を通りかかると、女給らしいつくりの女が、早番の出がけらしく、向うから歩いて来て、アパートの二階の或る一室を見上げた。その室は、硝子戸が少し開いていて、若い男の顔が覗いていた。女はその男に声をかけた。男は、予《あらかじ》め時間を計って、その女の通りかかるのを待っていたらしく、女に応じて、なにか甘ったれた応酬をし合った挙句、「じゃア、今晩ね」と、女は会釈して通り過ぎて行った。僕は、自分の運命のことだけしか考えていなかったので、こんな世界もあったのかと、まるで別世界のことでも見るような気持で、その側を通りすぎたことを覚えている。中野駅に近づくと、僕は咽喉が渇いたので、氷屋に入ってソーダ水を飲んだ。今年も、その氷屋に入るつもりだった。僕はその氷屋の壁の鏡に、汗に窶《やつ》れた額を映し、何度も何度も、ハンカチで拭き上げたことを覚えている。

西荻窪へ来ると、中野の看護婦会で聞いていたので、先ず駅の近くの看護婦会へ行って

みた。勿論駄目であったが、この間も西荻窪へ行くと、先ず第一番にそこへ行ってみた。標識も去年のままで、家の気配は、夏と晩秋の差があった。それから、踏切の側の古本屋に入って行った。顔の細い、弱々しげな女が店の番をしていることも、去年と同じであった。僕は、「第二愛の詩集」という古い詩集を一冊買った。去年は本など買わなかった。僕は「第二愛の詩集」と云う本を見つけると、その黴臭《かびくさ》い匂いも懐しく、なんだかその詩集を読めば、現在の自分の心を慰め、鎮めて呉れる言葉が書きつけられてありそうな気持がしたのである。

その先へ行くと、もう一軒古本屋があった。そこへも僕は入って行った。「近頃なにか面白い本はないですか」と居合せた客が尋ねると、「この頃ヘルマン・ヘッセという独逸《ドイツ》の小説家の書いたものが読まれるんですよ」と言って、古本屋の主人が新しいヘッセの飜訳本を取り出したことを思い出しながら、僕はその店を一巡して外に出た。

それから僕は、本通りの東側と西側にある路次を、あっちに歩き、こっちに歩きした。去年と同じように、足が棒のように疲れた。見覚えの市場もあった。歩いているうちに、派出婦人会と派出看護婦会とを間違えたことを思い出したので、少し遠い寄路《よりみち》だったけれども、派出婦人会の前へも行ってみた。それから同じ道を引っ返し、僕の訪ねる先をくわしく教えてくれた若い女のいた洋酒や缶詰などを売る店の前へも行ってみた。円《まる》ぽちゃの親切な女だったから、一眼見たいと思ったけれど、店には誰の姿も見えなかった。それに

洋酒や缶詰などを売る店だとばかり思っていたのは、僕の思いちがいだったのか、薬屋だった。筋向いが床屋で、僕がその女の話を聞いていると、床屋の若い者が、開いた窓から胡散臭そうに覗いていたことを思い出したので、床屋の方を振向くと、秋深い窓は閉って、しんと静まっていた。

それからまた、汚い煙草屋の前に出たり、褪《あ》せた幟《のぼり》の立った映画館の横を通ったりして、最後に看護婦会のある路次へ出た。お前の病気を言って、病院のある所を言って、派出看護婦を頼んだけれど、出払っていて一人もいないからと言って、そこでも断られた。僕は、そこのドアを開けて玄関へ入って行ったこと、廊下伝いに跫音《あしおと》がして、ヒラヒラした浴衣を着た中年の女が出て来たことなどを思い出しながら、その看護婦会の前を通り過ぎた。

一番おしまいに、毛布を買った洋服店を覗いてから、僕は疲れた脚を休めるために、汚れた赤暖簾をくぐって、泥だらけの汁粉屋の土間へ入って行った。がらんとした土間で、粉捏機《こなひき》が片隅にしつらえてあり、物売りに街へ来たらしい田舎女が一人、汁粉を啜っていた。盛りのいい田舎汁粉で、生の味のある小豆がうまかった。僕はこのごろ、汁粉党になったのだよ。縁のかけた、汚れた茶碗で番茶を飲んでから、そこを出た。

外に出ると、時雨《しぐれ》が落ちて来た。或る公設市場の前を通りかかると、摺り切れた外套を着た汚い浮浪者が、果物屋の店先で掻っ払いをしていた。林檎を一つ盗んでポケットに入れたのだ。つづいてまた一つ。店員は、柱の蔭で、乾物屋の店員と話をしていて、なんに

も気がつかない。僕は詩集を抱えて、見て見ぬふりをして、市場の前を通り過ぎた。

十二月二日の日に、笹岡の伯母さんが見えた。病院へ、お前の見舞に行って下さったかえりだとのことであった。勿論お前には会うことが出来なかったので、院長さんに会って、容態を聞いて来たということであった。今度は少し長期戦になるかも知れぬという院長の話だったそうだ。やはり、院長の経験では、一年くらい経ってみなくちゃわからないとの話だったそうだ。長期戦の覚悟は出来ていたので、それを聞いても、僕は格別驚かなかった。と言って、来年の三月二十六日――お前が再入院した日が近づくのが、不安でないわけではない。僕達は、伯母様と二人で指折り数えてみた。あとまだ、四月ある。僕たちは、四月の時間に望みをかけた。その四月が、天にも地にも替えがたい月日であることを僕は知っている。しかし、伯母さんが見えた日からだってさえ、早や二週間は過ぎた。こうして、じりじりと三月二十六日に近づくことであろう。近づくにつれて、僕の不安は増大するにちがいない。来年の三月二十六日の日に、僕は果してこの手紙になんと書きつけることであろう。歓びの翳が射しているだろうか。それとも……。歓びの翳が射していることを、僕は信じたい。しかし、愈々《いよいよ》となっても、僕は決して望みを失わないつもりだ。長くかかる病気だって、短くて済む病気だってあるのだ。

それにしても、伯母さんにはお世話にばかりなっている。去年入院した時も、今年入院

した時も、催眠薬を注射して、寝台自動車で運ばれたお前に附添って、僕と一緒に病院まで行ってくれたのは、伯母さんだった。去年の秋、一旦退院した時、お前は伯母さんから見舞に貰った朝顔の鉢を抱えて病院から帰って来たのであったが……。

　伯母さんの話では、お前はこの頃大分心がゆったりして来たらしいとのことであった。一頃のように、しみったれた気持がなくなり、食べたい時に食べ、寝たい時に寝、遊びたい時に遊ぶ生活がしたいと言って、お菓子を食べてみたり、ギタアを鳴らしてみたり、また寝てみたりしているという事であった。鎖された心が少しでも開き初めたのは、好い傾向ではないかと思っている。

　それから、伯母さんが病院から聞いて来た話では、患者の病気が長引くにつれ、うちの方でも段々疎くなって、入院費を送って来るだけで、様子を見にも来なければ、腰巻一つ拵らえてもやらなくなって、しまいには、病院で腰巻まで拵らえてやらねばならぬ場合だってあるそうだ。また、患者が風を引いて肺炎になっても、碌々《ろくろく》手当てをしてやろうともせぬ家族があるそうだ。

　ひとごとではない。この話を聞くと、僕は自分の良心に錐《きり》が刺さったように、胸が疼《うず》いた。同時に、自分のヒューマニズムが沸《たぎ》り立つのを覚えた。

　良心に錐が刺さったというのは、僕はこの二ケ月ばかり病院へ行ってないのだ。お前を疎《おろ》そかにするつもりは夢更ないのだが、病院に行ったって会える望みはないのだし、行っ

て会えずに帰って来る気持も辛いし、それに、どうせ永引く病気と知りながら、あまり度々病院へ出かけるのは、まだかまだかと病院を急《せ》かせるような気持がして、自然二タ月ばかり遠のいていたまでなのだ。だが、いくらそのように弁解したところで、自分の良心を欺き了《おお》せることは出来ない。その上、結果から言って、疎そかにしていたことには変りないのだから、僕は自分の怠慢を恥じるよりほかない。たしかに僕も、お前を疎そかにしていたことを、告白する。お前の病気が長引くものだから、諦めていたわけではないが、いつ知らず、懈怠《けたい》の心を生じていたのだ。仕事が忙しかったり、黄疸《おうだん》を患ったり、面倒な取込事があったりしたのは事実なんだけれど、言えば、すべて自分の良心を晦《くら》ます言い訳でしかないのだ。

それから、冬物もまだ、僕は送っていなかった。大体揃っていると思っていたのが、油断のもとだった。羽織も襦袢《じゅばん》も、入院の時大体持って行ったつもりだったが、伯母様がかえると、大急ぎで、残りの袷《あわせ》や下着や、コオトや足袋やショオルなどを一纏《ひとまと》めにして、送ることとした。新しい腰巻も妹につくらせた。お前を冷い病院に置いて、冬物の詮議もしてやらず、自分だけ褞袍《どてら》を着て、火鉢を抱えて坐っていたのが、なんとも済まぬ気持だった。僕は伯母様の話を聞いて、自分がどやしつけられるような気持がした。

冬物を纏めて送ったのはよかったけれど、さて送ってしまうと、あとの淋しさったらなかった。夏の物は勿論、冬の物も少しは行ってるし、春秋の物はすっかり病院へ行ってる

ところへ、今度は残りの冬物全部だから、お前の世帯はすっかり病院に移って、あとには、他処《よそ》行きの着物が少しばかり残っているだけである。あとまた送ってしまえば、お前は病院の人になってしまうのだ。こうしてお前は、だんだんに、病院を自分の棲家《すみか》と決めて、羽衣の天女が霞の中に遠のいて行ったように、僕達の家族から遠のいて行くのではないだろうか。

しかし、たとえ、お前が僕達の家族の一員であることを厭《いと》うて、自分一人の世界に棲み、妻たることと母たることを歇《や》めようとも、それならそれで、お前という一人の人間に対する人間の感情を、僕の心から掻き消すことは出来ない。伯母様の話を聞いて、僕がヒューマニズムを沸《たぎ》り立たせたというのは、ここのところなのだ。万一、僕の愛情や誠意がお前に通じなくとも、お前に対して愛情や誠意を披瀝することを、歇めるわけにはゆかぬという信念を、伯母様の話を聞いて固めたのだ。一人の人間が病んでいるのに、腰巻一つ拵らえてやらず、肺炎の手当も碌々してやらぬ人の心を、他山の石として、僕は自分の心を戒めねばならぬ。

十二月十七日。霙《みぞれ》の降る寒い天気だ。時々、白いテープを引くように、大きな牡丹雪が落ちて来る。今年の初雪だ。僕は炬燵《こたつ》に入って、或る婦人雑誌を開いている。お前は蒲団の中にもぐり込んでいるだろうか。それとも、この前送ったコオトを着込んで、ショオル

を首に巻き、窓に凭れて、白いテープを引くように落ちて来る牡丹雪を眺めているだろうか。

僕の開いている婦人雑誌は、先月号なんだけれど、彫刻家にして詩人として高名なT氏が、夫人の生涯を偲ぶ「或女の半生」という文章を書いているのだ。僕は今それを読もうとしている。T氏の夫人は、二年前亡くなっていて、この文章は「あわれな彼女への餞《はなむけ》として」書いたものだと言っている。我が身に引き較べ、これはなかなか一息には読み切れぬ文章だ。時々胸に閊《つか》えて来るので、その度に僕は本を下においては、何気なく眼を外にそらして、牡丹雪を眺めている。夫人を悼むT氏の文章を藉《か》りて、僕はさながらお前を偲んでいるような気がして来るのだ。

実は、例の回読会でこの雑誌を借りたのは、先月の終りだった。その時、真っ先にT氏の文章を読むつもりだった。新聞の夕刊に、「或女の半生」の予告が大きく出たのだった。その新聞広告には、「妻C子が××××病院の一室で精神分裂症患者として粟粒性結核で死んでから旬日で満二年になる。私はこの世でC子にめぐりあったため、彼女の純愛によって清浄にされ、以前の廃頽生活から救い出される事が出来た経歴を持って居り、私の精神は一にかかって彼女の存在そのものの上にあったので、C子の死による精神的打撃は実に烈しく、一時は自己の芸術的製作さえ其の目標を失ったような空虚感にとりつかれた幾個月かを過した」という冒頭の一節が引いてあった。それを読むと、いよいよ書いたな、

と思って、僕は一種の昂奮を感じたのである。

そもそも、T氏夫人C子さんが、そのような哀れな病気で亡くなったということを知ったのは、今年の五月頃だった。やはりT氏が、或る文化雑誌に肖像彫刻について書いていて、その文章の中に、夫人のことを語っていたのである。簡単ながら、自分自身もまた狂せんとした気持が出ていて、血の滲むような文章であった。僕はその文章に出会うと、何度も同じところを読み返し、ここにも自分と同じ悲しみに悩んだ人がいたのかと思い、同じ苦悩を頒ち持つことによって、慰められたのであった。それ以来、まだ見たこともないその詩人に、僕は親近の感じを抱くようになったのである。

それを知っていたものだから、「或女の半生」の広告文を見た時、僕は「いよいよ書いたな」と身慄《みぶる》いして、なんか胸に熱いものの溢れるような気持がしたのである。それだのに、雑誌を手に取ってみると、真っ先に読むはずのその文章が、どうしても身を入れて読めないのだ。初めの方を読んでみたり、終りの方を読んでみたり、中程のところを読んでみたり、まるででこぼこのある板に鉋《かんな》をかけるような工合に、読み散らすばかりである。それも文字の上っ面を撫でるだけで、深く入ってゆけないのだ。そんなことを二三日繰りかえしているうちに、回読の期限が切れて、とうとう満足に読めないで返えしてしまうことになったのだ。

僕はその文章を読むのが、恐かったのだ。その文章には、どんな悲しいことが書いてあ

るか知れぬので、その悲しみを覗くのが、恐かったのだ。而もその悲しみは、自分の悲しみとそっくり同じはずなのである。言わば、その文章には、僕自身の悲しみが書いてあるはずなのだ。だから僕は胸が痛んで、その悲しみの淵を覗くことが出来なかったのだ。

それから二十日ばかり経った。今は僕にも覚悟が出来た。このくらいのことに尻込みしてどうするか、と自分を叱咤して、この「或女の半生」という文章に立向うことに決めた。それで、もう一度頼んで、今日回読会から雑誌を持って来てもらったのである。

今日はじっくり読んだ。痛ましいところや悲しいところに行き会う度に、幾度か胸に閊える気持だったが、その度に牡丹雪を眺めて、胸を鎮めたことは、前にも書いた通りである。ここには、まことに一人の詩人の「底ぬけの純愛」を以て、一人の女性の姿が美しく描かれている。同時に、一人の女性の「底ぬけの純愛」によって浄められた詩人の高い心が記されている。

「昭和七年以来の彼女の経過追憶を細かに書くことはまだ私には痛々しすぎる。ただ此の病院生活の後半期は病状が割に平静を保持し、（中略）百を以て数える枚数の彼女の作った切紙絵は、まったく彼女のゆたかな詩であり、生活記録であり、たのしい造型であり、色階和音であり、ユウモアであり、また微妙な愛憐の情の訴えでもある。彼女は此所に実に健康に生きている。彼女はそれを訪問した私に見せるのが何よりもうれしそうであった。私がそれを見ている間、彼女は如何にも幸福そうに微笑したり、お辞儀したりしていた。

最後の日、其を一まとめに自分で整理して置いたものを私に渡して、荒い呼吸の中でかすかに笑う表情をした。すっかり安心した顔であった。私の持参したレモンの香りで洗われた彼女はそれから数時間のうちに極めて静かに此の世を去った。昭和十三年十月五日の夜であった。」

読み終って、涙の流れるのを、とどめかねた。読みながら僕の眼先にちらついたものは、T氏夫人C子さんではなくて、お前の姿であった。これは他人が他人のことを書いた文章だとは思えなかった。微笑したりお辞儀したりするひとの姿が、お前に見えて仕方がなかった。

唯しかし、僕達の夫婦生活は、なんとしても、「純愛」の生活とは縁遠いものであった。あまり立派な生活とは、どうしても言えなかった。この彫刻家である詩人は、いつかの文化雑誌の文章の中で、「モデルを十分使って勉強する事も出来ないので」「私は妻のC子の首を幾度でも作って勉強していた」と書いてあるが、僕もこれまで数多くの作品において、お前の姿を幾度もモデルに使っていることは同じである。けれども、遂に、「彼女のからだは小さかったが比例がよくて美しかった」という、この詩人の文章の一句に匹敵する美しい言葉を、お前のために書きつけることが出来なかったのを、つくづく残念に思う。

だが、過去の生活が如何に醜かろうとも、今となって、なんで過去を問うことがあろう。僕にも必ず、お前のために、美しい一句を書くことが出来る日があるにちがいないことを

信じたい。

十二月二十二日。冬至。霜の深い、穏やかな天気である。庭に出ると、柚子湯《ゆずゆ》が立つのか、お風呂屋の高い煙突から、青い空へ、黒い煙がまっ直ぐ噴き出ているのが見える。

十一時頃、お前の編んだ子供服が一着、また届いた。先達《せんだって》毛糸を送ってから二十日近くになる。その間、お前は何を考えながら、この毛糸を編んでいたのか。僕はまた表を見、裏を返してみた。きれいに編んである。可笑しなところはどこにもない。今度はもう、死人にめぐり会ったとは思わなかったが、嬉しいことには変りなかった。お前が毛糸を編んで寄越す限り、僕の心が鎖されることはない。

和子はその時しくしくしていた。信助ちゃんとおままごとをして遊んでいて、信助ちゃんが帰ってしまうと、独り取り残され、僕は仕事をしているし、妹は洗濯をしているし、浩子や道夫達は学校に行ってるし、取り附く島がない気持だったのだろう、火鉢の側に寄って来て泣いていたところだった。その和子に、「さア、お母ちゃんから送って来たんだよ」と言って子供服を見せると、和子はにっこり笑った。死人にめぐり会ったような気持だったかも知れない。

しかし、その子供服は、柄から言っても大きさから言っても、浩子に丁度なので、予防線を張るつもりで、「それ、姉ちゃんの洋服だよ」と言うと、一寸軽い失望の色を浮べた

が、それでも嬉しそうに抱きかかえ、洗濯する妹のところへ走って行って、「お母ちゃんから送って来たんだよ」と言って、見せて来た。戻って来ると、「それ、姉ちゃんのだよ」ともう一度駄目を押すと、もう諦めていて、「和子ちゃんの、もう先送って来たの、三個あるからいいねえ」と同意を求めて来た。和子は、学校行きの姉や兄に倣《なら》って、着物でも本でも御飯でも、みんな個をつけて数えているのだ。「うん、うん」と頷いて見せると、今度は、「和子ちゃん、お母ちゃんがかえって来たら、抱っこしてもらって、ギタアを弾いてもらうよ」と言って、僕の顔を覗き込んで来た。また、「うん、うん」と答えたが、今度は少し胸にこたえたので、僕は話をそらし、「さア、お父ちゃんは仕事だから、叔母ちゃんに言って、お菓子を貰って食べていなさい」と言って、和子を立たせてしまった。和子は、「ほんと、お母ちゃんにギタアを弾いてもらうよ」と念を押しながら、台所の方へ立って行った。

　どうして和子は、お前のギタアなど思い出したのであろう。今日来た子供服が自分のでなかったから、感情のはけ口を求めるために、お前に抱かれて、ギタアを弾いてもらうことなど空想したのにちがいない。僕がお前のところへギタアを持って行ったのは、七月の十六日だったが、その前の日銀座から買って来て、ハトロン紙の袋に包んだまま、床の間に据えて一晩過したのだった。ギタアなど生れてから見たことのない和子は、ハトロン紙の上から撫でてみて、大凡その形を想像したに過ぎなかったが、今日になって、感情のは

け口を求めるうち、ふと、母親とギタアとを結びつけて思い出したのであろう。

僕がギタアを病院へ持って行った日は、実に蒸暑い日だった。お前は大変喜んだ。しかし尻込みしたようにしていじくるばかりで、ちっとも弾いてみようとしないのだ。「弾いて御覧」と言って二三度促すと、やっと立ち上って、「指が汚いから」と言って、茶餉台《ちゃぶだい》の上の薬瓶から水を滴《たら》して、指先を洗った。「消毒かね」と訊くと、只の水だという。腐りそうな気がしたから、二日分の薬を一日で飲んでしまって、水を入れてあるのだと言った。

お前はカルカッシの教則本をひろげて、二三度ボロンボロンとギタアを掻き鳴らした。しかし余り気乗りがしないのか、直ぐ下に置いてしまった。あれほどギタアを買ってくれ買ってくれとせがんでいたから、もう少し熱中することと期待していた僕は、少なからず失望した。今から思えば、その頃再び病気が昂進して、お前はギタアを掻き鳴らす気力を失いかけていたのにちがいない。そうと知らないものだから、僕はもう一度催促した。思う存分弾かせてみたかったのだ。すると、お前はまたギタアを取上げ、二三度ボロンボロンと掻き鳴らしてみたが、「古くなるから」と言って、すぐ床の間に立てかけてしまった。そこへ院長が回診に見えて「ほほう、ギタアって大きいものですね。僕はギタアもマンドリンも区別を知らないんでね」と笑いながら、お前の腕に注射をした。

「もうあと二三本の注射で三十本になるわ。」とお前は、院長が出て行かれると言った。

「三十本打てば大概好いだろうとのお話しだけれど、退院はいつでもいいわ。いいというまで辛抱するわ。」

「まア、早くとも八月一杯は辛抱した方がいいと思うなア。」

と僕は答えた。それ以来、八月の終りを楽しみにしたのだったけれど、それは空しい期待でしかなかった。

「ああ、それから、『谷間の灯』ってのは、古い歌だそうで、楽譜はなかったよ。」と僕は、病気の話は辛いから、話しをあとに戻したのだった。

「なければ、よかったわ。ただねえ、H市の呉服屋さんの娘というひとね、あの人の歌がきれいだから、訊いてみたら、『谷間の灯』って歌だって言うの。それで欲しくなったんだわ。」

「あのひと、今日は見えないね。」

「大分良くなって、病室に引っ込んでるわ。」

　僕がいつか行った時、その二十位の娘さんの患者は、ワンピースの洋服を着て、盛んに歌を歌ったり喋舌《しゃべ》ったりしながら、庭を掃いていた。藤棚の下に藤の花がいっぱい落ちていて、それを堆高《うずたか》く掃き寄せていた。その時聞いた歌が、「谷間の灯」だったにちがいない。

「昨日銀座へ行ったのが、今年になって初めての銀座だったよ。」

「おいしい紅茶かコーヒーが飲みたいわ。」

「久しぶりに尾張町のビイヤホールへあがって、一杯飲んでみたよ。七八年振りだったな。」

その日僕はギタアを提げて楽器店を出ると、例のビイヤホールの二階に上って腰をおろした。夕陽の射し込む窓際にギタアを立てかけて、ジョッキを二杯傾けた。昔勤めていた頃は、同僚達とともにそこの常連の一人だったが、今は見覚えのある女給仕は一人もなく、店の有様も変っていた。僕も、昔は颯爽としたジャーナリストであったが、今は屈託げな作家だった。僕はビイルを飲みながら、明日このギタアをお前のところへ届けることだけしか考えていなかった。繁華な大都会のまん中にいながら、都心から遠く離れた病院で静養しているお前のことで、頭がいっぱいだった。

今から十二三年も昔、僕とお前とは、やはり新しく買ったギタアを抱きながら、この銀座の暮の雑閙《ざっとう》を歩いたことがあった。僕たちが結婚した年のことで、暮にもらったボオナスで、同じ楽器店で買ったのだった。僕達はお茶を一杯飲んでから、通りに面した映画館に入って、チャップリンの「黄金狂時代」を見てかえったのであった。僕はビイルを飲みながら、その時のことを思い出していた。あのギタアは数年前泥棒に盗まれてしまった。それ以来、お前はあれほど好きであったギタアのギの字も言わずに七八年を過したのに、病院に入ると、急にギタアが欲しくなって来たのは、どうしたのだろうか。昔のギタアの

音が、蘇って、お前の頭に鳴り渡るのであったろうか。

　お前は二日にあげず手紙を寄越して、ギタアを買ってくれとの矢のような催促だった。而も上等のを。しかし、僕の現在では、上等のギタアを買うのは相当の負担だったから、ギタアを鳴らして隣室の患者の邪魔になるといけない、院長さんに相談した上で、と一応宥《なだ》めたのだった。するとお前はまた手紙を寄越して、アコオジオンを持っているひともある、卓上ピアノを持っているひともある、しかし、新聞で見ると、（お前はその頃新聞を購読していた）贅沢品の禁止令が出るらしく、贅沢も言っていられないから、新市域の街にある十七八円のでいい、どうしても買ってくれと言って来たのである。それほどまでに言うのなら、と思ったので、僕は雑誌社へ行って金を工面すると、その足で銀座へ行ったのだ。どうせ買うのなら、禁令の以内で良い品を買って、少しでもいい音を楽しませてやりたかったのだ。それに、これからもう二度とギタアを買うこともないだろう、お前の一生の伴侶となるのだから、良いのを買おうと思ったのだ。

　あのギタアを持って行って、病院の中で一緒に夕飯を食べて以来、お前と会う機会がないのだ。お前がギタアの大きな胴を抱いて、病院からかえって来るのは、いつの日のことか。生れてギタアの音など聞いたことのない和子は、お前に抱かれて、ギタアの音を聞くのを、楽しみにしているのだ。

　少しじめじめしたから、これから柚子湯へ入って、さっぱりして来るつもりだ。

十二月二十八日。僕は三月ぶりで、桜の名所に近い停車場に降りたのだった。陽の暖い、穏やかな午後であった。僕は風呂敷包みを一つ提げていた。その中には、お菓子や新しい足袋や、牛肉の大和煮やハムの缶詰などが入っていた。それはささやかながら、病院で歳を送り、歳を迎えるお前へのお祝いの品々であった。僕はそれから通りがかりの果物屋へ入って、林檎と蜜柑を買い足した。風呂敷包みはかなり重くなったが、それでもまだ、僕はなんだか物足りぬ気持であった。今度は牛肉屋が目についた。髭もじゃの親爺に言って、ソーセエジを二つ、包んでもらった。もうよいと思った。それで僕の気持は軽くなった。

僕は病院へゆく道をまっ直ぐに歩いて行った。ごみと馬糞で汚れた道であった。その道は、遅桜の季節に、ほんのひと時都人士を集めて雑沓するのだが、ふだんは誰にも忘れられている淋しい道なのだ。カルメン歌劇団のポスタアが、ところどころに懸っている。この町の劇場で興行中なのだ。踊子の写真が三枚載っているので、近寄ってみると、そのなかの一人はまだ頑是《がんぜ》ない女の子で、顔の様子が、和子にそっくりなのだ。僕は悪いものを見たと思って、すぐ身を引いた。お前のいる病院に行く途中、和子のことを思い出すのは辛いのだ。僕は踊子の顔と和子の顔を追い払おうと思って、わざと口笛を吹いてみたりしたが、そうすればするほど、踊子の顔と和子の顔が一緒になって、目の前に迫って来て仕方がなかった。

人家を出はずれると、葉の落ちた雑木林と、枯草の原であった。この前行った時は、九月の終りで、薄《すすき》の穂が光り、萩の花が咲いていた。僕は、雑木林や枯草原にそそぐ陽の光に眼をやりながら、歩いて行った。

往還から病院の方へ道を曲って、一本の電柱のそばまで来ると、僕は土の上に荷物をおろし、畠の隅へ放尿をした。僕は病院に来る度に、そこまで来ると、かならず尿意を感ずるのだ。畠には、青いトマトがなっていたこともあれば、赤いトマトがなっていたこともある。陸稲が稔っていたこともある。今は、芋の葉の上に、しぶきが散った。それから、ズボンのバンドを締め、風呂敷包みを、しっかりと結び直すことも、いつもの通りであった。

そこからは、病院の黒いトタン塀が見えるのだ。「たばこ」の赤い看板も、塀のはずれに見える。受附の事務室で売っているのだ。去年の秋、最初の入院で退院する日、お前はその受附で、敷島を一つとバットを二つ買って、病院に残る患者に附添って来ているお父さんに、お別れのしるしに上げたのだった。その患者は、五度目の入院だそうであったが、去年の暮には、なおって退院したという。五度入院して、五度なおって退院したひとの話は、僕の気持を明るくする。お前も二度入院して、二度全快して退院出来ることを、僕は信ずるのだ。

病院の玄関に立つと、紫の緒の女下駄がぬいであった。誰か、娘の病気を見舞に来た母

親の下駄であることは一と眼で知れた。

「ごめん下さい、ごめん下さい。」と僕は二度呼んだ。

「はアい。」と受附の老人の声が奥の方の室でして、背の高い老人は、目白籠を眼の高さに持ちながらニコニコして出て来た。

「さア、いらっしゃい。」と、老人はスリッパを取り揃えてくれた。

「目白が好きと見えますね。」と、僕はスリッパをつっかけながら、気安く老人に話しかけた。

「えへへへ」と、老人は籠の目から目白の姿を覗き込みながら笑った。

僕は、病院へ来るとなると、いつもじめじめして困るのだ。だから、老人にきさくに話しかけたのは、出来るだけからっとした気持になりたかったためなのだ。僕は生来感傷的で、とかく涙脆《もろ》い男なのだ。だが、この数年間、涙を流すようなことでは駄目だと自分を叱りつけながら、僕は生きて来た。悲しいにつけ、苦しいにつけ、涙を流すようなことでは、人生を切り拓くことは愚か、人生を渡ることすら出来はしないと、僕はむしろ冷酷に生きることを心掛けて来た。事に臨んで涙を流さぬということは、僕の最近の生活のモットオであった。しかし、お前を見舞おうと思って病院に来てさえ、僕は早や涙ぐみそうになる。而も、腹に力を入れて、正面からその涙を抑えることが出来ない。僕は受附の老人に気安く声をかけ、涙の機先を制しようとするのだった。

院長室で暫く待っていると、巡回を終えて院長がかえって来た。

「どうも、捗々《はかばか》しくないんで、お気の毒です。決して、悪い方ではないんですがね。」

院長は例のごとく、こだわりのない、よく響く声で言ってから、白樺のパイプで煙草を吹かした。

「この頃、お風呂はどうでしょうか。」

「よく入られるようですよ。」

「御飯はどんな工合でしょう？」

「御自分で上られますよ。先の頃は、看護婦が手を添えてましたがね。……病室の中へお膳を置いておいて、いつでも、食べたい時に食べていただくようにしてあるんです。」

「からだが衰弱してるってことはないでしょうか。」

「肥っていられますよ。それに、ずっとお若くなられましたよ。病院にいると、みんな若くなられるから不思議ですよ。」と言って、院長は額の髪をかき上げながら、屈託のない声で笑った。僕も勿論微笑んだよ。

「煖房《だんぼう》はどんな工合になっていましょうか。火鉢は危いでしょうし……」

「いや、みんなに一つずつ火鉢を置いてありますよ。」

「危くないですか。」僕は力をこめて訊きかえした。

「ちっとも危くないんです。大丈夫ですよ。患者によって、命の惜しい患者と、命の惜し

くない患者とあるんですが、大抵命が惜しいんです。だから、火鉢をひっくりかえしたり、放火したりする患者は絶対にないんです。三十年余りの間に、一人もないんです。」

院長の話は絶対安心に満ちたものであった。正確な科学的実験の結果は、これほどもひとに安心を与えるものかと思って僕は今更驚いたよ。患者の前に、火鉢をつき出しておいて安心していられる気持、そういう迷いのない信頼が、その時僕には有難くて仕方がなかった。僕はそれと同時に、ホッと安心をしたよ。僕は、お前が火の気もない部屋に坐っているとばかり想像していたんだからね。

「そんなら、餅を送ってやれば、自分で焼いて食べられますね。」僕は自分ながら喜色を浮べて、そう訊かずにはいられなかった。

「ええ、ええ。御自分で焼いて食べられますよ。」

「正月餅が配給になったら、送ってやりましょう。」

そこへ、院長の呼んだ看護婦が入って来た。

「木原さん、まだ面会しない方がいいなア。」と、院長は看護婦の顔を見ながら言った。

「ええ。まだ御面会なさらない方がよろしいと思いますわ。今度主人が来たら、面会させてくれと仰言《おっしゃ》っていましたけれどね。面会して、あとがいけないと、いけませんから。おうちから小包がとどいても、亢奮《こうふん》なさるんですよ。」

看護婦は鍵束をいじりながら立って言った。

「それなら、強いて面会しなくても結構ですから、もう少し落着くまで待つことにいたしましょう。」

「お子さん達が待っていらっしゃるから、早く快くなって、おかえりにならねばなりませんね、と度々言うんですよ。すると、うちには主人の妹が来て、子供達の面倒を見てるから心配はないと言って、安心していらっしゃるんです。そうかと思うと、急に子供さん達に会いたがったり、もううちへかえれなくなるのではないかと不安がったりなさるんです。」

「今日は、毛糸を編んでらしたようだね。」と院長が口をはさんだ。

「ええ、お子さんの手袋を片方だけ、編み上げていらっしゃいます。」

「頭が病気で、よく毛糸が編めるものですね。」と、僕は上衣のポケットに手を突っ込みながら訊いた。

「機械的な仕事ですからね、頭を使わなくても出来るんです。」と院長が答えた。

「お蒲団を敷いとけば、しょっちゅう寝てばかりいたがるんです。ですから、お天気の好い日には、無理矢理にお蒲団を干すんです。すると、起きてらして毛糸を編むんですよ。今日もお蒲団を干したんです。」

　僕たちが話していた部屋から数歩離れたところで、お前はその時窓に凭れて、毛糸を編んでいたことであろう。お前は、僕が院長や看護婦たちと話してい

たことも、なにも知らなかったであろう。それからまた、僕がお前に会えずにかえって行ったことも知らなかったであろう。だが、僕は、お前が僕の声を聞きつけて、今にも院長室の窓の下に現われそうな気がしてならなかった。それで僕は、話の間じゅう、時々窓の方に眼をやっては、庭の方をうかがうのであった。お前は庭下駄をつっかけて庭に降り立ち、ニコニコした顔で、窓のところへ首を出しそうで仕方がなかった。しかしお前は現われるはずはなかった。男の患者が一人、気忙《きぜわ》しそうに庭を歩き廻っているきりだった。そのあとから、看護人として特別に許されている細君が、ついて歩いていた。

「この頃、御診察は受けていましょうか。」僕は窓の方から眼を戻してたずねた。

「よくお診せになりますよ。以前は、僕の跫音が聞えると、すぐ押入や床の間に隠れて、一と月ばかりというもの、ちっともお診せにならなかったものです。なんでも、他の患者の口差しで、僕に診せると、ボラれるように考えたらしいんですね。その頃は、お金がかかると言って、御飯もろくにお食べにならなかったんです。」

「ちり紙使うのも、勿体ないと言って……」看護婦は、鍵束の手を口の端へ持って行って、笑った。

「いや、病人が病人ですから、嫌やなこともあるでしょうが、まアよろしくお願いいたします。」僕は腰を浮かせて、院長にともなく看護婦にともなく、お辞儀をした。

それから僕は、病棟の方へかえる看護婦に、持って来た品々を頼み、新興俳句をつくる

院長と暫く文学の話などした。

院長室と廊下を隔てた室が、さっき受附の老人が出て来た室で、そこにはまだ目白籠が二つ三つ置いてあるらしく、目白の声が、窓いっぱいに暖く明るい夕陽の中で囀っていた。その声を聞きながら、暖い夕陽のほてりの中に坐っていると、僕はいつまでもそこを動きたくなくなるのだった。初めてお前が入院した時は、まるで牢獄へでも行くような気持でやって来た病院であったが、今はもう、お前が居るというだけで、その病院が僕には親しいのであった。その病院にいる限り、僕はお前の身近かにいられるのだ。僕は病院を去りがての気持で、立ち上った。

「折角でしたが、御面会出来なくて、お気の毒です。決して悪くはないのですが、春になるのを待ってみましょう。」

空しくかえる僕を慰め顔に、院長は僕を玄関まで見送って下さった。僕は空になった風呂敷をポケットに丸め込みながら院長にお辞儀をして立ち去った。

たとえお前に会えなくとも、三月ぶりで見舞を果した気持で、僕は肩の重荷をおろしたようであった。僕はこの数日、非常に暗い、不安な気持で過したのであった。夜中に突然眼がさめ、お前のことを思うと、息が詰りそうな感じなので、縁側の硝子障子を明け、外の空気を吸って、やっと落ち着くことも度々であった。そうかと思うと、なんの不安もなく、呑気になって、毎晩毎晩酒を飲みつづけることもあったが、この頃は、明るい気持の

時よりも、暗い気持の時の方が、僕の心を占め勝ちであった。しかし、病院に来て、お前の起居を聞き、目白が囀り、暖い陽が射しているのを眼にすると、僕の心は晴れ晴れと和むのであった。この前来た時は、お前が一番悪い時で、心なしか、院長の話にも翳が感じられたが、今日は院長の話にもこだわりがなくて、僕は安心を覚えるのであった。

僕はそんなことを考えながら、往還に出ず、冬枯の裏径を歩いてかえって来た。この小径は、五月の初め頃、院長と同道してかえった夕方、教えてもらった径であった。

「今頃になると、このあたりにからたちの花が咲くんですがね。」と途々《みちみち》鞄を抱えた院長はあたりを見廻していたが、成程そこらの茂みには、からたちの花が、雪のかかったようにもう白く咲きかけていた。院長にとっては、二十年の間通い慣れた径であった。

今はもう、からたちの木も、冬枯の茂みに紛《まが》い、白い花が雪のようにかかっていたのは、どのあたりか定かでなかった。

十二月三十一日。今日は朝から金策に出かけて、日本橋の或る銀行へ行き、そこから地下鉄に乗って、銀座へ行った。地下鉄の停留場から或る百貨店の食料品部へ階段を昇ると、正月の品々はもはや大部分売り切れて、青い煮豆のそばに、女たちが犇《ひし》めき合っていた。そんなわけで、その地下室の片隅に、寒木瓜《かんぼけ》の鉢が並んでいるのを見る人は誰もない。僕は赤い花のたたずまいを一つ一つ静かに見ながら、銀座の通りへあがって行った。鳩居《きゅうきょ》

堂《どう》で、新しい筆を二本求め、人ごみの中を歩いていると、夕部君に出会った。

「やア夕部君。」と呼びかけると、

「オウ！」と帽子も冠らず、腕組みをして無心に歩いていた夕部君が、僕の姿をみとめ、懐しそうに僕の肩をたたいた。

夕部君は、僕が学校を出て初めてW雑誌社へ勤めた時、一緒に机を並べた友達だった。僕達が滝野川にいた時分、二三度訪ねてくれたこともあったから、お前も知っているであろう。

「僕、M化粧品店の販売部に勤めていてね、ひるの休みには、毎日こうして歩いてるんだ。この頃、盛んにやってるようじゃないですか。」

「いや、意気揚らなくて弱ってるんですよ。銀座にも滅多に出ないんで、すっかりじじむさくなっちゃったよ。夕部君に会うのも久しぶりだなア。」

「W雑誌社の二十周年記念会で、日比谷の松本楼で会って以来だなア。」

「五年になるかな。」

僕達は、夕部君の行きつけの喫茶店にあがって、カステラを食べながら、緑茶を飲んだ。

「君は、ちっとも変ってないなア。相変らず若いよ。」と夕部君が言った。

「いや、すっかり髪が薄くなってね。」と言いながら、僕は帽子を脱いで、薄くなった頭のてっぺんを夕部君に見せた。

「いつか、君が髪が薄くなったり、歯がゆらいだりする小説を書いていたから、実はどんなに老いぼれたかと思ったんだが、そんな気色はちっともないね。安心したよ。」

「夕部君こそ、若いじゃないか。顔のつやなんか、昔の通りだよ。」

「子供が女学校の二年生だからね。もう滅多なことは書けなくなったよ。」夕部君は細かな美しい歯並みを見せて笑った。夕部君は、雑誌社をやめると、官能的な小説を書いていたが、このところ暫く作品を発表していない。その時、空色の上っ張りを着た若い女が二人入って来て、夕部君にお辞儀をした。同じところに勤めている事務員らしかった。

「かえりに、僕のところへ一寸寄って行きませんか。社員用石鹸を少し分けてもらったのがあるから、お裾分けしますよ。」

「有難う。」

それから僕達は連れ立って、裏通りにある、M化粧品店の倉庫へ行ったものだ。

「少しばかりのことで、無駄足を踏ませて、済まないなア。」

「いや、嬉しいよ。大晦日の日に、銀座で君に出会って、石鹸を貰いに行くのは、今年のフィナーレとしては、上出来だよ。なんだか、シュニッツレルの小説にでもありそうだな。」

倉庫の応接室で待っていると、夕部君はコトコトと二階から降りて来た。

「ほんの少しだけれど……」

「いや、有難う。」

石鹼の入ったハトロン紙の袋は、手に重たかった。

「それではまた。」僕は椅子から立ち上った。

「奥さんが口紅なんか欲しい時は、いつでも言って来給え。安く買ってあげますよ。」

「有難う。」

なんにも知らぬ友人の言葉を聞き、ここ暫くはM化粧品店の化粧品を使うすべもないお前のことを思うと、一瞬心が暗くなったけれど、立ち入ったことを話す必要もないと思ったので、僕はそのまま黙って、夕部君に別れてかえって来た。

今日夕部君に会ったことは、実に楽しい後味をもって思い出される。今度病院へ行く時は、夕部君の心づくしの石鹼を少し持って行きたいと思っている。

僕と夕部君とが机を並べていた時、僕はお前と許婚したばかりで、まだ結婚をしていなかった。僕は、お前という許婚者のあることは隠して、夕部君を相手に、盛に結婚論なんか闘わしたものであった。その頃すでに結婚していた夕部君の意見は、作家を志す者は、少くとも三十五歳までは結婚すべからずと言うのであった。僕の意見では、自分が一生を共にするに足る女が見つかれば、いつ結婚したっていいと言うのであった。間もなく夕部君は女の子が産れたといって、頻りに名前を苦吟しはじめた。澄江という名前はどうだろうと言うから、そりゃいいだろう、と僕は賛成したもので、それは昨日のことのようであ

ったが、その女の子が、早や女学校の二年生だとは驚いた。夕部君は、当時澄江堂芥川龍之介の心酔者で、澄江という名の起りもそこにあったのだ。

銀座からかえると、僕は大急ぎで本棚の整理を始めた。雑誌も、新年号だけ身のまわりに置いて、十二月以前のものは、一応押入に蔵《しま》って、新しい気持で新しい年を迎える心構えだった。僕も、明日からいよいよ四十台に入るのだ。

雑誌を蔵おうと思って、押入を始末していると、埃だらけの当用日記が一冊出て来た。埃を払ってみると、昭和四年の日附で、お前の日記帳なのだ。パラパラとページをめくってみると、正月元旦から七日まで、丁度松の内だけしたためて、あとはブランクになっている。昭和四年の正月と言えば、僕たちが結婚して最初に迎えた正月だった。僕は整理の手を休め、貪るように読んだ。お前は、結婚当座にも、大学ノオトを買って来て日記をつけはじめ、僕はその日記帳に「在りし日」と題したことであったが、その日記帳も一月くらいでやめてしまった。熱し易く冷め易い性質だと言って、僕は度々お前を責めたことであったが、今は却って、最初の一週間きりでブランクになっているのが如何にもお前らしく、貴重さの感じも強く、懐しさも湧くのであった。

僕は、大晦日の慌しい気持も忘れ、一字読んでは考え込み、二字読んでは忘れていたことを思い出して行ったが、胸に浮ぶものは、悔恨ばかりであった。自分の考えの至らなかったこと、お前に対する思い遣りの足りなかったことなどが文字の中から立ち現われて、

僕を責め立てるのだった。新婚者らしいお前の甘い言葉は甘いなりに、僕の胸を刺すのであった。昔を今にかえす手立ては、絶対にない。だが、昔を償う手立ては、まだ永久に失われているとは思われない。僕は昔を償える時が必ず来ることを信ずる。今度、お前が元気になってかえって来れば、僕はもっと思慮の深い、もっと思い遣りの篤い夫になれそうな気がするのだ。

お前は、こんな日記帳のことなど、もう忘れてしまっているだろうから、序でに抄録しておく。僕達二人の私的生活にとっては、掛け替えのない、大切な記録だと思うのだ。

昭和四年一月一日。火。晴。

元日の朝らしく青々と晴れていた。二つの窓から陽を一杯うけて、私達は二人初めての正月を、おとそと雑煮で祝った。

今年はよきことのあるらしと彼がうたっていた。

午後はお客様がいらっしゃるので、御馳走を作るのに忙しい。三時頃、彼の同人雑誌「駅路」の方が三人いらした。Ｃさんは久しぶりだったのでなつかしかった。別なお友達のＭさんＳさんもあとから揃って、お酒も大分まわった頃、唄や議論が出て、にぎやかになった。男の人って、すました顔をしているけれど、大変遊ぶものらしい。色んな歌を知っている。Ｓさんが、田舎の中学校から出て来たＣさんをつかまえて、爺さんくさくなったと

言っていたのは気の毒だった。

ギタアは一度もけいこが出来なかった。

一月二日。水。晴。寒風。

おとそと雑煮で朝飯をすませてから、私は昨日のかたづけもの、彼は昼寝。

お風呂からかえると、宮本の主人が年賀に来る。宮本というのは、彼が学生時代三年間下宿していた家の主人。宮本さんがいらっしゃる時は、彼はいつも寝ている。戸崎町の時もそうだった。

夜は久しぶりにギタアのけいこ。右手の練習だけれど、まだ調子がよく合っていないので、気がよく乗らない。

風が吹きまくる中を小包みを出しに行った。荷物が重くて指がちぎれそうになった。電信柱一つ目毎に、休み休み行った。鼻や頬が切れそうに痛かった。女の仕事ってつまらないものだと言ったのを、彼からこっぴどくやりかえされたことがあった。彼がぐちを言わないでいい位置にあるから、そんなことが言えるのだと思った。若し女だったら、彼でもそんなことは言えないと思いながらあるいた。市場の所で、田舎風な楽隊が景気をつけていた。私は急に明るい気もちになった。世の中にはやっぱり明るい世界があったと思った。これから明るい世界許《ばか》り見ようと思った。かえって、こたつにあたりながらギタアをひいた。その時はもう自分位幸福なものはないように思った。さっき少しでも、あんなことを

思ったのを恥かしく思った。

　一月三日。木。晴。

お雑煮。おとそなくなった。

昼飯の支度をしている時、彼の小学時代から大学までの友人Nさんが見えた。お酒。さかなを作る。Nさんの話しに、彼の大学時代の友人のTさんがこの前私達のところへ来た時、私達を正式の夫婦だとは思わないで、親には内密で同棲しているように思って、おめでとうを言わなかったと聞いて、おかしかった。戸崎町の崖の上の家が、よっぽど隠れ家のように見えたらしい。でも、恋人同士に見える私達、その方がうれしい。しばらく飲んで、二人はまたNさんの家へ行った。留守にギタアのけいこをし、音階がどうやら出来るようになった。左手のおさえ方がまだ充分でないので、澄んだ音は出ないけれど。

彼がかえって来たのは九時頃。Nさんのお宅ですきやきで、又お酒を飲んでいたそうだ。台湾の紅茶を飲みながら、彼に「十五少年漂流記」を読んでもらう。

　一月四日。金。晴。

今日は彼の初出勤日なので起してもらう、寝床を出るのは名残惜しかったけれど、ギタアの稽古を思うと、何かしら楽しくなって、いそいそした気持になる。お雑煮。

彼は新しい帽子に新しい靴、ネクタイ、私の作ったオーバにもブラシをかけて、彼は瀟《しょう》洒《しゃ》として出かける。

朝日がいっぱいに窓から部屋に入る。私達の前途は幸福に満ちていると思う。彼がかえったのは二時半頃。おじやの昼飯。彼はそのまま畳の上へ昼寝してしまう。夜はギタアを弾いていたら、もうやめてくれと言われた。一日中ひいていて、よく飽きないものだと彼は感心している。紅茶を飲みながら、彼がブラウニング夫人の詩を読むのを聞く。

一月五日。土。晴。

彼の出かけたのは、おひる過ぎであった。今日は新年宴会で、かえるのは九時頃になるだろうと言っていた。後で部屋をきれいに掃除し直し、拭き掃除をし、台所もきれいに片附けた。お風呂へ行ってからギタアの稽古。手が疲れるまでつづけた。疲れると、おこたの上にうつ伏しになって、上手にひく時のことを考えた。夜八時頃、ＣさんＧさんＲさんがいらっしゃる。清吉さん（アパートの小僧。朝鮮の少年）がお客ですと知らしてくれた時、もう蒲団を敷いてあったので、清吉さんに手伝ってもらって、大急ぎで畳んで押入に入れた。三人の方はしばらくお茶など飲んでいらしたが、新年宴会ならどうせ晩いだろうと言って、Ｉさんの所へお立ちになった。「駅路」の合評会でもするのだったらしい。Ｃさんは明日信州へかえるので、もう来られないと言ってらした。

今日お風呂で、美しい横顔の少女に出会った。

一月六日。日。晴。

気持のいいお天気。十時すぎに起きる。御飯をたく。

十一時頃Sさんがいらっしゃる。彼はまだ寝ていたので、とび起きた。一しょに御飯を食べ、お風呂へいらっしゃる。二人共きれいになって、BさんとやらへNさんも誘って、飲みに出かける。今日は彼と一しょに活動を見に行くはずだったし、面白いSさんもいなくなるし、私は淋しくて、子供のように涙をこぼした。顔を、鏡に映して遊んだ。うるんだ目を写真にとったら美しいだろうと思った。それからギタアのけいこをつづけた。十時頃まで。

清吉さんが新聞を持って来てくれた時、少し話しをした。清吉さんはこの部屋が気に入っているらしく見えた。今日は誰とでも話がしてみたい。彼と結婚したいと思っていた女もあったのではないかなどと思い、幸福感と感傷とが、胸を往来する。

一月七日。月。晴。

今日は学校（洋裁）だと思って七時に起きる。行って見たら、明日からだった。学校の近くまで行くと、ふとんや行李を駅に運んで行く雛ちゃんや浜田さん達に会う。坂ノ上先生（女先生）が今日か明日いらっしゃると、雛ちゃんは頬を赤くしてよろこんでいた。私もうれしかった。かえる途中、気がはればれと、若々しいよろこびがあふれるように思った。

今日は無駄足ではなかったと思った。

かえって、歌をうたったり、窓から首を出して空を仰いだりしていたら、女学校時代の友達で、女高師へ行っている藤野さんがいらした。この前戸崎町へ訪ねて行ったら、引越し

たあとだったので、淋しくて淋しくてたまらなかったと言っていた。紅茶を飲みながら、京都の話、寄宿舎の話、林ちゃんのこと、その他色々話した。

三時頃彼がかえって来た。藤野さんに御飯を焚いてもらったりしている間に、買い物に行く。

三人ですきやきを囲む。藤野さんが盃に一ぱいお酒を飲みほしてしまったのは気持がよかった。

七時半頃、駒込駅まで藤野さんを送って行く。

お風呂からかえって紅茶を飲んだら、気持がよかった。

藤野さんに買ってもらった「駅路」の代二十銭、彼に渡す。

　これで全部である。書き写しながら、僕は胸を締めつけられるような気がして、苦しかった。幾度もペンをおいては、うつろな眼をして硝子戸の外の八つ手の花が、大晦日の夕闇の中に夢のように浮んでいるのを眺めるのだった。返らぬ昔の幻を追うような気持でもあったし、心が疼いて文字の面を正視出来ないような気持でもあった。

　淑子よ。もうあと数時間で、僕たちの結婚後十三回目の正月が来る。お前をその病院において、正月を迎えようとは夢にも思わなかった。せめて、安らぎの心をもって、新しい年を迎えてくれ。そして、来年は好き年であることを祈りたい。

（昭和十五年十二月、昭和十六年四月）

麻酔薬でベットに眠っていた徳子は、突然目を覚まし、窓のカアテンを引きちぎって、藤棚のかぶさった露台へ飛び出して行った。一歩を過れば、墜落するところだった。附添いの看護婦は、色を失って、うしろから抱きかかえた。

それで徳子は、近所の南坂病院に一晩いたきりで、翌《あく》る日の午後には、院長の紹介状を持って、郊外の病院に移されることになった。

元春は、受附に頼んで、病院自動車を電話で呼んでもらうこととし、それから会計の窓口へ行って、支払いをすませ、昨日入院する時納めた保証金を返えして呉れるよう頼んだ。向こうの病院に行ってから、また保証金がいるようだと困るので、その三十円の金がどうしても必要なのであった。彼の持ち合せは、自動車賃が払えれば精々なのであった。受領証を持っているかと訊くので、持っていません、うちへ置いてあるから、あとからお届けしますと答えると、受領証がなければお渡しすることは出来ませんとのことである。非常に火急の場合であるから、枉《ま》げて特別の便宜を計ってもらいたいと元春は泣きついてみ

たが、女の事務員は、受領証がなければ絶対にお渡しすることは出来ませんと言い切った。三十年配の、涼しい顔をした女であったが、そう言い切ってしまうと、眉根が冷く冴えて、泣きつくべき隙はどこにも見出されなくなった。彼は憤《いきどお》ろしい気持で、見るともなくその女の襟脚を眺めていたが、今はもう、一走りうちに帰って、受領証を取って来るよりほか思案の余地はなかった。彼は、あとのことは伯母に頼み、タクシイを呼んでもらって、大急ぎでうちへ帰って行った。

自動車が精米所の角まで来ると、「ここで待って下さい」と運転手に言って、元春は自動車を降りた。精米所の横丁には、軒蔭に竹の縁台が置いてあって、顔見知りの子守娘が、子供を這わせながら、自分は古雑誌に読み耽っていた。元春は身を忍ばせるようにして、子守女のところへ近づいて行った。そこからは、彼の家が筋向いに見えるのだった。彼は子守女に近づくと、ヒソヒソとした声で話しかけた。

「あのね、僕のうちの派出婦が帰って来たかどうか、あんた気が附かなかったか知ら、さっき、子供達を連れさせて、外へ出したんだが。」

「ほんの今、帰って来たようでしたわ。」

「子供達も一緒にねえ。」

「ええ。子供さん達も一緒でした。」

「そう、そんなら、あんた、大変済まないがねえ、僕の家へ一寸《ちょっと》行って、もう一度子供達

を連れて出ていてくれるよう、派出婦に言ってくれませんか。僕は忘れ物を取りに帰ったんだから、その間だけでいいって。……僕が子供達に見つかると困るんでね。」

「承知しました。」と、子守娘は委細を合点して、子供を抱いて立ち上った。

「それからね、僕はここに隠れているから、こっちへ来ないで、三州屋の方へ出て行くよう言って下さい。」

子守女は頷いた。それからなお、後から追っかけるようにして彼は言った。

「子供達に聞えるといけないから、派出婦を呼んで、こっそり言って下さいね。」

子守女は彼の家の玄関に入って行った。

その朝来てもらったばかりの派出婦に、三人の子供達を任せて、元春は飛び廻っているのだった。妻が病みはじめてから三人目の派出婦だったが、幸い子供達は見ず知らずの派出婦にもすぐ馴染んで、人懐こく附き纏っては、買い出しなどにもついて行くのだった。しかし、昨日母親を病院へ送ってからは、流石《さすが》に子供達も襲いかかる心細さに堪えかねるらしく、一時も父親を放さないのであった。殊に一番小さい光子は、彼が公衆電話へ行く間も離れないので、抱いたり手を引いたりして、往き来せねばならなかった。さっき、ひるから病院へ出かけた時には、苦肉の計を案じて、子供達を循環バスに乗りに出しておいて、そのあとで家を脱け出たのであった。光子はバスに乗るのが好きだったから、バスに乗って一廻りしてお出でと言うと、計られるとは知らず、光子を初め皆嬉々として、派出

婦に連れられて出かけて行ったのだったが、そういう彼等をもう一度計ろうとして、彼は肝胆を砕いているのだった。

子守女は、小走りに駆け戻って来た。

「どうだったか知ら？」元春は歩み寄って様子を訊いた。

「すぐ出かけますって。」

「ああ、そう。どうも有難う。」

身を潜めて見ていると、先ず、上の女の子が出て来て、家の前の下水溝を跳んだ。元春は、思わず羽目板の蔭に身を引いた。つづいて、男の子が飛び出して来た。最後に、派出婦が現われた。青地に白い水玉のある上衣に、黒いスカアトをはいた派出婦は、腕の中に光子を抱いていた。大柄の派出婦なので、それは頼もしい姿に見えた。「お米屋さんの前に自動車が来てる」と言った女の子の声も、手に取るごとく聞えたが、派出婦は後をも見ず、三州屋の方へずんずん歩いて行った。三州屋の角を廻る時、光子の顔だけが、派出婦の肩越しにこちらを向いていた。上の子供達は、両方から派出婦の腰にまつわりながら、無心に曲って行った。

それを見済ますや否や、元春はまるで空巣狙いのように、我が家へ駆けこんだ。座敷には、遊んでいたままの姿で、玩具が散乱していた。受領証は、机の中の古いシイスの中に入れてあった。彼はガタガタと机の抽斗《ひきだし》をあけ、小さく折り畳んだ受領証を蟇口の中に入

れた。なおそれだけではなんだか心細いので、不時の入費の為めに、有金をすっかり持ち出そうと考えて、妻の蟇口を探した。箪笥の一番上の抽斗をあけると、使い古した蟇口が直ぐ見つかったが、その抽斗をあけた途端に、かすかに脂粉の香が鼻を摶《う》ち、幾枚かの晴着が袖口や裾を見せて重っているのが眼に入ると、それはまるで妻の遺品のように思われて、一時に胸が詰って来た。いつの日に着ようとて蔵《しま》ったのだろうか！　そんな感じさえした。暫く彼は立ち竦《すく》んでいたが、しかし今は、空しい思いに浸っている時ではないので、強いてその考えを抑えつけるように、ガタッと手荒に箪笥を閉めて、また慌しく我が家を走り出て行った。

　子守娘は、もとのところに腰をかけていた。元春は、蟇口の中から五十銭銀貨を一つ取り出して、子守娘に渡しながら、

「あのねえ、またお世話かけますがねえ。派出婦が帰って来たら、この五十銭玉、渡しといてくれませんか、みんなで菓子でも買って食べていなさいって。」

「よろしゅうございます。」子守は五十銭玉を受取った。

「じゃア、お頼みしますよ。」

　自動車は、そこの四つ辻で向きを換えて、彼の帰るのを待っていた。

「病院まで五分かな。」と運転手に話しかけながら、元春は南坂病院に帰って行った。

徳子は、再び眠り薬の注射を受け、担架に乗せられて、二階の病室から階段を降り、玄関先に待っている病院自動車に運ばれて行った。伯母と元春とが、その後に附添って行った。廊下や玄関にいた病院や外来の人達が、物見高に立ち上って、あとを見送った。

元春は、だらりとした着流しだった。拭いても拭いても汗が流れ出るので、顔の相が窶《やつ》れて、額には筋が立ち、眼は凹《へこ》んでいた。彼は立ち囲んだ人々の間を通りながら、何者にとも知れぬ憤りのために、心が亢ぶっていた。それは、人生そのものに対する憤りのようでもあれば、彼自身の運命に対する憤りのようでもあった。彼は、物見高い人達を尻目にかけながら、「みんなどうせ死ぬるんじゃないか。」と、ぶちまけたい衝動を抑えかねるのであった。

徳子は、病院車の中に、仰向けに寝かされた。元春は枕元に跼《かが》み、伯母は足許に跼んだ。カアテンを引いて、徳子の顔を暗くした。四角な箱の病院車は、徳子の足の方でバタンと扉が閉まり、砂利を軋《きし》って、蔦の絡んだ病院の門を後にした。

病院を出ると直ぐ踏切だった。丁度貨物列車が通るところで、自動車は架線の前に停車した。自動車の周りには、架線の上るのを待つ人々が群れていた。自動車の中を覗き込もうとする人もあった。貨物列車が通り過ぎるのには、暫く間がかかった。停車した自動車の中で静かにそれを待っていると、亢ぶっていた元春の心は水にひたしたように和らいで来て、眼頭に涙が溢れ出るのであった。

街は普段に変らなかった。朝晩彼が散歩する時のままであった。茶舗の店先には、いつもの如く、額の広い番頭が前垂姿で坐っていた。将棋の好きな古本屋の主人は、相変らず盤の上にうつむき込んで将棋に余念がなかった。それから、十銭ストアの売子達は、今日も唇を赤く塗って、懶《ものう》そうにぼんやり立っていた。しかし、すべてはよそよそしく、無関心な風景でしかなかった。これが、四年も五年も、朝晩馴染んだ街の姿であろうか。行けば行くほど、街は白け渡って見えた。街は、彼に辛く当ろうとしているとしか思われなかった。

そんな心の状態だったから、行く手に、海老色のアパートの建物が見えて来ると、元春は初めて救われたように、通りに臨んだ二階の窓の一つを懐しげに見上げた。そのアパートには、彼の親しい先輩、大辻氏が住んでいるのである。昨夜、派出婦会へ行って派出婦を世話して来てくれたのも大辻氏であった。徳子が南坂病院に入院したことまでは知っているが、今郊外の病院に移されていることはまだ知るはずがない。彼は、一声、大辻氏に声をかけて行きたかった。若し大辻氏の姿が見えたら、「大辻さん」と叫んで、「到頭本式に入院することになって、今行くところです」と言って行きたかった。今の元春は、誰でもつかまえて、温い力になる慰めの言葉をかけてもらいたいのであった。しかし、大辻氏の部屋には、簾が垂れて、それに西陽が暑く当っているきりであった。張出窓に出してある万年青《おもと》の鉢に、白い卵の殻が伏せてあるのが、鮮かな、しかし果敢《はか》ない印象となって、

自動車はアパートの下を通り過ぎて行った。

広いアスファルトの街道に出ても、自動車は徐行をつづけて行った。

「スピードを出すと、麻酔薬が利いていますから、御病人の心臓にこたえますから。」

と運転手が言った。

徳子は、麻酔薬のせいで咽喉が乾くらしく、頻りに空唾を吐いた。そして時折、「あなた、あなた」と、夫の名を呼んだ。

真っ直ぐな舗装道路を、自動車は進んで行った。進むにつれて、彼のそそぐ汗とも涙とも知れぬものが、ガソリンの汚点《しみ》のように、路上に絶えず汚点を滴らしてゆくような気がしてならなかった。道の両側には、蟬の声の降りしきる並木がつづいていて、その濃い夏影の中を、自動車は出たり入ったりした。蟬の声は、どこまで行っても、止むすべを知らなかった。ところどころ、新しい工場の集団住宅が見えたりした。

車はいつか、桜の名所にかかったらしく、上水を挟んだ桜堤に沿って走っていた。節くれ立った老樹は、すでに病葉になって、日照りの下に、埃をかぶって、うな垂れていた。それは、真夏のうら淋しい景色で、花の賑わいは何処に探《たず》ねようもなかったけれど、元春は、十年許《ばか》り前に一度、友人達と一緒に一升瓶を提げて花見に来た時のことを、思い出した。古新聞を敷いて冷酒を呷《あお》ったり、上水の両側に群る人々の間を酔っ払って練り歩いたり、萱葺きの茶店にあがって、夕闇が濃くなるまで佐渡おけさを歌ったりした。その折、

ふらつく足で便所へ立ちながら、ふと気づくと、電燈を懸け連ねた花の下から湧き上る唄という唄が全部佐渡おけさばかりで、まるで佐渡おけさの野外大合唱団のように、上水を挟む桜堤一帯の夜空をどよもしているのであった。その佐渡おけさの大きなどよめきは、天上のどこかには、今でもなおたゆたっていそうな気はするが、草いきれのする土手を見ていては、目の前に繰りひろげるようすがはないのであった。それにしても、あんなに賑やかに佐渡おけさを合唱した花の名所に程近い病院だから、病む妻を横えた病院自動車をそこへ乗り入れて行くのは、一入《ひとしお》佗しい気持であった。路の傍に、村人が二三人集っている。車を停めて、病院を尋ねると、直ぐそこだと言う。いよいよ来たな、と思うと、じっと腰を落着けていることが出来なかった。

遠くに、赤い「たばこ」の看板が出ていて、そこが病院の門衛所であった。

病院に着くと、直ぐ看護婦がバタバタと出て来て、徳子はまた担架のまま、病室へ運ばれて行った。病室は、西と東に向いていて、斜になった西陽が部屋の一部に明るく射していた。徳子は仰向けに寝て、身動きもしなかった。ただ時折空唾を吐くことを止めなかった。夜具の包みや手提鞄や洗面器などが運び込まれた。看護婦が手提鞄をあけて、歯ブラシや石鹸や口紅など、細かな身の廻り品を検《あらた》めているのを見ていると、これから先の徳子の覚束《おぼつか》ない生活が急に思い遣られて来て、元春は用もないのにツカツカと部屋の中に入り、硝子障子のそばに立って、眼を外にやった。外庭は深い木立で、ひんやりとした庭土が目

の前にあったが、勿論何も見るのではなかった。それから彼は徳子の枕許に来て、そこにぼんやり立っていた。徳子の瞼は閉じたまま、ピクピクと微かに動いた。なにか助けを求めているような顔に見えた。

「これは、御退院の時までお預りしておきます。」荷物を一通り検めた看護婦が、夜具を結えて来た細引を、くるくるとくるみながら言った。

「ええ、そうお願いしますわ。」と伯母が答えた。

看護婦の言葉を聞くと、元春は突然眼の前に一道の光が射して来たような気がした。病癒えて退院する日のことが、思いがけなく彼の頭に閃いたのである。彼の心は、瞬間、明るく躍った。

元春達は、徳子の方へ最後の一瞥を与えてから、院長室の方へ出ていった。その病棟は女の患者ばかりで、元春達のうしろに立って徳子の部屋を覗き込みながら、「まア可哀そうに」と呟いていたものもあったが、通りがかりに見ると、部屋の中で一心に針仕事をしている患者もあった。小さな餉台《ちゃぶだい》で、丼を前に夕食を食べている患者もあった。打ち見たところ、病気の気配も見えず、日常の部屋で、思い思いに日常の生活をしているらしいのが、却っていじらしかった。中には今にも帰らんばかりに、束ねた荷物を引き据えて、坐っている患者もあった。病気とは言いながら、ひたすら家を恋うのであろう。

院長室に入ると、書棚に願かけの達磨が据えてあるのが、いきなり眼に入った。願がか

なって、病気の癒えた人が置いて行ったのであろう、達磨には黒々とした眼玉が書き込まれていた。我ながら目敏《めざと》いと思うほどだったが、今の元春は、直ぐそういうことに心が傾いて行って、唯《ただ》では見過せないのであった。

院長は、かなりの年配だったが、磊落《らいらく》で、恬淡《てんたん》としている感じの人であった。シャツ一枚になって扇を使いながら、大きな声で、あけすけの話をした。それが、元春達のじめじめした気持には何より助けになって、心がほぐれるのだった。

「僕は、院長で、薬剤師で、小使で、電話がかかって来れば立って行くし、一人でなんでもやっていますよ。患者を殖やして盛大にやろうとも思わないから、病院も増築しないです。」などと、初《しょ》っ鼻《ばな》から院長は語った。そんな話を聞くと、元春はなにか安心を感ずるのだった。

「僕は血を見るのが嫌やだから、こんな病院をやったんです。」とも院長は語った。

「私なんかが考えると、血を見るよりもこの方が嫌やのようですがねえ。」と元春が言った。

「みんなそう言いますがねえ。住んでみると、こんないいところはありませんよ。」と言って院長は大きく笑った。

「静かな環境ですわねえ。」と言って、伯母が窓の外を見た。

武蔵野のまん中で、まわりは畑と林だった。広い構内には高いトタン塀がめぐらされ、

塀寄りに、鈴懸《すずかけ》やポプラが並んでいた。もう夕風が出て、窓から覗いた鈴懸の葉も頻りに音を立てて、葉群の翳りで、白い壁の院長室全体が青く染んでいた。

「環境も静かですが、こんな苦労のないところはありませんよ。世智辛い世の中に、苦労のない人たちの集りですからね。」

「はたからは随分苦しそうに見えましたが、本人はなんともないんでしょうか。」と元春が訊ねた。

「ちっとも苦しかありませんよ。病人にとってはそれが常態なんですから。」

「あの方もやはり御病人でしょうか。」

三十歳許りの男が、庭をそちこち歩き廻っていた。そのあとから女の人が附き添って歩いていた。それを目にとめて、伯母が訊いた。

「ええ。ああなると、一寸むずかしいんです。」

その一言を聞くと、元春の心は忽ち重くなって、自分の考えに沈んだ。

「女の方は？」

「あれは細君です。自分で介抱して癒したいと申しますから、特別に許可して入れてあるんです。もう五年になります。」

その間にも、院長は徳子の病歴や家庭の事情などを訊ねて、書類に記入をしていた。元春は、身心共に窮迫した自分達の生活をぶちまけた。そこへ、看護婦が慌しく駆け込んで

来た。

「今丁度お眼覚めでして、廊下に出て、主人や伯母はもう帰ったかと叫んでいます。」

元春と伯母は、一瞬息を呑んだ。

「じゃア、一寸失礼をいたします。様子を見て参りましょう。」

と言って、院長は出て行った。

「僕達の来たこと、知ってるようですね。」と、咽喉のひからびた声で元春が言った。

「なんにも知らないのかと思っていたら……こんな病院に入れて、きっと私達を恨んでるでしょうよ。」と、ひそめた声で伯母が言った。

「自動車の中でも、頻りに僕の名を呼んでいましたねえ。」

「出任せに呼んでるのかと思っていたら、やっぱり元春さんがそばにいることを知ってたと見えますわねえ。」

間もなく院長が帰って来た。

「どんな様子だったんでございましょうか。」伯母が待ち兼ね顔に訊ねた。

「私をどうしてこんな病院なんかへ入れるのか、直ぐ出してくれと喰ってかかりましたよ。」と院長は椅子にかけながら笑った。

「なんでも知ってるらしゅうございますわねえ。」

「なんでも判ってるんです。主人や伯母は帰ったかと訊くから、もうさっき帰ったと言っ

てやりました。」

「そしたらどうしたんでしょう。」

「涙をポロポロお流しになりましたよ。なんでも知ってるんです。」

伯母がハンカチで眼尻を拭った。

「で、御診察の結果は、どんな工合でございましょうか知ら。」と伯母が院長の顔を覗った。

「暫く経過を見てみましょう。次第に落着くんじゃないかと思います。熱も少しあるようですし、熱が下れば食慾も出ます。」

「この二三日、シロップしか咽喉を通していませんが、大丈夫でございましょうか。」と不安げに元春が訊ねた。

「大丈夫ですとも。水だけでも飲んでれば、一週間くらいは大丈夫です。」

いつか月が出たらしく、淡い影が部屋の中に射していた。若旦那のような姿をした患者は、妻を従えて、その月の光に頭を照らしながら、いつまでも歩きつづけていた。

「ではこれで、お暇《いとま》致しましょうか。」と伯母が元春の顔を見た。

「お暇することにしましょう。」と、元春は襟を掻き合せながら、院長に向って、「それでは、面会出来るようになりましたら、いつでも参りますから、どうかよろしく。」と言って頭を下げた。

「今度お会いになる時は、きっと若返っていらっしゃいますよ。みんな、お若くなって退院をなさるんです。眼なんかもきれいになりましてね。」と言って院長は笑った。

心は底知れず重く沈んでいながらも、病院を出ると、ホッと安堵した気持だった。ふりかえると、林の上に昇った月が、病院の屋根を黒い影に形取っていた。月の光はまた、林や桑畑や芋畑の上に、油のような濃い輝きで照り渡っていた。

村の若者が、口笛を吹きながら、自転車を飛ばして行った。その遠ざかって行く後影を見送りながら、あんな無心な世界もあったのかと、元春は我に返るような気持だった。

「私は知らない間に武蔵野保養院に来て居りました。南坂病院に行きました時もちっとも存じませんでした。武蔵野保養院はどうも普通の人のいる病院ではないらしゅうございますけれども、私はこの病院に入っている以上何も申しません。正当に出されるまでは何も申しません。唯子供のことを考える時だけ涙がこぼれて仕方が御座いません。でも何も申しません。どうぞ家の後事をよろしくお願い申し上げます。私の恰好は、入院の時のままの腰ひもだけなので、みっともないと申す人が御座いますから、黄色の井桁模様の博多袷帯、帯上げと帯締め（なるべく赤いの、用簞笥に入っているかと存じます）何卒早速お送り下さいませ。ほかにもまだ色々申上げたいことがあるように思われますが、今思い出せません。又次ぎにお願い申上げます。」

徳子から初めて手紙が届いたのは、八月の二十四五日頃であった。入院したのは、八月一日であった。元春は繰り返えし読んだ。便箋一枚に鉛筆で走り書きした手紙であったが、可笑しなところや辻褄の合わぬところは殆ど見当らなかった。ほかの患者の言うことを気にしているらしいのが、可笑しいと言えば言えるくらいのもので、観念し切った姿は、むしろ日頃の徳子以上で、却って哀れを催すのであった。それにしても、案外早く快くなったな、そう思いながら、元春はその手紙を何度も開いては読んだ。前途の明るみが、その一枚の便箋から立ち上って来るような気さえするのであった。彼は早速小包を纏めて、博多の帯や帯締めなどを病院へ送った。

次ぎの手紙が来たのは、それから四五日してからであった。便箋一枚に、ペンで四五行書いたものであったが、それは、前の手紙とは打って変って、切迫した感情を訴えるものであった。

「私は催眠術にでもかけられて色々変なことを致したような気がいたします。なるべく早くこの病院を出たいと思います。

家へ帰りたいと存じます。

何卒この手紙の着き次第迎えに来て下さいませ。」

元春は忽ち焦燥に駆られた。彼は手紙を披《ひら》いたまま、座敷の中を歩いてみたり、縁端の椅子に行って腰掛けてみたりしたが、どうしてみても落着いていることが出来なかった。

徳子の救いを求める声が、どこまでも彼に附き纏って来るのであった。しかし、どう手の下しようもなかった。不安な日がつづいた。徳子の病状は、一進一退であるとしか思えない。彼は次ぎの手紙を待ち侘びた。そしてその手紙の中に、いくらかでも良い徴候を見出すまでは、何も手に附かない気持であった。

それでも、九月の中旬になると、面会の許しが出た。徳子はもう、病院から婦人雑誌を借りて読んだり、洗濯や裁縫などしたりしているらしかった。

元春は、風呂敷に、菓子や果物やスリッパや白粉《おしろい》などを包んで、武蔵野も奥深い駅で省線電車を降りた。日照りはまだ暑かったが、路傍には早や萩の花が咲いていた。往還から病院の方へ折れて、一本の電柱のそばまで来ると、彼は荷物を地の上におろし、畠の隅へ放尿をした。畠には陸稲が稔っていた。彼は身慄いをした。そこからは、病院の黒いトタン塀も見え、「たばこ」の赤い看板も陽に光っていた。「徳子は、まだ俺の来たことを知らないな」と、元春は口の中で呟いた。「五分後には俺の来ることも知らないで、雑誌を読むか、裁縫するかしているにちがいない」とも考えた。それから、ズボンのバンドを締め直し、風呂敷包もしっかりと結び直して、彼は歩きはじめた。「徳子は、俺の来たことをまだ知らないな」、「まだ知らないな」、「まだ知らないな」と、一歩毎にそう考えながら、彼は病院の玄関に立った。院長室に通って、入院以来の経過を聞いていると、看護婦が入って来た。

「旦那さんがお見えになったことをお話しましたら、病室で会うのは嫌やだと仰言《おっしゃ》いますが。」

「じゃあ、応接室がいいでしょう。」と院長が答えた。

徳子は、「覚醒」するまでに十五日許りかかったということだった。その間咽喉を通したものと言っては、西瓜の汁やシロップの類いばかりで、それも一々看護婦の手を煩わして口へ入れてもらわねばならなかった。「覚醒」してからも、間をおいては発作を起していたが、もう大丈夫だということだった。一時は幻聴のために、何者かに呼ばれるような気がするらしく、頻りに病院を出て行きたがっていたが、今はそれも治まっているということだった。

「もう普通とちっともお変りにならないんです。お仕事もよくなさいます。それに、入院当時よりは、ずっとお肥《ふと》りになられましたよ。若返えられたかどうかは判りませんがね。」

と言って院長は笑った。

看護婦がまた廊下に来た。

「あの、奥さん、応接室に出ていらっしゃいましたけれど。」

それを受けて、元春は立ち上った。

「じゃア、一寸会って参りましょう。」

「お話は、まア、さりげない話をなさって下さい。あまり刺戟を与えると良くありません

から。いつかも或る患者に面会を許したら、おうちの方の誰かが亡くなったことを話されたもんだから、びっくりしちゃって、病気がぶり返えした例もありますから。」という院長の注意。

「承知いたしました。」

元春は、胸がときめくような気持で、応接室へ入って行った。人のいる気配もなく、しいんとしていた。徳子は、室の隅に置いた長椅子の端に腰かけ、ハンカチで顔を被うているのだった。元春は一瞬、胸を衝かれたけれど、何気なく快活をよそおって、

「大変好いようじゃないか。」と言いながら、椅子に腰をおろした。

一眼見ただけで、病いの窶れは、ハンカチを抑えた手筋にも、浴衣を着た胴のまわりにも、争うことが出来なかった。元春は院長室にいた時、徳子が庭下駄を突っかけて来て、白い歯を出してニコニコ笑いながら、窓のところから覗き込みそうな気がしてならなかったが、いま当人を眼の前にして見ると、それが甘い考えでしかなかったことを恥じねばならなかった。

暫くして、徳子はハンカチを外した。泣いていたのか、それとも病気のせいなのか、眼は赤く血走っていた。

「子供達は、どうしていますの？」と徳子はか細い声で訊ねた。

「うん、澄代が来て世話をしてるから、心配はないよ。」澄代というのは、元春の一番下

の妹である。

「澄ちゃんが来てますの。」

「うん、お前が入院してから四五日して、やって来たよ。この春頃から呼んで手伝わしていれば、お前も病気にならずに済んだかも知れなかった。」

日に日に心身の衰耗する徳子を、見す見す最後まで追い詰めたのが、彼には後悔の種なのであった。

窓の外の木立では、つくつくぼうしが鳴いていた。室の中は蒸し暑くて、徳子は頻りに額の汗を拭うし、元春は団扇《うちわ》を使っていた。

「あなた、和倉博士って知っています？」と徳子が突然訊ねた。

「ああ、名前だけなら知っている。随分古い博士だな、まだ生きているか知ら。」

「まだ生きてらっしゃるそうですわ。」

「その人がどうした？」怪訝そうに、元春が尋ねた。

「その方のお嬢さんが、やはりここの病院に入院してらっしゃるわ。女子大の英文科を出て、旦那様が外交官だったものだから、外国へも行ってらっしゃったとかで、私の部屋に来ては、英語でぺらぺら喋舌《しゃべ》るのよ。そして、あたし達はダンジョンにいるのだっていう意味のことを、しょっちゅう私に言うのよ。――あなた、ダンジョンて、なんていう意味なの？」と徳子が訊き込んだ。

元春はぎくりとした。しかし、彼はさあらぬ態で、誤魔化すことにした。

「さア、なんだったっけ。綴りだけなら知っているがね。たしか、dungeon だったと思うな。」

「牢獄って言う意味じゃないの？」

徳子は突込んで来た。元春はもう一度ぎくりとした。徳子はすべてを知っているんだと思った。しかし、たといすべてを知っているにしても、恐ろしい真相を眼の前に突きつけたくなかった。徳子はダンジョンという言葉が気にかかって、脅えている風にさえ見えるのだった。そこで彼はもう一度逃げを打つことにした。

「普通牢獄というのは、prison と言うね。罪人というのは prisoner と言うし……。」

そう言って、女学校を出た頭の徳子を説得しようとしたが、徳子が納得したかどうかは判らなかった。だが彼女は、もうそれ以上、ダンジョンについては何も言及しなかった。

「頭が痛いとか、目暈《めま》いがするとかいうことは、もうないの。」と元春は病状を聞いてみた。

「ええ、もうどうもないわ。」

「食事は？」

「食事もおいしいわ。おなかが空いて仕方がないくらい。」

「この風呂敷に、お菓子や果物が入っているから。」と言いながら、元春は卓子の上に置

いていた荷物を徳子に渡した。

徳子は受取った風呂敷を開いて見てから、またそれを包んで、膝の上に載せた。

「わたしね、この病院で初めて気が附いた時は、とても怖かったわ。」と徳子は、その時の怖さをもう一度思い起すような不安な眼附きをした。

「それはそうだろ。見ず知らずのところに置かれていたんだからね。而も周りには怪しい病人達がいるんだから。どこにいるのかと思っただろ。」

「私達がT区に居た時分、近所に、やはりこんな病院がありましたわね。夕方など、あすこの側を通ると、お婆さんの人が窓から覗いたりしていましたが、私、初めは、あすこの病院に入れられてるのかと思ったわ。」

「ああそうか、そういう記憶が閃いたんだね。――南坂病院に行ったことは、知らないんだってね。」

「知ってるわ。」

「この間の手紙には、知らなかったって書いてあったじゃないか。」

「あの時は、院長さんから話されても、ちっとも思い出せなかったの。でも、後になったら、思い出せて来たわ。南坂病院では、二階の病室に移される前に、暫く別の室に寝かされていたでしょう。」

「ああ、病室が満員だったから、空くまでの間、階下の予備室みたいな室で二三時間待っ

ていたんだ。」

「あの室で光子の声を聞いたように思うわ。」

「うん、上の二人は家に置いて、光子だけ連れて行っていたから。お前の枕許で、伯母さんと僕と光子と三人で、おひるの代りに、食パンを齧ったんだ。」

「わたし、夜中に飛び起きたことも覚えてるわ。」

「みんな知ってるんだね。」

「寝台自動車に乗せられて、ここに来る時のことだって覚えているわ。あなたと伯母さんのほかに、もう一人誰か乗っていて、途中で降りましたわね。」

「いや、二人きりだった。」

「自動車が停って、たしかに誰だか、降りたような気がするわ。」

「ああ、そりゃ、自動車の助手だよ。途中で自動車のタイヤが破裂して、修理のために助手が降りて行ったから。」

「助手だったの。わたし眼をつむっていても、誰だか降りたのがちゃんと判ったの。……それから、この病院に来て、あなたと伯母さんが出て行った時のことも知ってるわ。あの時は心細かったわ。」

「お前は眼が覚めると、廊下に起きて来て、主人や伯母はもう帰ったかと叫んだって言うから、何もかにも知ってるんだなと初めて気が附いて、僕達も驚いたんだ。あの時まだ、

僕達は院長室にいたんだが、院長が出て行って、みんなもう帰ったと言い含めて下さったんだ。」

「そうお。その時のことは、わたしよく覚えてないわ。ただねえ、あなたと伯母さんが帰ってゆくとき、とても物悲しかったことだけを覚えているわ。」

そう言ってから、徳子は室の外をかえりみながら、

「看護婦さんが待っていらっしゃるから、もうあんまり長く話していられないわ。」と元春の注意を促した。

そう言われてみると、室の外の長椅子に、さっきからずうっと附添いの看護婦が腰かけているのだった。時々身動きしたり、事務室の方へ立ったりする度に、腰につけた鍵束の音が鳴っていたが、面会が済むのを待っているのだとは元春は気附かなかった。

「成程ねえ、看護婦も責任があるだろうからね。……それじゃア、今日はこれだけにして、また来ることにするから。」と言って元春は腰を浮かした。

「わたしは、子供達のことがもっと聞きたかったんだけれど……。」

「子供達は、みんな元気だから心配することはないよ。」

妻は子供のことが一番聞きたいと言うし、自分も子供のことが一番話したかったけれど、子供等のことを言おうとすると、胸が閊《つか》えて来るので、元春は出来るだけ子供等のことに触れたくなかったし、言えば有り来りのことしか言えないのであった。

「わたし、光子のことが気にかかるけれど……。」

「光子は、毎日忠夫に遊んでもらっているよ。」そう言いさして、元春は口をつぐんだ。

　光子は、朝から晩まで、飯を食う間も、兄の忠夫を手放さなかった。七つの忠夫はまた、朝から晩まで妹に附き纏われながら、朝十銭午後十銭ずつ菓子を買ってやったり、蜻蛉《とんぼ》やバッタを捕ってやったりしているのだった。時には、忠夫も一人で遊びたくて、出て行こうとすると、光子が泣きながらその袖を捉えて放さない。忠夫は放そうとする。光子は放さない。それを見ると、元春は悲しくなって、二人を怒鳴りつけたこともあったが、思い返して、光子を抱きながら、近所の中学校の庭へ行って、鉄棒にぶら下らせたり、或は煙草屋の飾窓の前に立って、剝製の木菟《みみずく》を見せたりして、機嫌を取ったことも、一再ではなかった。そんな、光子の日常が、ありのままに、妻に向って話せるものではない。

「光子は、案外世話が焼けないよ。ちっとも淋しがってる風も見えない。夏の間一寸百日咳をやったが、もうそれも癒って、毎日元気に遊んでいるよ。」

　そう言い直したのはよかったが、つい百日咳のことを洩してしまった。それを徳子が聞き咎めないはずはなかった。

「百日咳ですって。もうよくなりまして？」と徳子は心配そうに念を押した。

「ああ、軽いのだったから、直ぐ癒ったよ。十日咳くらいだったよ。」と言って元春は笑いに紛らした。

「ほかの子供達は？」

「大きい連中は、素通りだったよ。」

内心、嘘を通す軽っ調子が嫌やだったけれど、徳子の前では、有耶無耶に葬るよりほかなかった。百日咳は、八月の半ば以来、近所一帯に猖獗《しょうけつ》を極め、元春は咳入る子供達のために毎晩吸入をさせたものであった。

「みんな、肺炎の経験者だから、注意してね。」

「うん。」

最後に徳子は、応接室を出ながら、今度来る時、本を持って来てくれと言った。

「小説はあまり読みたくない。面白い旅行記が読みたいわ。」

「じゃア、なにか旅行記を見つくろって、持って来よう。」

「そこの本も、大抵借りて読んじゃったわ。」

応接室には本棚があって、それには、婦人雑誌や大衆雑誌や、偉人伝全集のようなものが並んでいた。

「それじゃア、近いうちにまた来てねえ。」

「月末迄には必ず来るから。」

徳子は看護婦に附き添われながら、病棟の方へ、暗い廊下を歩いて行った。元春は、看護婦の鍵束の音が遠ざかるのを聞きながら、院長室の方へかえって行った。

九月の終りに、入院費の支払い旁々《かたがた》旅行記などを携えて、元春が病院を訪れると、徳子は外出の散歩を許された。

徳子は、すでにもう二回ほど、看護婦に連れられて夕食後の散歩に出たらしく、その時折って来た女郎花《おみなえし》の花を薬瓶に挿しているという手紙を寄越し、今度貴方が見えた時は是非連れて出て欲しいとも書いてあった。で、彼は院長に頼んだのだ。

「もう、いつ退院なさっても宜しいと思いますね。」とも院長は言った。

突嗟《とっさ》のことなので、元春はわくわくするような気持で、尋ね返した。

「今日でもいいでしょうか。」

「今日でも宜しいですよ。」と言って院長は笑った。

そうはっきり言われると、今度は元春が不安になって来た。

「それではと……」と元春は少し考えてから、「万全を期するために、もうあと十日御世話になりまして、それで異状がなかったら、退院させていただきます。」

「いいですとも。」

大きな肩の重荷を下ろしたような気持で、元春は応接室へ入って、徳子の出て来るのを待った。丁度柱暦が眼についたので、その前に立って、十月十日迄を一枚々々めくってみた。すると、その十日の経つのが、今迄の六十日が経ったよりももっと待ち遠しく感じら

れ、なぜ即日退院にしなかったのかと悔やまれるのだった。だが、入院の際、もうこれで大丈夫だという時から一月余分に入院して居れば万全だと言われたことを思い出し、やっぱりもう十日辛抱させることだと肚を決めた。

看護婦に伴われて出て来た徳子は、この前会った時よりもずっと肥って、血色もよく、眼の色も冴えていた。薄く化粧をして、セルの着物の上に、博多の帯を結んでいた。

「すっかり好いようじゃないか？」

「ええ。」

「院長の話では、いつ退院しても好いということだったから、来月の十日に退院することに決めたよ。」

「ほんと？」徳子は眼を輝かした。

「ほんとだとも。今日でも退院すれば出来ないことはないらしいが、それではあまり性急だから、もうあと十日待つことにしたよ。」

「そう決まると、退院するのが却って待ち遠しくなったわ。」

「僕もそう思うんだけどね。」

徳子は明らかに動揺して、嬉しいよりも、落着けないのが先に立つ風であった。

その側から、看護婦が小声で元春に口添えをした。

「今も、お出かけなさろうとして、なかなか手間を取るんですのよ。帯を何度も締め直し

てみたり、足袋をはいてみたり、脱いでみたり、ぐずぐずなさるんです。それがてきぱき出来るようになれば、申分ないんですけれど。」

「やはりまだ多少は病んでるんでしょうね。」

「でももう全快というものですわ。」

看護婦に送られて、元春夫婦は病院の玄関を出た。玄関先の躑躅《つつじ》の植込みに西陽の光が透いていた。徳子は、看護婦から借りた紫鼻緒の下駄を穿いていた。彼等は並んで歩いた。

「看護婦に連れられて、散歩に出たってねえ。」

「ええ、二度出たわ。一度はゴルフ・リンクの方へ連れてっていただいたわ。路ばたの茶店にお団子を売っていてね、奥を覗き込むと、黒い竈《かまど》で柴を燃やしているのよ。うちのことを思い出したわ。一度は桜の土手を歩いたわ。そしたら、子供の時東京にいた頃、お父さんやお母さん達とお花見に来て、雨に濡れて帰ったことを思い出したわ。」

「そうか。全然ゆかりのない土地というわけでもなかったねえ。」

「わたし、怖かったり苦しかったりしたけれど、こんな病院で生活したのもよかったと思うわ。」

元春は苦笑した。

「よかったということはないが、そんなように運命に素直に従うことが、結局運命に勝つことになるだろう。」

血色が好いと言っても、外気の中に出てみると、徳子の顔色は、蒼白く透いたように見えた。肥っていると言っても、むくんだような感じを与えた。それに、長く閉じ籠められていたので、外気に晒されているのが、なんだか物憂そうな表情に見えた。彼は病いの深さを思った。

「わたし、病院を出たら、暫く国に帰って来るわ。」徳子の声はやや浮き立っていた。退院後のもくろみが早くも胸に去来するのであろう。

「それがいいなア。もう随分帰らないから。」

「お父さんやお母さんにも会いたくなったわ。」

彼等は往還に出て、省線の駅の方に向って歩いて行った。森蔭の勾配を降って行った。

「子供達は、どうしていますの？」徳子の考えは、いつもそこへ還ってゆくらしかった。

「今夜はね、名月だから、お月見すると言って、朝っぱらから薄《すすき》の穂を採って来たり、晩にはお団子をこしらえて貰うんだと言って、騒いでいたよ。」

「そうお。今夜は十五夜さんなのね。」徳子は家の方を偲ぶような眼附きをした。

「帰りに、栗があったら、買って来てくれと頼まれてるんだが。」

暫く黙っていてから、徳子はまた口を開いた。

「私の隣の部屋に、加勢《かせ》さんて方がいらっしゃるのよ。あの病院に来てからもう十一年になるんだって。麗ちゃんて女の子があって、入院する時十二だったのが、もうお嫁に行っ

て、孫が生れてるのに、それを知らないものだから、麗ちゃんはいつまでも十二だと思っているのよ。私は、加勢さんが私の部屋に来て麗ちゃんの話をする度に、自分のことが心配だったの。でも、もうあと十日で退院出来ることになったから、安心したわ。」

「もう大丈夫だよ。」

「光子も、暫く見ない間に、変ったでしょうね。」

「うん、多少わきまえが出来たかねえ。」と言いかけると、兄に附き纏って片時も放さぬ光子の姿が浮んだので、咽喉にひっかかって、彼はあとをつづけることが出来ず、鼻を動かしながら、

「木犀《もくせい》の匂いがするね。」と言った。

「え？」

「木犀の匂いがするよ。」と言って、元春はまた鼻を動かした。

鄙《ひな》びた町通りに来ると、徳子は下駄屋を見つけて入って行った。おかみさんが、程合いのを二三足取出して見せるのだが、徳子はなかなか決まらない。看護婦がさっき言っていたのは、このことだなと思いながら、元春は側から緑の緒の下駄を取り上げて、「これがいいだろ」と促すと、徳子は漸くそれに決めた。

蕎麦屋を見つけると、徳子は天丼を食べたがった。蕎麦屋の卓子に就くと、彼は言った。

「お前を入院させた帰りに、伯母さんと二人で、ざる蕎麦を食ったのも、ここだったよ。

その時伯母さんが、僕の気を引き立てるために、ビイルを一本御馳走してくれたよ。」

蕎麦屋を出ると、徳子は薬種屋へ入って行った。

「パピリオを買って来るわ。」と言うから、元春が蟇口を渡して待っていると、徳子は薄色の肌色クリームとヘヤ・ネットを買って出て来た。

それから駅前の喫茶店に入って、コーヒとドウナツを取って、休んだ。出がけに、金つばと安倍川を包んでもらった。

「これが、私のお月見よ。」と言いながら、徳子はその菓子包みを抱えた。

踏切を越えると、瀬戸物屋があったので、果物皿一枚と湯呑茶碗を買った。徳子は、物が欲しいというよりも、物を買うことに飢えている風であった。

ガレエジの先まで行くと、町通りはもうおしまいだった。

「この先を、どこまでもずうっと行ったら、どこへ行くのでしょうね。」遠い往還を見はるかしながら徳子が言った。

「さア。多磨墓地へ出るんじゃないかな。」

そこで二人は引き返えした。駅の前まで帰ると、駅の出入りを見ながら、徳子は立ち停った。

「私、今夜一晩だけ家に帰って、子供達を見て、明日また病院に帰るようにしたいわ。」

「万一のことがあっては、病院の責任になるから、そんなことは出来ないだろ。」

「みんな、少し快くなると、そうしてるわよ。」

「そうか。でも、十日すれば本式に帰れるんだから、大事を取る方が好いよ。」

そう説得されて、徳子は元春の後について、踏切を渡った。と、その右側の空地が、馬車の立て場になっていて、今し、桜堤の方に向って、空馬車が駈け出すところだった。それを見ると、元春は走り腰になりながら、気負い込んで言った。

「大分疲れたから、馬車に乗って帰ろうじゃないか。」

しかし、徳子は気乗りのしない様子で、むしろ抗議をするような調子で言うのだった。

「それは、あなたのロオマンチックよ。私は、馬車に乗ると、早く病院に帰り着くから、気が進まないの。少しでも、余計に、外に居たいわ。いくら聞き慣れても、錠の音は嫌なものよ。」

元春は返す言葉がなかった。馬車は遠ざかって行った。

「じゃア、ボツボツ歩いて帰ることにしよう。」

最後に、文房具店に寄って、便箋や封筒などを買うと、いつの間にか、森蔭の勾配まで帰っていた。向こうから、白い服を着て来るのは、病院の看護婦長であった。ニコニコしながら近づいて来て、「お帰りなさいまし」と言った。

「唯今。」二人はお辞儀をした。「どちらまで？」

「一寸、駅前まで行って、お月見の団子を買って参ります。」

「それでは、お早く。」

看護婦長は、急ぎ足に摺れ違って行ったが、直ぐ振り返って叫んだ。

「旦那さんも、御一緒にお食事を召上っていらっしゃいませ。私がそう言ったと言って賄《まかない》へ行けば、お膳を出してくれますから。」

「ええ、有難うございます。」

元春は、病院で、妻と差し向いの食事をすることに心が動いたけれど、帰りを急ぐような気持だったので、諦めねばならなかった。

「私も薄を折って行くわ。」と言いながら徳子は、路傍で、よく揃った薄の穂を、二三本手折った。

サナトリウムの白い標柱の側まで来ると、「今度はこちらから帰ることにしよう」と言いながら、元春が先に立って、サナトリウム道へ折れた。

見ると、大きな黄色い満月が、すでに林の上に昇っていた。月は、音もなく、粛々と昇ってゆく。

「大きな月だなア。」と元春が言った。

二人は、黙って、月に向って歩いた。月は元春の胸に、なにか霊気を吹き込むような気持がした。彼は、喜ばしい気持で、胸が一杯になるようであった。

「サナトリウムは、陽気だなア。」と言いながら、灯の明るいサナトリウムの門先で曲る

と、道は直ぐ、徳子達の病院の暗い塀囲いに沿っていた。

その時、野良帰りのおかみさんが、彼等の前を歩いていた。手には、大きな薬缶と編笠を提げ、手甲脚絆、地下足袋を穿いて、クタクタに疲れていた。病院の塀と道を隔てて、古びたトタン屋根で、工場の残骸のような長屋が這っている。大よそはあばら屋で、端っこの方にだけ、世帯の様子が見えた。野良帰りの女は、その家に入ってゆく。三つか四つくらいの男の子が、暗い家の中から窓先に走り出て来て、「かあちゃん」と叫びながら、両手を差し延べた。女は、薬缶と笠を下に置くと、ふところを明け、一升徳利のように張った乳を出して、窓越しに、子供を抱いた。子供はその乳に武者振り着いた。

徳子は余念なく、その様子を見逃すまいとしていたが、家蔭に来ると、突然、元春に囁いた。

「ちょっと、あなた、あの女のひと、羨しいわねえ。あんなふうに、お乳をやることが出来て……。」

「うん、なかなか好いなア。……光子は、お前が入院する前までは乳を飲んでいたが、もうこの頃は、お乳なんか忘れたらしいよ。」

院長はもう自宅に引き上げたらしく、薄暗い灯が玄関に点って、病院はひっそりとしていた。徳子は玄関にあがった。

「それでは、十月十日には、早目に迎えに来てねえ。」

「うん、おひる過ぎには来るよ。自動車で、荷物も一緒に積んで帰ろう。」

徳子は、看護婦に伴われて、あと振返えりながら、病棟へかえりかけていたが、また出て来て言った。

「あなた、お金に困りゃしない？　私の楽譜帳が押入にあるから、その中に十円札が五六枚挟んであるわ。」

「よし。」

病院を出ると、轡虫《くつわむし》の声が、あたりを取り巻いていた。月は中天に澄んでいた。一旦病いを得た妻を擁して、行路を思えば、懸念は果しなかった。しかし、七十日振りに、妻を家に迎えることを思えば、胸がときめいた。元春は、さまざまのことを考える必要があるような気がしながら、月明りの道を、黒い影になって帰って行った。

（昭和十七年十月）

よく霽《は》れて、霜の濃ゆそうな朝である。眼が醒めると、もう陽影が障子に射していた。傍らで寝ていた光子も眼をこすり始めた。それを見ると、元春は光子のからだを揺さぶりながら、気を唆《そそ》るような声をかけた。

「光子、今日はお母ちゃんが帰って来るんだよ。」

妻の徳子は脳病院に入っていて、この頃大分快《よ》くなったので、きょう一日だけの帰宅を許されて、五年ぶりに帰って来るのだった。朝のうちに元春が連れて帰って、晩にはまた病院まで送って行かねばならぬのだった。

光子はからだを揺さぶられても案外気のない顔をしていたが、眼をぱっちり開けたかと思うと、自分自身を納得させるような問いを以て答えた。

「お父ちゃん、お母ちゃんはうちのひとだね。」

突差《とっさ》に浮んだ疑問ではあるまい。不断に頭を悩ませている疑問を、この際糺《ただ》そうとしたのにちがいない。元春はハッと胸を衝かれたが、さりげなく、声を浮かせながら答えた。

「うん、うちのひとだとも。」

徳子が病みついて入院したのは、光子が三つの歳の夏のことで、生れて七年、母親と共に過した歳月よりも、母親を知らずに過した歳月の方が長いのである。しかも、母親と共に過した歳月に遡るにつれ、光子の識閾《しきいき》は朦朧とするはずであった。そういう光子にとって、母親とは名のみ、うちの人やらよその人やら、もうけじめもつかなくなって、一度は糺してみなくてはならぬ疑問となっていたのにちがいない。

「光子ちゃんのお母ちゃん、居ないの。」と、いつか近所の遊び友達が光子に訊ねていた。いつ来て見ても、母親の姿が見えないのを不審に思ったのにちがいない。

「ううん、病院に行ってるんだよ。」と光子は答えた。

「病院で死んじゃったの。」と友達はまた訊いた。

「死なないさ。生きてるよ。うちのお母ちゃん、とってもやさしいんだから。」

元春は仕事の手を休めながら、その最後の言葉を聞くと、「なに、嘘を言ってるんだ。」と、心の中で嘲りたいような気持だった。信ぜられぬのだった。頑是《がんぜ》ない三つの歳に母親と生き別れした光子が、実感として、母親のやさしさを知るはずがない、母親というものの観念を語っているに過ぎないのだと思わざるを得なかった。しかし思い返してみると、光子の頭の中では、母親というものの姿が、それだけ純粋に息づいているのだと察せられぬではなかった。徳子は、光子にとっては寧ろ酷い母親で、夏の暑い日に、毛布にくるま

って汗みどろになって叫んでいた母親の恐ろしい発作のそばで、光子は構いつけられもせず、取り着く島もなく、放り出されたようにして母親の側で泣いていたのに、――そしてその、天に向って泣くような悲しい泣き声は、今もなお元春の耳に残っているのに、光子はそれらのことは総べて忘れて、ただもう母親の微かなやさしさだけを頼りにして生きているのだと思われて来るのだった。それとも光子は、友達の手前、辛い記憶はひた隠しに、母親のやさしさだけをひけらかそうと悲しい努力をしていたのだろうか。

　そんなふうに、一方では、母親というものについてはっきりした観念をもっていながら、母親がうちの人だかどうだかという問題になると、その当り前すぎることが、光子の頭では曖昧になっていたもののようである。そこに、母親をめぐる観念と生活の分裂が感じられ、それというのも、あまりに永く、母親というものと無縁な世界に生きて来たがためであった。母親は病院へ行きっきりで、いつまで経っても、もう帰って来る期はないのではないかと思う不安も、幼な心に萌《きざ》すらしかった。

「お母ちゃんは、うちのひとだね。病院の人ではないねえ。」と、光子は、そう限定して、もう一度念を押した。

「ああ、うちのひとだとも。病気だから、病院へ行って癒してるんだ。」

　それで光子は、母親がうちの人であることについては確信を得たらしかったが、今度は語気を革《あらた》めて、聞き返して来た。

「お母ちゃん、癒るの。」

「癒るさ。」

「でも、なかなか癒らないんだね。」

「もう直ぐ快くなるよ。大分快くなったから、今日帰って来るんだから。」

光子は、帰って来る母親の面影を迎えるような眼で、瞬きもせずにいたが、今度は、思いがけぬことをふっと言った。

「お母ちゃんは、病院へ行く前の方が可愛かったね。」

元春は、なんと答えたらよいか、我にもあらず顔を赧《あか》らめるような気持で慌てながら、ぼんやり、「ああ」と答えて誤魔化すよりほかなかった。

光子は、元春の妹の仙子に連れられて、二三度病院へ行ったことがあるので、その時の印象を思い出しているのだった。幼な心の直感に狂いはなかった。徳子は五年の間病棟に閉じ籠められ、その間には快くなっては悪くなり、悪くなっては快くなり、病態が幾転変すると共に、病み窶《やつ》れ、病み呆け、病み虐まれ、その痕跡は眼相《めすがた》にも口許にも現われているのだった。光子がそれを見逃すはずはなかった。

「お母ちゃんは、起きていたよ。」

三年にわたる面会禁止の後、初めて病院へ行って来た日、帰って来るなり光子が報告したのは、それであった。如何にも意想外な顔をして言ったのは、病院に行って病いを養っ

ているものとばかり思っていたのであろう。母親は起きて、座蒲団の上に坐っていたのである。

「光子ちゃん、お母ちゃんに抱っこしてもらったね。」と仙子が、側から口を添えた。

「そして、お母ちゃん、何んて言ったの。」と、畳みかけて元春が尋ねた。

「何んにも言わないで、光子ちゃんをきゅうっと抱き締めたよ。」と、光子は、腕ぐるみ抱き締められた身真似をしながら答えた。母親の腕の力が、まだ体感として、からだの周りに残っているらしい身振りであった。

「それから、光子ちゃん大きくなったねと言ったね。」と仙子がまた口を添えた。

「でもお母ちゃん、あんまり物を言わなかったね。」と、光子は正直に、物足りなさそうな、寂しげな顔をして見せた。母親の病いの徴候を、敏感に感じ取っているのだ。意気込んで病院へ出かけて、一寸《ちょっと》見に拍子抜けの様子で帰って来たのも、そのためであった。

その次ぎに病院へ行った時は、母親に編んでもらった毛糸の洋服を抱えて帰って、それを父親の前にひろげながら光子は言うのだった。

「お母ちゃん、まっ赤な顔してたよ。」とまっ赤なに力を籠めて言った。

また病勢でも悪化したのではないかと元春は気遣いながら妹に尋ねると、徳子はその日、看護婦に連れられ、弁当持ちで、程近くに工事中の国民錬成所へ勤労奉仕に行って、草毟《くさむし》りをして帰ったばかりのところで、陽焼けしてまっ赤な顔になっていたのだと語った。そ

れで元春は安心したが、その日の赤く陽焼けした母親の顔は、異常な印象だったらしく、「お母ちゃん、まっ赤な顔してるね。」と、光子は寧ろ脅えるように、その後思い出しては幾度も繰返すのだった。

　物言わぬ懶《ものう》そうな顔、まっ赤な阿修羅面のように見える顔、想いに反して、病院で見出した母親の姿が疎ましかったのにちがいない、病院に行く前の母親の方が可愛かったと、光子はませた口を利くのである。

「そんなら光子、病院に行く前のお母ちゃんの顔、覚えてるかい。」と元春は訊いてみた。

「覚えてるさ。頬っぺたなんか、ぷくぷくしてたよ。」と光子は造作もなく答えた。今の徳子は、頬は蒼くこけているのである。

「それから。」

「お化粧なんかして、好い匂いがしていたよ。」

光子に乳を含ませながら、パフで頬を叩いていた徳子である。今は、頭からは油っ気が抜け、顔には白粉《おしろい》気《け》もないのであった。

「それから。」

　そう言ってしまってから、元春はハッと我に返り、光子の返事を遮るように飛び起きながら、手荒に言った。

「さア、早く起きな。お父ちゃんは病院へ行かなくちゃならないんだから。」

子供と一緒になって、子供をだしに使って、妻の昔の面影を偲ぼうとしている自分に気附くと、元春は自ら嘲りたいような、返らぬ昔を追おうとする辛さに堪えられないような気持で、それを振り払おうとするのだった。彼はバサバサと音をさせながら、寝巻を着替えた。

「それからね、お母ちゃんの眼だって、もっときれいだったよ。」と、光子はつづいて蒲団から出ながら、追っかけるように言った。

徳子は入院以来、神経性の結膜炎を間歇的に病んで、眼が赤く濁り勝ちなのであった。

「もういい。」と元春は言葉をきつく止めを刺しながら、「早く寝巻を脱いで、洋服に着替えな。」と気短かに急き立てた。

「今日、日曜日だといいんだがなア。折角お母さんが帰って来ても、夕方にしか会えないんだから、詰らないなア。」

その時隣の部屋でそう言ったのは、上の和子であった。病院が病院だから、和子だけは病院に近づけず、従って、もう五年の間母親に会っていないのである。

「早う帰って来な。あんたが帰って来るまでには、お母ちゃんは疾《と》っくに帰って来ているよ。」と元春は勢いづけるように言った。

勢いを得た和子は、先に食事を済ませると、心の弾みをからだ全体に現わしながら、玄関の戸を引き開け、それから閉め、学校へ出かけて行った。

そんなに早く病院に行くのは初めてだった。午前の病院には、格子越しに明るい陽が流れていた。

徳子は廊下の流しに出て洗濯をしていたが、病棟の扉の錠前が外ずされるのを聞くと、顔を上げて、スリッパを引き摺って来る元春の方を見た。彼女は心待ちの様子で直ぐ流しを離れ、濡れた赤い手を前垂で拭きながら、元春の側に寄って来た。

「あなた、コオトなんか持って来て下さって？」

「ああ、コオトも長襦袢も持って来たよ。」と言いながら、元春は直ぐ風呂敷包みを解きにかかった。

そこへ、看護婦長があとから来て言った。

「さあ、今日は帰っていらっしゃい。年百年中、あれほど帰りたがっていたお宅へ、今日こそ帰れますよ。お子さん達、お待ち兼ねでしょうよ。」

「帰さしていただきます。」と徳子は片手を畳に突きながら、膝を折って言った。

「ゆっくり帰っていらっしゃい。その代り、饂飩《うどん》の玉が買いたい、蜜柑が欲しいなんてねだって、いつか外出した時のように、旦那様を手古摺《てこず》らせるんではありませんよ。今は、食料品でも日用品でも、全部が配給で、切符がなくちゃ、何一つ勝手に買うわけにいかないんですから。」と看護婦長は言い聞かせた。

「ええ。」と徳子はかすれた声で答えた。

「武智さんばかりではありません、ここにいらっしゃる方は、どなたでも、おんなじことです。どんなに言い聞かせても、それが呑み込めないんです。外に出さえすりゃ、以前の通りに、食べたい放題、買いたい放題に、何でも手に入ると思ってるんですからね。」と婦長は元春に向って訴えるように言った。

「そうですね。僕等だって、十日もうっかりしてれば、勝手が判らなくなる時勢ですから、五年も隔絶してたんじゃ、闇の中へ出て行くようなものでしょう。」と、元春は立ったまま、顔に薄く白粉を刷き、頭に油を塗る徳子を見下ろしながら、合槌を打った。

「百聞は一見に如かずって言いますから、退院してから途方に暮れないように、社会の情勢もよっく見ていらっしゃいね。」

徳子が長襦袢に大島を襲《かさ》ねると、看護婦長は前に廻って、襟元や裾を繕い、帯を締めると後に廻って手をすけ、徳子が新しい足袋を取り出して穿こうとすると、その手許を見ながら言った。

「よく出来た方ですよ。病院にいるのに勿体ないと言って、新しい足袋でもスリッパでも一切手を着けないで、古いのをボロボロになるまで繕っては穿いてるんですよ。」

「よく出来た方ですよ。」と言われると、徳子の心情がいじらしくて、元春は思わず胸が溢れそうになった。

徳子の支度は整った。彼女は赤く充血した右の眼に眼帯を施し、配給の白布でくるくると巻いたギタアを提げていた。ギタアは、五年前に買ったままで蔵《しま》ってあったのを、退院の心支度に持ち帰ろうとするのだった。元春は、徳子が子供達のために編んだ毛糸の洋服や、自分のコオトをこわして作ってやったハアフ・コオトなどで膨らんだ風呂敷包みを抱えていた。

「それでは、夕飯を食べて、六時頃帰って参りますから。」と言って元春は立ち上った。

「あんまり寒くならないうちに帰っていらっしゃいね。」と看護婦長は玄関まで見送って出て徳子に言った。

「では、行って参ります。」と徳子は腰を屈めた。

一瞬、送る者も送られる者も晴れやかな面持であった。彼等は前途に望みを持つ人のように、いそいそと病院の門を出た。

葉の落ちた林の端《はず》れに、うす蒼く霞んだ遠い山が見えた。彼等は真向いに照る陽を眩しみながら歩いて行った。霜解けの露が、林の中や草っ原でキラッ、キラッと光っていた。

「どうだ、頭が痛んだりやしないか。」

「いいえ。」

「歩いてるのが不安じゃないか。」

「どうもないわ。」

しかし徳子はぎごちなく、ギタアに蹴かかりそうに歩いていて、頼りなげに見えるのだった。

駅近くの日当りで、路傍にボタンを並べている商人を見ると、徳子はその方へ歩み寄って行った。

「あなたのオーバアのボタンを買いましょうよ。」

元春のオーバの前ボタンが一つ千切れていて、千切れたままで一冬経ったのを、徳子は目に留めているのだった。

「ボタンなんか、一つくらいなくったって構わないんだが。」

「でも見っともないわ。」

そう言いながら徳子は、莫蓙の上に並べたボタンを取っては元春の胸に当てがい、古いのと見比べていたが、やや似通ったのを選り出すと、それに決めてしまった。それから、子供等の洋服に附けるのだと言って、赤や黄色のボタンを物色するのだった。それが無心に、如何にも楽しげに見えるので、元春は脇に控えたまま、あれでもないこれでもないと徳子が掻き交ぜるのを、商人に気兼ねをしながらも、別に急かせもせず見守っていた。そして、台紙に縫いつけた色さまざまのボタンを手一杯持って、徳子が商人に差出すのを見ると、千代紙を選り出した子供を見る時と変りなく、自分も一緒になって満悦しながら、徳子の言いなりに、ボタンとしてはかなり高めな金額を払うのだった。

省線電車に乗ると、徳子は人眼を憚るように、ギタアを支えにして、片隅に立っていた。次の駅に来ると、座席が空いたので、二人は並んで腰をかけた。五年ぶりに乗る電車の不安定な動揺と、窓の外を飛ぶ風景の目まぐるしさに堪えかねるのか、徳子は眼をつぶっていた。

その顔を見ていると、喜びの色も悲しみの翳もないので、元春は却って哀れを誘われるのだった。それにつれて、もはや妻としてではなくとも、一人の人間として、徳子を守ってやらねばならぬ、この世界で徳子を守ってやるのは自分よりほかにはないのだと、胸を緊《し》められるような気持になるのだった。

電車を降りると、旭市場、北郊映画館、三徳市場、明窓幼稚園、遠くに白山神社の大杉を見はるかしながら、そんな道順で帰って来た。

三州屋酒店の角を曲ると、冬ざれの舗装道路がパッと眼に入った。ずうっと、洗濯屋や魚屋の方まで見えたが、人影は一つもなかった。ただ乾いた道が、そこにあった。その道から少し引っ込んで、椎の木の頭が見えた。それが、彼等の家の目じるしであった。彼等の小さな住居は、隣家に挟まれて屋根さえ見えぬのだった。

徳子は遂に帰って来たのである。容態が良いにつけ悪いにつけ、菱沼へ帰して下さい菱沼へ帰して下さいと言いつづけた菱沼へ帰って来たのである。彼女は五年の間、この芸のない郊外町を恋いつづけたのであった。家が近づくにつれ、徳子はきっと眼を瞠《みは》り、咽喉

の奥の方で、ううーんと唸るような声が洩れるのを元春は聞いた。

「只今。」

　元春は先に立って玄関を開けながら、快活を装って、大きく呼ばわった。じめじめした感情に負けそうになる時、彼はいつもそうするのである。

　その声に、縁側で遊んでいた光子が振り向いた。座敷に上ると、隣の男の子が来て、おままごとをしているのだった。

「ねえ、お母ちゃん帰って来たでしょう。」

「光子ちゃんのお母ちゃん、病院にもおうちがあるんだね。」

「病院のおうちなんて、とっても広いんだから。」

子供達は、そんな風に話していた。

妹の仙子は台所で五目鮨をつくっていた。徳子はそこへ行ってお辞儀をした。

「只今。」

「お帰りなさいませ。よく帰っていらっしゃいましたわねえ。」

「ええ、やっと帰していただきましたわ。」と徳子は口に手を当てて笑いながら、「仙子ちゃんには、随分お世話になりますわねえ。」

「いいえ、何にも出来ませんわ。」

徳子の物腰は、女中奉公にでも行っていて、宿下りして来た時のような風情に見えた。

徳子はそれから、縁側の光子のところへ行って立った。徳子はそこでも「只今」と言ったが、光子は気恥しそうに顔を歪めたきりだった。徳子は光子の手を取っていじってみたり、ひび割れした頬っぺたを撫でてみたりした。光子は照れ臭そうに、されるがままになっていた。

「光子ちゃん、一寸これを着て。」

徳子はやがて立って、風呂敷包みのなかからハアフ・コオトを取って来た。ハアフ・コオトは光子には少し大き過ぎるように見えた。徳子はと見こう見していたが、「来年は丁度になるでしょうから、これでいいわね。」と元春の同意を求めた。

「上等さ。」と元春は頷いた。

ハアフ・コオトを着せられて、光子は晴れがましそうであったが、急に温《ぬ》く温《ぬ》くと見えて来た。そしてそれを来て、男友達と一緒に遊びに出て行った。

徳子は心が逸《はや》るからと、狭い家の中を歩き廻りながら、簞笥の抽斗《ひきだし》をあけてみたり、本箱の前に立ってみたり、縁側に出てみたりして、一ところにじっと落着いていられない風であった。

「あの八ツ手の木、もとはここの正面にありましたわね。」と、縁端に立った時、徳子は庭の隅に場所を変った八ツ手の株に目をつけて言った。

「ああ、花を作る邪魔になるから、隅っこに移したんだ――変ったことと言えば、それくらいのもので、家の中は何にも変ってないだろ。」元春は並んで立ちながら言った。

「下駄箱が出来ましたわね。」

「ああ、去年の暮に買ったんだ。」

「それから和子の机も。」

「あれは二三年前に買ってやったんだ。」

その間にも、徳子はまた本箱の前に立って、本から本を見廻していた。

「あなた、この頃小説集出しませんの。」と徳子は物色顔に訊ねた。

元春はぎくりとした。最近の創作集が、徳子の目に着いては大変だと思った。

「暫く出さないねえ。感想集なら出したんだけど。」

元春はそう言いながら、さあらぬ態で感想集を取って、徳子に渡した。徳子は目次を見、ペエジをめくっていたが、興味がないらしく直ぐそこに置くと、今度は玄関の間へ行って、そこにある小箪笥の抽斗をあけはじめた。

それを見済ますと、元春は大慌てに、本箱の上から三冊の小説集を取って、縁側の押入の奥にぶち込んだ。それら最近の小説集には、徳子の病気を中心に、家族の惨めさや貧窮を主題としない作品はなく、なかには、徳子を既に世に亡き者として取扱った作品さえ含まれており、仮にも徳子の目に触れさすべき著作ではないのだ。一生、徳子には見せては

ならぬものである。たとい姑息な手段を以てしてであろうとも、自分が心血をそそいで書いた作品を、妻の目から被い匿《かく》して終らねばならぬことを、彼は自分の作家的宿命であると肚を決めている。だから朝出がけに、最近の小説集はみんな隠して行くつもりだったのに、うっかり忘れていたのだ。今やっとそれを片附けてしまうと、彼はホッと胸を撫で下ろして、何喰わぬ顔で、昼の食卓に向うのだった。

縁側には陽が当って暖いので、元春の机を食卓代りに持ち出し、その上に、五目鮨を盛った皿を並べた。仙子が光子を呼んで来ると、食事が始まった。徳子はお客様のように、控え目に、遠慮深く、箸を動かした。しかし徳子は、二杯で箸を置くと、仙子がどんなに勧めても、三杯目の皿は代えなかった。

「どうだ、うちで食事をしてると、のんびりするだろ。」と元春が気を惹くように言った。

「ええ、病院にいると、生きているような気がしないわ。」健康であった時分を思い出させるように、徳子はずばりと言った。

「あんた、いくつになったかね。」

「三十五だわ。」

「そうか。三十代の半ばを病院で過したわけだなア。早く一陽来復《いちようらいふく》と行きたいものだね。」

「わたしもう退院しても大丈夫だと思うわ。」

「そうだね。今日の帰宅が試めしになるわけだ。あと、どうもなかったら、退院も近いだ

ろう。今日はとにかく、炬燵にでも入って、ゆっくりして帰るさ。」

食事のあと、炬燵を設えてやると、徳子は背を円くして蹲《うずくま》りながら、写真帖を開いた。それには、学校で撮った和子や忠夫の記念写真が貼りつけてあった。忠夫は前の年の夏から郷里の田舎へ預けてあったから、写真で見るよりほか、会うすべはなかった。しかし徳子は写真帖を開いても、忠夫は愚か、和子の姿すら見附けることが出来なかった。和子は多摩川園のチューリップ畑を前にして、忠夫は狭山公園の森蔭で写したりしていた。

「この眩しそうに、顔を顰《しか》めているのが、和子だよ。」と元春が示すと、

「そう言えば、なんだか和子のような気がするわ。」と徳子は念を凝らして見詰めた。

「頼りないなア。」と元春は笑いながら次の写真に移った。「このカアキ色の服を着てるのが、忠夫なんだ。」

みんなは黒や紺の洋服ばかりなのに、忠夫一人だけが、徳子の父親の古い軍服で仕立てたカアキ色の服を着ているので、目立った。

「そうお。随分力んだ顔してるわね。」と徳子は噴き出したが、それは、頼もしげに成長した我が子を見出した喜びが包みきれぬのだった。

「昔の面影、残ってないかね。」

「あなたの子供の時の写真に似てるわ。」

徳子はなお、ためつすがめつ写真を見ていたが、それに飽きると、炬燵を出て、箪笥の

抽斗という抽斗をあけ、行李という行李を引き出して、子供達のために縫い直しの出来るもの、編み直しの出来るものを取り集め、それが二枚の風呂敷に余っていた。そんなに持って行っても仕方がないだろうと元春が言っても、徳子は聞かなかった。彼女は今、縫い物と編物に熱中しきっていて、そのため毎晩夜更しをして寝るすべを知らないので、病室の電球も取り外されている始末だった。

　和子が学校から帰って来たのは、もう暮れ方に近く、丁度徳子は行李を引っ張り出して、衣類を点検している最中だった。

　玄関が開いたと思うと、和子は勢い込んで上って来たが、その拍子に母親の姿を見ると、その場に坐って、手を突いて、「只今」と他人行儀めいたお辞儀をした。

「あら、お帰りなさい。今日は。」

　徳子は驚いたように振り向くと、同じように我が子に礼を返した。そして暫くの間はポカンとして、口をあいたまま、和子の姿を見詰めていた。和子は胸に少年団のマアクを附け、腕には班長の徽章を附けていた。和子は赤い顔になりながら、眼の遣り場に困って、畳の表を抓《つね》っていた。

　元春はその時火鉢に凭《もた》れていたが、彼は顔を上げることが出来なかった。彼は火鉢の中に、だんだん深く俯向き込んだ。と、涙がポトポトと音を立てて、灰の上に落ちた。涙は灰に沁みて塊となった。元春はその小さな塊を、火箸の先で潰すよりほかにせんすべがな

かった。

「和子ちゃん、これを着て。」

徳子はまたハアフ・コオトを取り出して、和子に当てがった。和子には丁度よく似合った。和子も着膨れて、忽ち福々しくなった。

光子はなかなか母親に馴染めぬらしく、遠巻きにして出たり入ったりしていたが、和子は人懐っこく、直ぐ母親に馴染んで、附き纏った。

「お母さん、忠夫の手紙読んで。」

「いいえ、読まないわ。」

「忠夫の手紙とっても面白いの。」

そう言いながら和子は、最近忠夫から来た手紙を取って来て、母親に渡した。徳子は手に持って、初めて接する忠夫の字を逐《お》っていたが、くしゃくしゃした字が読み辛いらしく、

「あんた、読んで」と和子に返した。和子は声を出して読んだ。徳子は耳を傾けて聴いた。

「その後お変りありませんか。

お手紙があまり来ないので、みなが、だれか悪いのではないかと心ぱいしています。こちらは皆元気ですから御安心下さい。

冬の休みには、いそへ行ったりふなをつりに、行ったりしました。休みになると直ぐおじいさんと高知へ行こうかと言っていましたが、おじいさんにようじが出来て行けません

でした。

今日こづつみを送りました。それはおかあちゃんの着物で、おばあさんが糸でおったのです。ぼくの夏のようふくも二まいおりました。

ぼくの通知ひょうは、二つ優で、良が一つで、後は良上です。さようなら。」

和子が読み終ると、みんな笑った。居合せた光子も、声を合せて笑った。

「飽っけなく終ってるわね。」と徳子は手紙をまた自分の方に取りながら笑った。

晩には、丁度鮟鱇《あんこう》の配給があったので、七輪に火を熾《おこ》して、徳子を送るために鮟鱇鍋を仕立てた。

「鮟鱇鍋を仕立てるなんて、なんだか夢のようだわ。」

徳子は七輪のほてりで上気しながら、今はお客様気分を脱して主婦らしい気分に返りながら、子供達の皿によそってやったり、元春の茶碗に給仕したりするのだった。

元春は空の茶碗を徳子に渡し、よそった茶碗を取ったりしている間に、或る温かな情が徳子との間に通うのを感じはじめた。それはもう長い間忘れていたものであった。また妹の仙子の給仕では味えないものであった。つまりそれは、妻でなくては味えない感情であった。もう妻とは思うまい、一人の人間として思おうと意を決していたのに、徳子は再び妻として、元春に働きかけて来はじめたのであった。

（昭和十九年五月）

風致区

吉祥寺の駅に降りると、私の足はいつとなく井ノ頭の池に向いている。吉祥寺の駅に降りて、井ノ頭の池を一廻りして来ないと、なんだか気が済まない。

井ノ頭の池も、もう昔の面影はない。池を周って、何百本と知らず矗々《ちくちく》と伸び揃っていた杉の樹は、最早跡形もなく姿を消している。私は矗々というむずかしい文字を使ったが、あの昼も小暗い木の間闇を作り、あのじめじめとした木の下路に日影も射させないでいた杉群を形容しようとすると、どうしても、この矗々というむずかしい文字を使うよりほかに形容の詞が見出せないのだ。聞けば、あの杉の木どもは、空襲で死ぬる人達の棺桶を造るために切り払われたのだと、誠しやかに語る人があった。私は真偽の程は知らなかったが、風呂屋の籠が、屍体を収容するために使われるそうだという流説と同じ種類のものではないかと思って聞いた。が、尠《すくな》くとも、あの木どもが、どこかの工場として建ち、何かの船舶となって海に浮んだことは、恐らく事実であろう。そして工場として建った幾何《いくばく》かの杉の木は、空襲のため倒壊焼尽し、船舶となって海に浮んだ幾何かの杉の木は、海底深

く撃ち沈められたことであろう。跡には、あの小暗い闇を作り、古寂びた池を湛えさせて、矗々と天を摩《ま》していた彼等は影も形もなくなって、その時分には想い見るだに出来なかった開闊な空地が拓かれ、切られた当座は、何かの動物でも蹲《うずくま》っているような恰好で転っていた根っ株も取払われて、今では畑の物を作る畝が並んでいる始末である。戦争の魔の手は、この幽邃《ゆうすい》な風致区から、闇と冷気の醸し出す夜曲的な雰囲気を取上げて白日の下に曝してしまったのである。

　私はここに来る度に、木群の厚みが薄くなり、生ま生ましい木口を露わした木材が積み重ねられ、遂には杉の木という杉の木が姿を消し、打ち拓かれて畑地が出来るのを見て、何とも言えぬ口惜しさを感じてならなかった。何百年の間にわたって、あの木どもを守り育てて来た古人の心も、一朝にして蹂《ふ》みにじられたような憤りさえ湧くのであった。山河は美《うる》わしく、人の心は和み、善き政治が行われてこそ、我々のうちに国を愛する心も保たれるのであるが、山河が荒れ、都会が灰燼に帰して、何の愛国心ぞやと悲しまざるを得なかった。果して戦争が終りに近づくとともに、人々から愛国心が喪亡して行ったのも、止むを得ぬ事情であった。

　それにも拘らず、吉祥寺の駅に降りることがあると、私の足は自ずと池の畔に向くのであった。池の周りを一わたり歩いて来ないと、気が済まないのだ。貨物自動車が埃を捲いて走る往還を外れて、一歩園内に入ると、私の心はひんやりとした池の霊気に融けて和む

のであった。黄色な落葉が林の中に散り敷いているのを、靴先で蹴散らしながら歩み込んだこともあった。往還の埃を鎮めるように小雨の降りかかる中に、紅や白の梅の花が綻び初めているのを眺めながら、池の方へ降りたこともあった。

私が井ノ頭を訪れるのは、何かの所用を果した後なので、大抵は夕方近く、暮れるに間もない時分である。戦争になってから井ノ頭なんか歩く人は稀であったが、殊にその時刻には、ただ私のように紛れ込んだ閑人だけが時折池の畔をさまよっているきりであった。折悪しく、近くの工場から急がしく帰って来る男女工員の群に出会わすこともあるが、彼等が通り過ぎてしまうと、あとは却て静けさを増し、池に浮ぶ白鳥や鵞鳥の声が高まるのであった。或る休日の夕方歩いていると、一人の若い工員らしい男が、橋の上に立って、鯉を眺めていた。何と所在無さそうな姿なんだろうと、私自身も人生の倦怠を感ずるような嫌やな気持になりながらその男に近づくと、橋の下には、白や緋や黒や斑《まだ》らの大きな鯉の一団が、その男の投げるパン屑を争いながらのた打って、弓張提燈のように口を開いたり、鯉が鯉の上にせり上げられて、背を水面から露出したりしていた。それを見ると、私も忽ち惹き寄せられ、その男が決して所在無い気持ではなく、最も愉しく心を游ばせているのだと感づくのであった。或る夕方には、一人の若い男が、連れの女をベンチの上に坐らせ、自分はその側に立って、オカリナを吹いて聴かせていた。私はそんな情景を目にすると、見て見ぬ振りをして通り過ぎることにしている。

田端君が亡くなってから三年になる。私は井ノ頭へ行く度に、田端君のことを思い出す。生前私は田端君と親しく往来した間柄ではなかった。言わば、普通の文学友達以上のものではなかった。田端君は時折私の家を訪ねて呉れたことがあったが、私の方では田端君が死ぬるまで君の家を見る機会がなかった。田端君が東北の市で客死したという新聞記事を見て、その晩訪ねて行ったが到頭尋ね当らず、翌《あく》る晩になって初めて君の家の門を潜ったというような塩梅《あんばい》であった。それでいて、井ノ頭に行く度に、田端君がこの近くに住んでいたのに、今はもう居なくなったと思い、懐しく、寂しい気持がしないことはない。そして田端君の随筆の中に、夏の朝早く、子供を連れて井ノ頭のプールへ泳ぎにゆくことが書かれてあったのを思い出したり、また或る作品の中に、まだ作家として世に出ない頃の田端君が、仕様事ないままに、毎日出掛けては腰を下ろしたと書かれている木蔭の木椅子というのは、どの辺にあるのだろうかと思い運《めぐ》らしたりするのであった。

戦時中も、私は屢々《しばしば》、同時代の作家としての田端君のことを思い出した。それも、空襲に脅かされて明日をも知れぬ自分の命を思い、或はのしかかる戦争の重圧に堪え難い思いがする時、極まって田端君のことを想い起すのであった。そんな訳だから、私が田端君のことを思い出すと言えば、いつもこんな苦しい思いを経験せずに、自然な死を恵まれた田端君の身の上を羨み、生きている自分よりも、死んだ田端君の方が幸福だったと思い較べているのだった。さりとて、この苦しみから脱れられないものなら、自ら死を択ぶよりほ

かはないのだが、それが出来ず、自然の死も恵まれないとすれば、この苦しみはいつまでつづくことかと煩い惑うにつけ、田端君は好い時に死んだものだと思うのであった。我々は、ヴァジニヤ・ウルフになってはいけないと、遠い田舎から手紙を寄越した友人のことを思い出すこともあった。英国の女流作家ヴァジニヤ・ウルフは戦争中身を投げて死んだのだ。

今は違う。今は、私は生き延びた自分を幸福に思い、田端君も今まで生きていてくれたらと残念に思う。数日前、終戦後初めて井ノ頭へ行った時にも、田端君の面影が目先にちらついて仕方がなかった。未亡人を初め、遺族の人達も元の家には居らぬそうだが、どこに疎開していることだろうかと考えた。難関を突破して海軍の学校に入った息子さんは、今はどうしているだろうかとも考えた。みんな元の家に居られるなら、どうせ田端君に会える望みはないにしても、一度訪ねて行って、田端君を偲ぶよすがとしたいものだが、それさえももう出来なくなったのかと思うと、田端君を懐しむ思いは愈々募るばかりであった。

田端君の家を初めて訪ねた晩は、暗い夜であった。未亡人は遺骨を迎えに行っていて、女学校の上級生と思われる娘さんが一人、家を守っていた。娘さんは、端正な物腰で応待した。「寂しいでしょうが、しっかりして下さいね。」と言い残して、私は立ち去った。

田端君の家を出ると、私は夜の井ノ頭で涼が納れたくなって、まっ暗な公園の中に紛れ

込んで行った。蒸し暑い夜で、公園の中にも少しも風がなかった。それに、杉林の中は意外に暗かった。夜の闇と杉の樹の見境が全然つかなかった。その頃は、杉の樹もまだ健在であった。私は杉の樹と杉の樹の間を手探りで歩き、手を延ばしては、杉の樹の幹に摑まりながら歩を移した。それでも、思いがけぬ鼻先に杉の樹に出会わして、額を嫌やというほど打ちつけたりせねばならなかった。おまけに、前日までの驟雨が上ったばかりだったので、地面はじくじくとぬかるみ、水は処構わず木の間を縫うて流れを作っていた。それだのに、真の闇で、どこを踏んでいいのか、足許はかいくれ見えなかった。初め出鱈目に歩いていた私は、しまいには無茶苦茶に歩かねばならなかった。脚や裾が汚れるのは愚か、ぬかるみや水の流れに踏み込んだ下駄を引き抜くのにさえ難渋する有様であった。もはや呑気な涼み歩きだなどと言ってはいられなかった。私は真剣な顔になっていた。何の因果で、こんな暗い晩に、こんな所へ迷い込んで来たのかと後悔しながら、裾からげになって、漸く中の橋に辿りついた時、私は本当に一生懸命な気持になっていた。

　夜の井ノ頭を歩くのは、二度目であった。数年前、池の近くの松林の中に新居を構えた或る夫人に、友人達と一緒に招かれて、一夕御馳走になったことがあった。その夫人は、つつましい短篇や小品を書かれる人であったが、その家の部屋々々は、二枚つづきの大襖で仕切られ、暖炉には薪を焚いて、骨つきの鶏の肉など出される御馳走であった。その家を出た時は、もう夜が更けていて、池の周りの林は闇に包まれてしんと静まり返っていた。

道もどこをどう通っていいか判らないので、先に立った者が懐中電燈を点けて、その光を頼りに従《つ》いて行った。懐中電燈の光は、右左、後先から囲んで来る杉の幹に遮られねばならぬので、十分足許を明かすには足りなかった。中の島の動物園の前を通ると、動物の毛の臭いがぷんと鼻を衝いた。橋を渡って行くと、池の縁に点いた標識燈の光が水に長く映って、蠟燭を逆さに立てたように見えた。

田端君の告別式のあったのは八月に入って、暑い日中であった。——それ以来、二度目の夜の井ノ頭だった。私は焼香を済ませると、伊勢君を誘って、二人で井ノ頭へ足を伸ばした。橋を渡って、杉の木の蔭のベンチに腰を下ろして休んだ。折柄、子供を連れた竹本さんが、白い洋服を着て通りかかった。竹本さんも、田端君の告別式に来たのであった。竹本さんは、或る文芸雑誌の婦人記者をしていて、私の家にも度々訪ねて来たことがあった。その時分はまだ独り身で、私の家の子供達が、脇の裂けたような洋服しか着るものがないのを見兼ねたらしく、死んだ妹の形見に大切に蔵《しま》っていたという臙脂《えんじ》色の子供服を持って来て、私の子供に着せてくれたことがあった。それ以来、うちの子供は「竹本さんから貰った洋服」などと喜んで、一張羅《いっちょうら》のよそゆきに着たものであった。

「休んでいらっしゃいませんか。」と言いながら、私達はベンチの端を空けた。

「ええ、でも、坊やが言うことを聞きませんから。……これ、そこらで買って来ましたからお頒けしましょう。」

そう言って、竹本さんは、手提袋の中から赤いトマトを取り出し、二つずつ私達の掌に置いて行った。子供を重そうに抱えた竹本さんは、暑さに額の汗を拭き拭きしていた。子供は顔にいっぱいあせもが出て、天瓜粉《てんかふん》を白く塗っていた。

「竹本さんも、すっかり変りましたね。」と後見送りながら伊勢君が言った。

「家庭的になりましたね。」と私は答えた。「文化女学院時代は舞踊がうまかったそうだし、記者になってからは煙草なんか吹かしていた人とは思えませんね。」

そう言っているところへ、今度はまた、引田君が通りかかった。引田君も、田端君の告別式の帰りであった。引田君は田端君の出た大学の予科の教授で、小説も書く人である。

「田端君が死んで、山渦さんが弱ってるそうだ、俺が死んだら、田端君に葬儀委員長になってもらうつもりだったのに、葬儀委員長になってもらう人がなくなったってね。」引田君はベンチの端に腰を下しながら言った。

「逆になりましたね。山渦さんが田端君の葬儀委員長にならなくちゃならないなんて。」と伊勢君が言った。

「兎に角、葬儀委員長は別としても、田端君が死んで、山渦さんはこたえているそうですね。」

「それはそうでしょう。山渦さんの家へ出入りする人のうちでは、田端君の才能を一番買っていたし、頼りにもしていたようですからね。」と私は言った。

「田端君の後で、山渦さんの葬儀委員長になるのは誰かね。」

「岡崎勝太郎君はどうだろう。」と私が言った。

「岡崎君が、山渦さんとの関係では、一番古い人でしょうね、そいつは面白いかも知れないね。」

　引田君は如何にもおっとりした人柄で、こくのある話口で一頻り田端君の思い出や、世間のことや、独軍がスターリングラードの囲みを解いて以来の欧洲戦争のことなど語って、私達を賑わわせた後、さてと腰を上げると、重態で床に就いているという或る先輩を見舞うため、竹本さんが行ったとは反対の方角に、杉林の中を歩いて行った。

　私が帰りがけに、子供のために、楽焼などの土産物を売っている店で、小芥子《こけし》人形を買って帰ったのは、その日のことであった。今年になってからは、この春行ってから、先日まで行かれなかった。春行った時は、四月中旬の空襲の翌る日で、神奈川県下の陸軍軍医学校へ入校するため、帝都電鉄で迂廻して行く義弟を見送って来て、吉祥寺の駅で別れた足で、井ノ頭に向ったのであった。池の縁に沿って切り残された桜の木が、片輪木のように池の面に向ってのみ枝垂れて、満開をやや過ぎた花が散っていた。私は暫く立ち停って花を眺めた。井ノ頭の桜と言えば、翠に映発しているところしか知らなかったので、日向に真っ裸にされて咲いているのを見ると、どこかよその遊園地にでも来ているようで、場違いの感じだった。ただ池の向こうの吉野桜は、こちら側の山桜の淡紅《うすあか》い花群に対し、蒼

白い花を一杯つけて、翠に囲まれていた。

ボオトは一艘も浮んでいなかった。しかし、井ノ頭に来てボオトのことを思う度に、私の頭に浮ぶ一つの情景が、その時もまた私の頭に浮んだ。もう数年前、まだボオト屋には、切符を買う若い男女が列を作り、漕ぎ廻るボオトは池を被うかとばかり入り乱れていた時分のことであった。岸近く漕ぎ寄せて来た一艘のボオトを見ると、一人の若い細君が毛糸を編みながらボオトに乗っていた。折角井ノ頭へ来てボオトに乗りながら、ボオトに乗ってまで毛糸を編む細君と遊ぶんでは、櫂を漕ぐ男も何んの面白いこともないだろうと思って、ひとの細君のことながら、私は忿懣《ふんまん》のような気持に堪えなかった。それがいつまでも忘れられないのである。ほかの人達は、櫂を操る男も乗せられている女も、或いはその反対でいる男も女も、池の周りの景色を眺め、水の上の快い蕩漾《とうよう》を味いながら、殆ど夢見心地のような状態で、嬉々として、ボオトを乗り廻しているのに、そのボオトでは櫂を操る男の心も知らなげに、細君は一生懸命に毛糸を編んでいるのである。彼女はあたりの景色を眺めるでもなく、夫に話しかけるでもない。眼は毛糸の玉と指の先に落ちて、一心不乱である。手先は器用に、目まぐるしく動いている。手先が器用であればあるほど、私の忿懣は募った。私は夫の立場に身を置いて、その男に同情した。しかし男は詰まらなく思ってか思わずでか、毛糸を編む細君を乗せたまま、ボオトの蝟集した池心に向って漕ぎ返って行った。

この小さな情景が、かくまでも鮮かに、かくまでも忘れ難く、私の心に残ったというのは、実は私は、自分自身の姿をその細君に見出したような気がしたからであった。細君に向けた私の忿懣は取りも直さず、私自身に向けた忿懣なのであった。私は自分の家庭生活を省みて、若し私が女に生れていたなら、私はきっと舟の中まで毛糸と編棒を持ち込んだにちがいない。全く世の中には自分の仕事のことだけに構っていて、面白くも可笑しくもない人間があるものだが、私もその一人であるし、その女もその一人なのだ。だからその女が、ボオトの中で毛糸を編んでいるのを見ると、自分自身を鏡で見るような嫌やな気持がして、忿懣をぶちつけたくなるのだった。そうして、この小さな情景が、井ノ頭へ来る度に、いつまでも私の心から忘れ難くなって行ったのである。

先日は、三鷹へ行った帰りだった。私は池の端に来ると、プールの下にあるセメントのベンチに腰を下ろした。傍らに欅の木が立っていて、池の側に垂れ下った枝が、色づいた葉をつけて、頭の上にかぶさっていた。池の縁の樹木は、桜にしても欅にしても、みんな杉の樹の精に押されて、枝という枝を池の上にしなだれさせ、それが杉の樹の無くなった現在別種の風致を形作っているのだった。私はポケットから「若いウェルテルの悩み」を取出し、ペエジを繰《く》る前に、先ず一服と思って、煙管《きせる》と自家製の巻煙草を上ん前のポケットにまさぐった。アメリカの兵隊が二人、三四人の若い女達と連れ立って、英語を喋舌《しゃべ》りながら通って行った。林の入口には、一台のトラックが停っていて、国民学校の女の子達

が、アメリカの兵隊を取り囲んでいた。そのうちの一人は、したり顔に助手台に上って、アメリカの兵隊と並んで腰を掛けていた。私は煙草を吹かした。私の投げた燐寸《マッチ》は、欅の葉の上に落ちて、その落葉を燃やしながら、それ自身も金の象嵌のように燃え尽きて、消えて行った。

　私は本を開くのも重い心で、暫くぼんやり坐っていた。井ノ頭弁天の扉が開いて、鉦《かね》を鳴らしながら、晩の祝詞を奏する声が聞えていたが、今はまた、後の岡の上にある寺で撞き出す鐘の音が、林の中に籠りながら響いて来た。私は、或る精神病院に入院している妻を、別の病院へ移さねばならなくなったので、奔走に疲れ、そのために心が重いのだった。その日も、三鷹にある精神病院を検分に行っていたのである。これで、病院を変ること三度目になろうとしている。最初の病院には七年居た。今の病院に移ってからは、まだ一月半にしかならないのだが、工合が悪くなったので、逐《お》い立てられるようにして、別の病院へ移らねばならぬのだった。これからもまだ、都合によっては、異常なる病院から異常なる病院へと幾度病院巡礼を繰り返さなくてはならぬ妻の運命か知れなかった。それを思うと痛ましかったが、しかし私は最早長い経験で、この異常なる病院を異常とも思わぬまでに無神経になっていた。最初からでは、松沢病院を初めとして、かなり多くのそういう病院に当って来ているので、「実は家内が少し病気でして」と、病院の受附へ行っては相談を持ちかけるのも、もう平気な気持になっていた。そんな風に、異常なる病院を異常とも

思わぬまでに無神経になった私の心も、痛ましいと言えば言えるかも知れなかった。三鷹の病院へ行っても私は受附の窓口へ行って、事務員の男とこんな風な事務的な会話を交わしたのだった。

「実は家内が少し病気でして。」

「いつからお悪いですか。」

「もう七年になります。」

「今どこかの病院に居られるんですか。」

「最初は、武蔵野養生院に居て、一月許《ばか》り前に、その近所の小桜病院に移ったばかりでしたが、長い病気で大分衰弱しているから、附添いに来てくれというので、僕が一週間許り寝泊りで詰めていたんですが、からだがこたえて続かなくなったし、附添いを雇おうにも人は無し、それでこちらの病院でお世話になりたいと思いまして。」

「ああ、そうですか。一度お連れして、診察をした上でなくては、何ともお決めするわけには参りませんですが。」

「それでは、連れて来て、診察をしてみて、都合が悪るかったら、また連れて帰らねばならないんですね。」

「ええ、そうです。」

「それだと一寸《ちょっと》困るんだが、……こちらさんには、リヤカアとか人力車とか、移送の設備

はないでしょうか。」

「それが無いんです。」

「専任の附添いは居られますね。」

「ええ、それは居ます。」

「室は空いていますね。」

「ええ、空いています。」

「一人ずつの室でしょうか、それとも雑居の室でしょうか。」

「こちらには雑居の室はありません。みんな一人ずつの部屋になっています。」

「失礼ですが、入院費はいくら位でしょうか。」

「最低八円です。それから、十円、十五円となっています。御存じの通り、配給だけではとても賄ってゆけませんから。」

「ああ、そうですか。どうも御面倒かけました。何れ、身内の者とも相談しまして、御厄介になるようでしたら、また改めて参りますから。」

もう平気になっているとは言いながら、栗の落葉を踏んで病院の門を出る時には、私の心は重くなっていた。平気で交したと思った会話のうちに、私の心を悩ます事実が、総べて含まれているのだった。例えば、最低八円として、一ヶ月では二百四十円になる。入院費だけでも、今まで割安の病院に妻を置いて来た私にとっては、面前に立ち塞がるような

事実であった。そして、それなくしては、方々の病院で、バタバタと病人が斃《たお》れているという事実、――大きな病院では毎月五十人からの病人が死んでいると言われる事実から、脱《の》がれさせるわけにゆかないのだった。それだけ払っても、果してその事実から脱がれ得るものかどうか、それも解らないのであった。

その心の悩みのままに、私は三鷹から井ノ頭まで歩いて来たのだった。私はベンチに腰を下ろすと、死んだ田端君のことをまた思い出して、「僕はまだ、こんなことに追われてるんだよ。」と、話しかけたい心内の衝動を感ずるのだった。

私が妻の病気に追われ始めたのは、田端君が死ぬるずっとずっと前からのことなのだ。それを思うと、私は心の焦ら立ちを感じながら、やけっぱちになって、「いっそ、妻が早く死んでくれて、こんな悩みから救われたら、どんなにせいせいすることだろう。」と、妻には済まないことと思いながら、そんな不埒な考えに捉われるのだった。

「いけない、いけない、こんな非情なことを考えては妻が可哀そうだ。」と私は自分の不埒な考えを振りもぎるように頭を振って、手に持った「ウェルテル」を開いた。もうあたりは暗みがかって、私の視力では、一ページか二ページしか読む当てはなかったが、私は眼を瞠《みひら》いて、ページの上に、視力を凝した。

「僕の魂の前の幕のような物が引き除かれて、無限の生命の舞台は僕の前には永遠に開いている墓の深淵と変ってしまった。君にはこれはあると云うことが出来るか。万事が過ぎ

去るのに。万事が電光石火の迅さで転げて行ってその存在の全力を持続することは非常に稀なのに。ああ、流の中に引込まれ、押し沈められ、岩で砕かれるのに。君と君を繞《めぐ》る君の家族を食い尽さない瞬間とてはなく、君が破壊者でない、破壊者であってはならない瞬間とてはないのに。極めて無邪気な散歩も数千の憐れな虫けらの生命を価するのだ。一歩足を踏めば、蟻が労役惨澹した建物を崩し、小さい世界を情ない墓に踏み付けてしまう。ああ君等の村落を洗い去る洪水、君等の都市を鵜呑みにする地震等の、世界稀有の大厄災が僕を感動させているのではない。自然の万物の中に隠れている蚕食力が、僕の心を振り覆えすのだ。自然はその隣接者と、自分自身とを破壊しない物は一つも作らなかった。斯うして僕は心配になって蹌踉《よろめ》いている。天と地と、僕を繞る天地の活動する諸力よ。永遠に呑み込み、永遠に反芻する怪物以外の物は何一つ僕には見えない。」

　私はやっとその一節だけを読むことが出来た。偶然にも、恐ろしいことが書いてある文章なので、私の心を圧して来た。私は二度読み返して、ベンチを立ち上った。

　かいつぶりかと思われる水鳥の啼く声が、どのあたりかで、時折笛を吹くように聞えていた。

（昭和二十年十一月十二日）

聖ヨハネ病院にて

僕はこの頃、聖ヨハネ病院の一室で寝泊りしている。この病院の精神病科へ移って来ている妻を看取るためである。

数日前、半月分の入院費を払いに来たら、係りの看護婦が、一寸《ちょっと》話したいことがあるから来てくれと言うことだったので、僕は看護婦室へ行った。奥さんが非常に衰弱していて、いつ如何なることが起るかも知れないから、附添いを附けてくれと言う話だった。僕は、看護婦の机の上に置かれた「真実一路」という本を見ながら、聞いていた。僕も、妻の顔の腫《むく》みが日増しにひどくなり、その腫みが右の脚にまで及んで、立ち居も思うままにならなくなっているのを見て、これは憂慮すべき状態ではないかと思っていた矢先だったので、驚愕はしなかったが、しかしぐんと胸にこたえるものがあった。それから看護婦は、妻の眼が見えないので、身の周りのことに不自由すること、衣類や寝具の不潔なこと、この間は廊下に置いた神父さんのお燈明を蹴って壊したことなど訴えた。

そんなわけで、その翌《あく》る日の夕方、僕は、トランク一つ提げて、病院にやって来たので

ある。附添いを雇うにも人は無し、頼りにする身内の者は誰も東京に居ないので、自分で附添いをするよりほかないのだ。トランクの中には、タオルや石鹼や歯ブラシや寝巻などのほかに、原稿用紙もペンもインクも本も入れてあった。僕は、何か新しい生活が始まるような、楽しくさえある気持を抱いて、病院へ来たのだった。もう暗みがかった野中の道を病院の方へ歩きながら、夫婦とは名のみ、これまで七年の間寝起きを共にすることもなかったのだが、計らずも一室に同居出来るようになった今度の生活は、いつまでつづくものか知らないが、自分達の夫婦生活における最後の残光のようなものだ、これまでにない美しい生活とせねばならぬと考えたりした。出来るだけ気を附けて、妻にもやさしくしてやろうと考えた。妻が便所へ立つと言えば手引きをしてやり、食事の時間になれば配膳を運んでやり、襦袢や湯文字などが汚れれば洗濯をしてやり、合い間合い間には本を読み原稿を書こうと考えると、勇み立つような気持さえ感ずるのだった。

僕が病院に寝泊りするようになってから四日目に、旅行中だった院長が帰って来て、久しぶりの廻診があった。着物をずらして聴診器を当てられる妻の胸や肩は、骨ばかりになっていた。見ていると、息を屛《ひそ》めたくなるようだった。診察が終ると、院長は僕を廊下に呼び出し、ヒソヒソした小声で、奥さんも衰弱が激しいから、案外ポックリゆくかも知れない、まア恢復は覚束《おぼつか》ないものと思って、貴方も看取りをするつもりでいて下さいと言った。これはもう最後の宣告であった。院長は穏《おだやか》に、諄々とした口調で言った。僕は院長

の一と言毎に頷きながら、妻の運命について、平静に聞き、平静に考えることが出来た。当然来るべき時が来たこととして、取り乱すことは愚か、悲しみさえも湧いて来ないほどだった。妻には済まぬことだが、その時僕の頭は、妻に別れる悲しみを通り越して、妻が亡くなった後の煩瑣な雑事を考えて、それに悩まされている有様だった。この数年来、僕はもうすべてを諦めて、妻の病気が快くなって、もう一度社会に有用な人となり、我が家庭に幸福をもたらして呉れる人となることを望んだことはなかった。一日でも長く、一日延ばしに、妻の生命を延ばしてやることしか考えなかった。だから、最後の宣告を受けても、半永久的なものと考えていたその一日延ばしに、或る区切りをつけられたものと思うだけだった。一日延ばしが、一月になろうが、四五日に縮まろうが、それはどうでもいい。今迄通り一日延ばしをつづけるだけだ。そう思うと、最後の宣告も、恐ろしくも悲しくもなかった。ただ、つづくところまで、妻の命をつづけさせてやるまでだと考えるほかはないのだった。

　病院に来て、仕事の第一着手として僕のもくろんだことは、この際妻の思い出話を筆録しておこうとすることだった。結婚してから後の妻の生活については、大抵のことは知悉しているつもりだったが、妻の生い立ちについてはよく知らないので、それを書き留めておきたいのであった。それには、今を措いてもう機会はない、若しこの機会を逸すれば、無心に過した妻の生活は、永久にあの世へ持って行かれ、この世に跡をとどむべきすべは

失われてしまうのだ。そう思ったものだから、僕は例のトランクの中から一冊のノオトを取り出し、しみじみ語ってくれるものと期待しながら、さりげなく言った。

「おい、退屈ざましに、これから毎日、何か、思い出し放題に話してみないか？　子供の頃の事でもいいし、女学校の時分の事でもいいから。そうしたら、僕が筆記してやるよ。」

すると、妻は憤然とした面持で答えた。

「嫌やですよ。貴方はまたそれを小説に書いて発表するんでしょう。」

僕は二の句が継げなかった。名目は何であれ、僕の心の奥底に潜む卑しい作家根性を、妻は看破したのであった。妻はこのような鋭さで僕を驚かせることが屡々《しばしば》であった。それは、病むようになってからも少しも衰えなかった。寧ろ、病むようになってから、心霊的な透視力さえ伴って来たように思われた。この鋭さのために、妻は病むようになったとも言えそうだった。この時も鋭い妻の一言に、僕は胸を突かれ、内心卑しい作家根性に恥入りながら、スゴスゴと万年筆を鞘に納め、トランクの上に開いていたノオトを閉じるより仕方がなかった。

妻は、言葉を改めて言った。

「わたし、そんなことより、お隣の部屋の方に、お詫びを言って来て欲しいわ。」

「何んのお詫び？」

「この間ね、お便所からの帰りに、わたし、お隣の部屋の前に置いてあった電気スタンド

に躓《つまず》きかかって、ガチャガチャと壊しちゃったの。わたし、それが気になって気になって仕方がないから、貴方、一寸行って、お詫びを言って来て下さいな。」

「その話なら、看護婦から聞いたんだが、ありゃ電気スタンドではなくて、神父さんのお燈明だって言うんだよ。」

「それなら、尚のことよ。ねえ、お詫びを言って来てよ。」

「あんたは眼が見えないんだから、それくらいのこと、仕方がないさ。」僕は謝罪に行くのが面倒だったので、あっさりそう言った。

「でもねえ、そんな大切なもの壊しちゃって、悪いと思うわ。わたし、それからって言うもの、はばかりへ行くのも、出来るだけ怺《こら》えているのよ。また粗相をしそうで、怖くって行けないのよ。」

「そうか。」と言って、笑いながら僕は立ち上った。真以《しんもっ》て言う妻の言葉に動かされたのであった。「あんたが、それほど気にしてるんなら、じゃア一寸行って、お詫びを言って来てやろう。」

僕は廊下に出て、隣の室のドアを叩いた。内から返事があって、僕はドアを開けた。室の主は、もう四十を過ぎていると思われる上品な奥様で、半身を起して、寝台の上に坐っていた。見るからに敬虔な感じのする人で、この人の室には、毎朝、ドイツ人の神父さんが来て、ブツブツと呟くような声で、祝福の祈りを捧げるのであった。寝台から離れた卓

子の上には、十字架を中に、お燈明と花とが供えられてあって、それに向って、寝台の上に坐った夫人が、白いかずき物を冠って、きっとした姿で礼拝しているのを、ドアの隙間から見かける朝もあった。多分結核の患者で、病院内のサナトリウムの室が空くまでの間、精神病科の室に身を寄せているのではないかと思われた。

僕はドアの間から顔を出すと、

「私は、隣の室でお世話になっている武智のうちの者ですが、先日は家内が、お燈明とかを壊しましたそうで、大変申訳ないことを致しました。」と恐縮しながら詫びを述べた。

すると夫人は穏な微笑を浮べながら、

「ああ、いいですのに。ちっとも御心配には及びませんわ。」と、歯牙にもかけていないらしい口振りであった。

それを聞くと、僕は罪を許されたようにホッと安心をして、更にその寛容な態度に甘えかかるように、

「目が見えないものですから、大変粗相を致しまして……」と繰り返した。

「ほんとに、何んでもありませんのよ。わざわざお詫びに来ていただくほどのことはありませんわ。」と言う夫人の微笑は、いよいよ鷹揚さに輝くのであった。

「家内が気に病んで、お詫びを申してくれと言うものですから……。それでは、どうも失礼致しました。」

病室に帰って来ると、妻は待ちかねていて、「どうでした？」と心配げに尋ねた。

「いいんだって、心配することはないんだって。」

「そうお。お燈明なんて、神聖なものを壊して、ほんとにいいのか知ら。」と妻はやはり心配の解けぬ顔をして言った。

「よくはないんだろうけど、仕方がないさ。大変好い奥様で、そんなことを咎め立てする人とは思えないよ。」

「そうお。そんならいいんだけど……。わたし、目が見えないから、今まで電気スタンドだとばかり思っていたのよ。」と、妻はやっと安心をしたように声を立てて笑った。

「だから、これからは、便所に行きたくなったら、僕にそう言うんだ。そうしたら連れてってやるから。そのための附添いなんだからね。強情を張って、自分一人で行くなんて言っちゃ、駄目だよ。」と僕はたしなめた。


僕は病院に来てから、よく眠れる。これが、瀕死の病人の附添いかと思われるほど、屈託なく眠る。疲れが出るのかとも思うが、病院にいると、慾も得も離れた気持になって、不断の事は何も彼にも打っちゃらかしていられるからであろう。仕事や生活のことで煩わされることがないからだ。

毎晩八時半には消燈なので、妻はそのまま寝台の上に臥せり、僕は床の上にじかに蒲団

を敷いて横になる。日がな一日寝台の上に坐りつづけ、而も秋の夜長のこととて、妻はなかなか眠るすべを知らない。僕は睡《ねむ》たくて仕様がないのに、妻は何かと話しかけて来る。僕はうるさいので、好い加減な返事をして聞き流しているうちに、ぐっすり眠り込む。これでは、夜なかにどんな異変が起っても気が附かないだろうと思っても、睡たいのだ。

或る夜、一眠りしてふっと目を醒ますと、妻の起きている気配である。

「徳子、起きてるのか。」と声をかけると、

「ええ。」と返事をする。寝台の上に坐っている声だ。

僕は起き上って、電燈を捻った。妻は闇の中に坐って、何か縫い物をしていた。目が見えないので、灯がなくても平気なのだ。針は大きな蒲団針を使っている。

「宵からずうっと寝なかったの？」

「ええ。」

「好い加減にして寝たら、どうだ。起きてるところを看護婦に見附かると、怒られるぞ。」

「でも眠れないんですもの。」

妻は縫いつづける。僕は電燈を消して、また寝ようとすると、「一寸、一寸、貴方。わたし糸を巻くから、持っててくれない？」と妻が引き留めるのであった。

「これは黒糸だよ。」と言いながら、僕は糸のかせを両方の手首にかけた。妻は紙の糸巻を取って、巻きはじめた。僕は子供の時、そうやって、母が糸を巻くのを手伝ったことを

思い出しながら、糸をかけた両手を右左に動かした。

「今度は、白い絹糸だよ。区別をするために、木の糸巻に巻いとくといい。」

糸巻きが終ると、「縫うことは措いて、針の穴にどうして糸を通してるんだ。」と、僕は不審に思いながら、尋ねてみた。すると妻は、懐ろに入れていた合財袋の中から、小さな針金を取り出しながら、「これに糸をつけて、通しますわ。」と言って示した。それは、いつか小包を送った時に附けた荷札の針金だった。

「なかなか智慧が働くんだね。」と笑いながら、僕は電燈を消して、蒲団の中に潜り込んだ。

朝目を醒ましてみると、妻は疾《と》うから起きて、薄暗い中で針を動かしていることもある。こうして妻は、紺絣の揃いで、上衣とモンペを縫って、それを着ている。胸には、縞の布で、ポケットを附けている。勿論糸目は粗く、歪んでいる。他の患者達に引き較べ、むさくるしいなりなので気が引けるけれど、僕には妻の心根がいじらしいので、構わずに置いてある。懐ろに入れている合財袋も、そうして縫ったものなら、箸入れの袋もそうして縫ったものである。

僕は朝起きると、妻が洗面に行ってる隙に、ハタキをかけて、部屋の中を掃き出し、雑巾がけをする。その頃には、僧服を纏った神父さんが、頭《かしら》立った看護婦を扈従《こしょう》させて、信者の室から室へ、朝の祝福を与えに歩いて行く。看護婦はチンチン鉦を敲《たた》きながらつい

て行く。鉦の音は、廊下の角から現われて廊下の角に消え、また二階にもあがって行く。食事前になると、係りの看護婦が、薬缶を持って、茶を注いで歩くので、それから間もなく、僕は炊事場へ行って、妻のために配膳を取って来る。僕は、前の日の午後家へ帰って支度して来た弁当を開く。弁当と言っても、大抵は代用食の薩摩芋五切れ六切れだ。それさえも、時には妻に頒けてやって、二切れか三切れしか食べないこともある。妻が、病院から給される三度三度の御飯や粥やパンなどを、さも大事そうに、それのみを一日の楽しみにして食べているのを見ると、哀れを催して、どうしても頒けてやらずにはいられなくなるのだ。そのあとでは、僕はおなかが空いてペコペコになって、何をするのも大儀になる。それを、無理に我慢して、おひるまで怺え通す。時には、怺え性もなくなって、こんなことなら頒けてやらねばよかったと、後悔することもある。

　しかし僕も、ここに来てから、妻のお蔭で、牛乳が飲めたりする。牛乳を飲むなんて、もう何年もないことだ。病院では、時折牛乳の配給があるので、希望者だけ、それを現金で買い取る。妻は牛乳の配給のある日をどんなに楽しみにしていることだろう。そして、懐ろの合財袋の中から、皺くちゃになったお札《さつ》を出して、自分で金を払う。僕が蟇口を出して払おうとすると、「いいのよ」と言って、自分で払わねば気が済まない。前の病院にいる間、一切金を持たせられなかったので、十銭札や五銭札のあることも知らなかったし、十銭札と五銭札の区別は、手で触ってみて、札の大きさで極めるのだが、そんなにして金

を扱うということが、妻にとっては、新鮮な喜びらしいのだ。妻のその喜びを量って、僕は一旦出した蓋口をまた引っ込める。妻は牛乳瓶を受け取ると、「貴方、一寸紅茶茶碗を取ってよ、頒けて上げますから。」と言う。

「いいよ。僕はいいよ。家に帰れば、何か彼にか食べられるんだから。あんたがみんな飲んでしまえよ。」と僕がいくら拒んでも、妻はどうしても聞き入れない。仕方なく紅茶茶碗を取ってやると、妻はそれに牛乳を半分頒けて呉れる。目が見えなくて加減が判らないから、自分の分が少くて、僕の分が半分以上になることもある。二人は寝台の縁に腰かけて、牛乳をごくごくと飲む。

「おいしいなァ。牛乳の味なんて忘れていた。」と、初めて飲んだ日に、僕はそう言った。柔媚《じゅうび》な口触り、つづいて、乾いた咽喉を、冷やっとした乳が、滑らかに吸い込まれて行った。

時とすると、妻は自分では一口も口をつけずに、牛乳瓶をそのまま置くことがある。

「どうしたんだ。おいしいうちに早く飲んだらどうだ。」と僕が促すと、

「早く飲んじまうと惜しいから、あとで飲むわ。」と言って、半日もそのまま取って置くこともある。飲んでしまったあとの淋しさを考えるのであろう。そして、動物が反芻するように、ゆっくり味って飲むつもりなのだ。

今年になってから初めて栗が食えたのも、妻のお蔭だった。或る晩、家に行っていて病

院に帰って来ると、妻は食器簞笥の中から、紅茶茶碗の受け皿を取り出した。皿の中には、得体の知れない茶がかった塊が、二かけ入っていた。妻はそれを撮《つま》むと、僕の手を取ってひろげながら、「今日の晩、栗御飯だったのよ。」と言って、その二かけの茶がかった塊を、僕の掌の上に載っけた。それは、僕のために、飯の中から選り出しておいた栗のかけらだったのだ。

「病院に来て、色々珍らしいものが食べられるなア。」と笑いながら、僕はその栗のかけらを一つ一つ、それこそ反芻するようにして食った。選り出すにしても、箸で挟めないから、妻の汚れた手で撮《つま》み出したものにちがいない。汚ならしい気がせぬではなかったが、妻の心尽しを汲めば、そんなことを考えてはいられなかった。

或る朝、妻にお相伴しようと思って、トランクの中から弁当筥《ばこ》を取り出すと、いやに軽いのだ。不思議に思いながら開けてみると、弁当筥の中には、一切れの芋もない。

「どうしたんだろ。僕の弁当がなくなってるが。」と言いながら、僕は妻の方を見た。

「わたしが食べたわ。」と妻はけろりとした顔で答えた。

「俺が、昨夜寝てる間に、盗んで食べたんだな。」僕の感情は突差《とっさ》に激した。

「ええ。」

僕は、折角の朝の楽しみを奪われて、腸《はらわた》が煮えくり返るような気持だった。僕は妻の顔を睨みつけながら、憎さげに言った。

「駄目じゃないか。俺の朝飯がなくなったじゃないか。弁当も食べないで、介抱が出来ると思うか。俺が仆《たお》れたら、どうする。そうしたら、誰があんたを介抱してくれるんだ。今夜から、家へ帰ったきり、もう病院には来ないよ。」

「でも、飢《ひも》じいんですもの。」

「飢じいんだって？　飢じいことは、あんたも俺もおんなじこった。」

勝手にしやがれ、どうにでもなれという捨鉢《すてばち》な気持だった。そんなことを言って、はしたないとも思わなかった。妻を亢奮させて、どんな悪影響を与えるかとも考えなかった。僕はまるで駄々っ子のように、自制を喪って、突っかかってみたり、愚痴を言ってみたり、果ては泣き言を並べてみたりするのだった。

「わたし、天ぷらが食べたいわ。」その時妻が、僕の悶えをよそに、取ってつけたように言った。

「なに贅沢言ってるんだ。」

「でなきゃ、油を持って来て下さらない？」

「油をどうするんだい。」

「御飯にかけて食べるわ。」

「配給のないものが、どうして持って来られるんだ。握り飯にしたって、芋にしたって、大豆にしたって、あんたに持って来るものは、みんな俺の配給を割いて持って来てやって

るんだぞ。ちっとは俺の心を思え。」

肚の虫は収まらなかった。いくら言っても言い足りなかった。罵詈雑言の限りを尽そうと思いながら、しまいにはもう言葉が見附からなかった。止むを得ず口を噤《つぐ》んでいると、自分の心が、如何に深い絶望的な気持で悶えているかが、よく判った。

僕はもう口を利くのも嫌やになったので、妻を一人残して、病室を飛び出した。下駄を突っかけて、裏門の方へ出て行った。前夜大降りした雨は歇《や》んでいたが、雲はまだ低く垂れ、道は湿っていた。消毒室みたいな土間で、口にマスクをした看護婦が大釜の下を焚いているのや、日光室と思われる硝子張りの室に、ベットだけが並んでガランとしているのを、白けた気持で眺めながら、僕は裏門を出た。

病院を囲む生垣に沿って右に折れると、片側には大根畑を縁取って茶の木の株が列《なら》んでいた。茶の木は蕾をつけていたが、まだ固かった。先には赤松の聳えた林があった。百舌鳥《もず》が鳴いていた。今はもう怒りを忘れ、唯しんしんと湧く悲しみを抱いて、僕は小径を歩いていた。病気の妻に向って、無慈悲な言葉を浴せたのが悔まれた。病室に一人取り残された妻の心を思い遣った。病院へ来たら、やさしくしてやろう、美しい生活を始めようと意図しておきながら、それを我と我が足で踏み蹂《にじ》った自分自身に腹が立った。そうかと思うと、急に現実に立ち返って、そうだ、明日からは弁当筥を持って来るのは止そう、米を炒って、袋に入れて、ポケットに入れて来れば、妻に気取られずに済むにちがいない、

罪は自分の不注意にあったんだと、自分自身に言い聞かすのであった。

林の下草は秋枯れて、それに交って薊《あざみ》の花が咲いていた。小径の先には、野川を溢れた出水が芋畑を浸して光っていた。僕は、軽く勾配をなした小径を水際まで降って、暫くそこにぼんやり立って、林の影を映して、緩く動く水の面を眺めていた。

そうして僕は、考えるともなく、妻が一本の牛乳を頒けてくれたことや、二かけの栗の実を取っておいてくれたことなどを思い出していた。それからまた、或る朝、菜っ葉の浮いた一杯のおつゆを、半分頒けてくれたことも思い出した。牛乳を頒けてくれた時と同じに、その時も、菜っ葉は僕の方に来てしまって、自分の椀には汁の実は少しも残っていなかったが、妻は委細構わなかった。それからまた、おひるに出た薩摩芋を頒けてくれたこともあった。丸太の芋が四つだったが、妻はどうしても頒けてくれると言うので、そんなら一番小さいのを一つ呉れと言ったら、無理矢理二つ握らせねば承知しなかった。それこれ思うと、自分の妻ながら、きれいな心に僕は洗われるようであった。自分だったら、とてもそんなことは出来そうに思えなかった。僕は、自分の所行を恥じた。僕は自嘲的な舌打ちをしながら、水の上にペッペッと唾を吐き飛ばした。

この病院はカソリックの病院だから、異端の書を持ち込んではならぬと、「入院心得」の初《しょ》っ端《ばな》に書かれている。病室内で煙草を吸うことも禁じられている。で、僕は煙草に飢

える度に、夜昼の区別なく外に出て吹かすことにしている。

それに、狭い病室の中で、神経を病む妻と二人で向いっきりでいるのは、こちらの神経にもこたえて来る。二十年近く連れ添った妻であるとは言え、どうにも遣り切れなくなるので、僕は息抜きのために、一寸の間でも病室を脱れ出たくなる。そのためにも、「一寸外に出て煙草を吹かして来るから」と言うのは、甚だ都合の好い口実になる。そして、外の空気に触れながら、解き放たれたホッとした気持で、煙草を燻《く》ゆらすのである。

朝の食事の後で直ぐ病室を飛び出すのは、朝の煙草を楽しむためばかりではない。外の陽を恋うのでもある。もう十月も半ばになったので、病室の中は薄ら冷たい。その上、病室の前には、まだ葉の落ちない梧桐《あおぎり》の木が芝生の上に立っていて、それが窓に射す陽を遮って、昼過ぎでなくては温くならないので、寒がりの私は、カロリイの足りないのも手伝って、一ッ時もじっと辛抱していられなくなる。病室の採光の工合は好いので、梧桐の葉さえなくなれば、朝から晩まで陽が入るはずだから、一日も早く梧桐の葉が落ちてくれればいいと僕は願っている。外に出ると、処女的とでも言いたい朝の柔かな陽の光を浴びながら、煙草を咥《くわ》えて、病棟脇の通用路を往き来する。歩き疲れると、処構わず腰を下ろして、煙草の煙を眺めながらポカンとしている。

或る日曜日の朝は、門前の芝生の上に坐って、一服吸った。ポカポカと暖かった。自分一人暖い目に遭うのが、妻に済まないような気がされた。日曜日のことだから、色んな人

が見舞に来る。若い娘がリュックサックを背負って来るかと思うと、母親が女の子と男の子を連れて来る。女の子の持った買物籠には、コスモスの花が投げ入れてあった。お爺さんがリュックサックを背負った後から、腰の曲ったお婆さんが、風呂敷包みを背負ってついて来る。お婆さんは玄関に坐り込んで、素足の埃を払って、足袋を穿いた。お婆さんの眼鏡の玉が白く光った。分別そうな老紳士は、風呂敷包みを芝生の上に置いて、包み直した。近所の人らしい女は、裸かの弁当筥と、煤けた薬缶を持って来て、間もなく帰って行った。

しかし、いつの間にか、僕の腰を下ろす場所は決ってしまった。通用路の片側に並んだ樫の木の下である。樫の木は十本ばかり、一間位の間隔をおいて立っている。一ところ、その樫の木と樫の木の間に、廃材が積んであって、其処は陽当りも良く、風蔭にもなっている。廃材を敷いて坐れるので、ズボンの尻も汚れない。僕はそこに坐って、全身痺れるような朝の煙草を楽しんだり、ポケットから本を取り出して読んだりする。

或る朝、僕はその樫の木の下で、団栗《どんぐり》を拾った。団栗は、風のないのに、パサッと音を立てて落葉の上に落ちたり、枝から枝へ突き当りながら、廃材の上へ転げ落ちたりした。僕の頭にコツンと堅く当って、弾け飛ぶこともあった。僕は自分の周りに落ちた新しい団栗を拾い尽すと、立ち上って、腰を屈めながら、椎の実を拾うように拾い歩いた。拾って、掌に一杯になると、ポケットに入れた。ポケットが膨れるほど拾った。壊れかけた板塀を

隔てた隣屋敷からは、栗の木が枝をかぶせかけて来ていて、腐った毬《いが》を落していた。僕はその栗の毬も漁って、たまたまその中に健全なふっくらした栗の実を見出すと、得意げに独りで微笑んだりした。そして、泥に汚れた栗の実を、ズボンの膝にこすりつけて、つやつやとした艶を拭き出すのが楽しみだった。

そこへ、どっかの病室へ附添いに来ているらしい若い女が、洗濯物を持って出て来た。樫の木と樫の木の間に麻縄が張り渡してあって、それに洗濯物を掛け並べようとするのである。僕も自分で麻縄を張って、妻と自分の汚れ物を濯《すす》いで、時々そこへ干すことにしている。女は、胡散臭そうにジロジロ僕の方を見ながら、一寸逃げ腰と言った恰好で、麻縄のところへ近づいて来た。僕は単純に、自分に気兼ねしてるんだろうと思ったので、彼女の心を解いてやるために、僕の方から心安げに声をかけた。

「天気が好くて、いい塩梅《あんばい》ですね。」

すると女は、駭《おどろ》いたようにギョッとした顔をしたが、やがて心を落着けて平静を装いながら、やはり胡散臭そうな眼を僕から放さずに言った。

「小父さん、何拾ってるの？」

「団栗を拾ってるんですよ。」僕は照れ笑いしながら答えた。

「団栗拾って、何んにするの？」

「代用食にするんですよ。」

嘘でも冗談でもなかった。僕は団栗をうちに持ち帰って、水に浮べてみて、沈むのだけ掬《すく》い出して、それを乾して、来るべき冬に、何程かの備蓄食糧とするつもりだった。

「代用食に？　団栗を代用食にするんですか。」と女は呆れたように念を押した。

「ええ。」

「おいしいんですかね。」

僕はそれには答えず、「お米の中に入っている黄色いものは、みんな団栗だそうじゃないですか。」と言いながら、また団栗を拾いつづけた。女は洗濯物を干しながら言った。

「病院て、なんて退屈でしょうね。」

「退屈ですね。」

「小父さんは、もう長く病院に居るの。」

「いや、まだ一週間許《ばか》り。」

「頭が悪いの？」と女は恐る恐る尋ねた。

「いや、悪いのは女房で。」と僕は笑いながら、「僕は附添いに来てるんですよ。」

女はホッと安心したように顔の筋肉を弛めた。僕はその言葉で、女がジロジロと胡散臭そうに僕を見ていた意味が判った。女は、僕を精神病科に入院している患者と思い違いをしていたのだ。女はその疑いが解けると、初めて当り前の人に話すように、急に親しい調

子に打ち解けて、問わず語りに僕に話しかけるのだった。彼女は、埼玉の在から出て来て、病院には二晩寝ただけだけれど、退屈で退屈で、飽き飽きしていると滾《こぼ》した。彼女は、田舎の娘らしく、顔など眼が細く窪まるほど肥え太っていて、赤らんだ頰や手をしていた。彼女が附添いに来ているのは、近所の家の姉妹《きょうだい》娘で、姉は脱腸、妹はカリエスの手術のため、外科の方にかかっているのだが、病室が空いてないため、精神病科の病室にいると言うことであった。

女は洗濯物を干し終えると、紫天鵞絨《ビロード》の足袋が下駄からはずれるのをひっかけながら、病棟の方へ帰って行った。僕は女の後を見送りながら、可笑しさに独り笑いがこみ上げて来て仕方がなかった。処は精神病科の病棟の脇だし、僕の風体がまた異様で、団栗を拾ってはポケットに突っ込んでいるものだから、神経患者と間違えられるのも無理はないんだなと思いながら、僕は団栗を拾う手を休めて、不精鬚の伸びた頰っぺたや顎を撫でてみたり、戦闘帽を脱いで、カサカサにほほけた髪のかぶさった頭を搔き上げてみたりした。郷里の弟から貰った青年服のズボンは、尻に穴が空いていた。田舎の人から見たら、食えもしない団栗を拾って代用食にするなんて、それだけでも気違い沙汰と思われたにちがいない。そう思っているうち、僕はふと一つの錯覚に捉えられた。自分は正気で、妻の附添いに来ているつもりでいるのだが、それは自分の思い違いであって、実は自分の頭は狂っていてこの病院に入れられ、ここにこうして団栗を拾っているのではないかという気がして

来るのであった。そう思い始めると、その考えはいつまでも僕の頭について廻って、なかなか離れないのであった。

　十時過ぎになると、毎日一人の男が、病棟の出入口のところに現われて、敷石の上に持ち出した七輪を焚く。まだ二十六七と思われる若い男で、背がひょろ高く、蒼黒く痩せて、肘や膝や踝《くるぶし》なんかの関節が瘤々になって見え、一見して長患いの病人らしい様子をしている。結核患者にちがいない。結核患者にしても、あの骨と皮ばかりの様子から見ると、相当重症なのにちがいないと思うものだから、その男を見る僕の眼は、自然胡散臭そうに走るのだった。彼は七輪の前に踞《かが》んで、団扇《うちわ》で煽いでみたり、鍋の蓋を取って何遍も煮え工合を検《しら》べたりするのだが、燃えさしの煙がどんなに燻《くすぶ》って来ても、彼は顔一つ反向《そむ》けず、執拗に煽ぎつづけたり蓋を取ったりするのだった。彼のそうしているところは、僕の坐り場所から、真正面に見えた。

　或る日僕は煙草を吸おうとして、燐寸《マッチ》箱を取り出してみると、もう一本もなく使い果しているのに気が附いた。僕はその男に近づくのが一寸けったいな気持だったけれど、煙草喫《の》みたさに、彼の側へ寄って行った。

「一寸、煙草に火をつけさせて下さい。」と言いながら、僕は手製の巻煙草を煙管《きせる》に押っ立てて、七輪の火に近づけた。

「どうぞ。」と言ったまま、彼は七輪の下を焚きつづけた。

「君はもう長くこの病院にいるんですか。」僕は煙草を吹かしながら尋ねた。

「もう快くなってるんですが、徹底的に癒すために、まだ病院に居るんです。」と彼は一寸とんちんかんな返事をした。

「君は毎日自炊してるんですか。」

「いや、お八つを煮てるんです。」と彼は無愛想に答えた。七輪に仕掛けてあるのは甘藷であるらしかった。

「僕も甘藷が欲しいんだが、この近所で売ってくれるところはないでしょうかね。」

「ありますとも。しつこく頼めば、どこでも売ってくれますよ。」彼は無造作に答えた。

その或る日の朝、僕がまた日向ぼっこをしていると、その男は廊下からあたふた降りて来て、病棟の壁沿いの空地にベタに植わった三ツ葉を刈りはじめた。廊下を通りかかった看護婦が、窓から顔を覗けて、声をかけた。

「佐伯さん、その三ツ葉、随分よく出来たわね。」

事実、その三ツ葉はよく発育していた。葉柄は長く伸び、葉の緑も青黒いほどに茂って藪をなしていた。佐伯と呼ばれたその男は、何んとも返事をせず、一心に刈りつづけた。

「佐伯さん、折角丹誠して作ったものを、そんなに一時《いちどき》に刈って了《しま》っては、勿体ないじゃないの。」

彼は看護婦の忠言にも耳を藉《か》さなかった。彼はある限りの三ツ葉を始末せねば気が済ま

ないらしく、きれいに刈り上げてしまった。

その時始めて僕は、この男が神経病の患者であることに気がついた。あのとんちんかんな受け答え、返事もしない一途な刈り方、最早疑うべくもなかった。男の患者は二階の病室に入れられているのだが、妻の病室の真上に当り、毎夜ガタガタと寝台の音を立てたり、階段を昇り降りすると言えば、急ぐ用もないのにドタドタと走り廻ったりするのは、この男に違いなかった。正気の僕が神経病患者と間違えられたり、神経病患者を正気の人間と間違えたり、精神病院というところは面白いところだと思いながら、どこで正気と狂気の徴候が分れるのか、紙一重の差があるかないかではないかと僕は考えたりした。

やがて彼は、今刈ったばかりの三ツ葉で、汁を焚きはじめた。三ツ葉の煮える匂いが漂って来る。僕はまた彼の側へ寄って行って、煙草の火を貰った。

「あの三ツ葉は君が作ったんですか。よく作っていましたね。」と僕は彼の機嫌を取るように言った。彼の素性が判ると同時に、僕は一寸おっかなびっくりであった。

「あいつが生えていると、夜も気になって、碌に眠られないんです。」と彼は言い訳をするように答えた。

しかし、僕の日向ぼっこも、安穏な日許りはつづかなかった。或る朝、例の所で本を読んでいると、ついうとうととして、僕は煙管を咥えたまま、腕を組んだ上に額を載せて、好い気持で眠っていた。そこへ誰か近づいて来る気配がして、僕の名を呼んだ。

「武智さん、武智さん。」

なんだか咎め立てるような声である。驚いて眼を開けると、看護婦が前に来て、木切れの先に便所のサンダルを引っかけ、片手に水の入ったバケツを提げて立っている。

「奥さんが汚したのよ、この水を一寸掛けて下さい。」

見ると、サンダルは汚物で汚れている。

「それはどうも済みませんでした。」と恐縮しながら僕はバケツを取り上げた。看護婦は、柄の長い束子《たわし》で、サンダルの汚れをこそぎ落す。僕は頃合いを見ては、バケツの水をかけた。

「これから、余分な食べ物は、お宅から絶対に持って来ないようにして下さいね。」

「承知しました。」

「サンダルだけでなく、便所もどこも汚してるんですよ。」

「そいつは済みませんでしたね。」僕は小さくなるばかりだった。

「もう一杯、湯殿から水を汲んで来て頂戴。」

僕は言われるままに廊下に駈け上って、湯殿の水を汲んで来た。そして、看護婦の差出すサンダルに、ザアザアと水を流した。

「貴方も、わざわざ附添いに来ていらっしゃるんですから、外にばかり居ないで、少しは奥様の面倒を見て下さいね。私達だけでは、忙しくて、とても手が廻り兼ねますから。」

「済みません。これから気を附けましょう。」

僕は辛かった。妻が病気なばっかりに、こんな辛い思いをせねばならぬかと思うと、僕は自分の怠慢を棚に上げて、妻が恨めしかった。

用事を済して病室に飛び込むなり、僕は眼の色を変えて、妻に怒鳴りつけた。

「駄目じゃないか。便所のサンダルも何も汚して……。看護婦が怒っとるぞ。」

妻は黙っていた。

「部屋中臭いじゃないか。襦袢も何も脱げ。」

「いいのよ。わたしが自分で洗うから。」

「洗う洗わないじゃない。早く脱げと言うんだ。」

暫く妻はそのまま動かないでいたが、やがて立ち上ると、押入の前へ行って、汚れた襦袢や何かを脱ぎ更《か》えた。僕はそれを持って帰って洗うため、丸めて、大風呂敷の中に包み込んだ。

おひる前後になると、僕は慌しく立上って、帰り支度を始める。妻は淋しがって、僕が家に帰るのを余り好まないけれど、僕は一日に一度は帰って来なくては、どうも頭が重くて、気が晴れない。病室の外へ煙草を吹かしに出るのが、小さな息抜きとすれば、家へ帰って来るのは、大きな息抜きだ。

「じゃア、一寸家へ帰って来るから。」

そう言って、僕は病室を後にする。その時妻が、寝台に手を突いて、「左様なら」と素直にお辞儀をして呉れることがある。そんな時には、自然な気持で、安心して帰って行かれる。しかし、妻がぷすんとした仏頂面をして、黙って、何んとも言わないで坐っている時は、中途半端な帰りようをするようで、面白くない。不安も後に残る。

或る時妻は、僕を帰すまいとして、僕の後を追っ駆けて来たことがあった。僕はその時、一束の大根を、大風呂敷に包んで、背中に背負っていた。その前の日、雨の中を散歩に出て、大根引きをしていた百姓から買ったものであった。妻は、その大根を生のまま、塩をつけて囓《かじ》りたいと言うのだ。既に、小さいのを一本、そうして食った後だった。

「ねえ、その大根を、みんな置いてって頂戴よ。」

「何言ってるんだ、生大根を囓りたいなんて。この間便所や便所のサンダルを汚したことを、早や忘れたのか。」条理を尽して言っても、聞き分けがないことは最初から判っているので、僕は邪慳に言った。

「一時《いちどき》に食べるのじゃないわ。洗って、干しておいて、時々に食べるのよ。」

「そんなことをしたら、またおなかをこわして、しくじるもとじゃ。それより、僕がうちに持って帰って、煮て来てやるよ。」

そう言って僕が立ちかけると、妻は猿臂《えんぴ》を延ばして僕を捕えようとする。僕はその手を

振りもぎるなり、ガチャンとドアを閉めて、外に飛び出した。妻は、「貴方、貴方」と叫びながら、僕を追いかけて来た。僕は外に立って、息を殺しながら、成行を見守っていた。妻は僕を摑まえようとするのか、両手を前に泳がせ、危い足取りで、廊下をひょろひょろと歩きながら玄関の方へ曲ってゆく。

　僕はそこまで見ると、思い切って、自分の立っていた場所を離れた。そうして、一旦は病院を出て帰りかけていたものの、後に尾を牽かれる気持はどうにもならず、不安なままに、再び跫音《あしおと》を忍ばせながら、もとの所に還って来た。そっと首を伸ばして覗いてみると、玄関の薬局のあたりまで行っていたらしい妻は、看護婦に伴われて帰って来るところだった。

「武智さん、どうしてこんなところまで出ていらっしゃるの。早く御部屋へかえっていなさい。」と妻をたしなめる看護婦の声が聞えた。看護婦は曲り角まで来ると、「さア、ここからは一人でおかえりなさい。」と妻の手を放した。

　妻に見附かる心配はないが、看護婦の目に出会うことを恐れ、僕はつと身を引いた。妻は心許ない足つきで、おとなしく帰って行く。その後姿は淋しかった。安心はしたけれど、僕も淋しかった。この妻を一人病院に残して、無理無体に自分だけうちに帰ってゆくのは、心を鬼にせねば出来ぬことに思われた。僕はもう一度病院へ取って返して、妻に温い言葉をかけ、納得ずくで別れて来ようかと思った。そうすれば、どれだけ後味が好いか知れな

い。しかしそんなことをしていて、うっかり妻に摑まれば、また騒ぎを大きくするだけのことだと思い返して、僕は背中に背負った大根の重い荷を揺り上げ揺り上げしながら、帰って来た。

僕は、青年服に戦闘帽を冠り、下駄穿きで、省線電車に乗って往復している。例のトランクは、手許から離したことがない。これは、妻の妹が、僕の家に身を寄せていた時分に置いて行った女持ちのトランクである。トランクの中には、弁当筥や水筒や新聞や、読みかけの本や書きかけの原稿などが、いつも入っている。弁当筥には、妻の食べるものしか入れて行かないことにしたが、水筒もやはり同じで、砂糖の入らない紅茶やおみおつけなどを詰めて行って、妻に飲ませるのである。

折角家に帰って来ても、時には妻の手を振りもぎるようにして帰って来ても、家の中は無人で、僕が開けざる以上、一日中戸が閉っている始末なので、侘しいことに変りはない。蟋蟀《こおろぎ》だけが我物顔に、広い座敷を飛び跳ねている。病院で妻と一緒に居ても心が重く、家に帰って来ても侘しいのが、僕の現在の境涯だ。しかし、たとえ廃人であろうとも、たとえ正気を喪っていようとも、天地の間に、妻と呼ぶべき人間は他にないので、この妻と生を共にせざるを得ざる以上、僕はすべてを自分の運命だと諦めている。そして、最早歓びも慰めも見出せない形骸のような人間を妻と呼んで、唯一人劬《いたわ》り傅《かしず》いてやらねばならぬ自分のさだめを、我ながら哀れと思うばかりである。

掃除をすると言っても、ただ箒を取ってザッと掃き出すだけだから、本や机の上には埃が白く浮び、畳の上はザラザラしている。家そのものが一つの押入のようで、戸を開けて入って来た途端、黴臭い匂いがむっと立ち罩《こ》めている。玄関の三畳は、焼夷弾の破片で屋根を破られて以来雨漏りが激しいので、腐れかけた畳が二枚、いつの頃からか上げられたきりになっている。座敷の塵や埃を、そこの床板の上に掃き溜めて済ましておくこともある。庭も整理して、秋蒔きの野菜を作りたいと思いながら、防空壕も朽ち潰れるままになっている。病院から取って帰った洗濯物も、手を着ける隙がないので、押入に押込んだままになっている。戦争中、一人で自炊をしながら立てて来た秩序が総て紊《みだ》れた。いつになったら、この秩序が回復することか。今はもう、生活の秩序が新しい様相を帯びて来たと思うよりほかはない。

遅い昼食を済まして、手紙を書き、たまの来客に会い、隣組長の家へ配給物を取りに行っていると、直ぐ夕食になる。

或る晩、夕飯を食べていると、電燈がふっと消えた。僕は、一物も見えない暗闇の中に坐って、箸を取り、丼を抱え、皿の大根をはさみながら、暫くそうして食事をつづけた。蠟燭もわざと点けなかった。日の光も電燈の光も射さない妻の世界を、実地に経験してみるつもりだった。それは恐ろしい世界であった。僕は忽ち頭がのぼせ上り、胸の動悸が激しく打ち、思ってもぞっとして来るのであった。僕は直ぐ蠟燭をつけた。一瞬にして僕は

救われたが、そんな救いの全然ない妻の世界が、それだけ強く僕の頭に浮んで来た。それを、何んすれぞ、罵詈を浴せ、腹を立てるとは？　僕は自分の罪の深さに、心が乱れた。

飯を済ませて支度を整え、さて病院に出かけなくてはと思っても、一旦腰を据えたとなると、里心がついてなかなか立ち上れない。七時を過ぎ、八時になり、九時までいることもある。雨の降る晩は、一入《ひとしお》億劫である。隣の澤村さんの家の軒下に、貯水槽を伏せて、トタン板がかぶせてある。それに雨垂れが落ちかかって、お会式の太鼓の音のように響く。初めて聞いた晩は、丁度お会式の頃でもあったので、ラジオでお会式の実況放送をしているのではないかと思ったりしたものだ。そのタンタラタンタラと響く音が、強くなったり弱くなったりするのを聞いていると、ああ、こんな晩には、このまま家に居て、蒲団をかぶって寝てしまったらどんなにいいだろうと思う。根が生えたように動きたくなくなる。しかし、病院で淋しく待っている妻のことを思うと、僕は引き起されるように立ち上る。それだけが、僕のからだを病院へ運ばせる力となるのだ。

「澤村さん、また病院へ出かけますが、あとをよろしくお願いいたします。」

出がけには、極って隣へ声をかけて、留守を頼んで行く。すると、澤村さんという、子供と二人暮しの小母さんは、窓から顔を出して、「これからお出かけですか。わたしなんか、もう寝ようとしてるところなんですよ。毎晩々々大変ですわね。」と犒《ねぎら》ってくれる。「奥さん、如何ですか。」と尋ねることもある。

「病気が病気ですからね、別にどうこうという変りもありません。」と僕は寂しい微笑を以て答える。

夜歩きに青年服に雨外套では、雨が降らなくとも、膚寒いこの頃である。夜風に首を縮めながら、電車の間遠な省線駅の歩廊に、長い間待ち呆けている自分を見出すこともある。暗くて誰一人通る者もない野中の往還を、病院指して急いでいると、行手を阻むように、野川が氾濫して、往還の一ところを始終水浸しにしている。そこに来合わすと、僕は下駄と足袋を脱ぎ、ズボンを捲《まく》り上げて、脛近い水をザブザブと渡る。

病院が見えるところまで帰って来ると、僕は荷物を地面に置いて、煙草を一服つけて、気持を落ち着かせる。病院は、内玄関に明りが一つあるきりで、あとは真っ暗に寝静まっている。僕は廊下の入口の戸を開けて、そろっと忍び込む。廊下に上ると、リゾール消毒液の匂いがむっと鼻を突く。妻の病室の先に、担架を載せた台が置いてある。その担架の布が、夜の光を吸い取って、ぼうっと白く浮いて見える。その担架の光を頼りに歩いて行けば、あやめも分かぬ廊下でも難なく妻の病室に辿り着くことが出来る。

ドアを開けると、月のある晩なれば、月の光が窓から射し込んで、妻の寝顔を照らしていることもある。月の光は、梧桐の葉が揺れるにつれて、青白い妻の顔を益々青白くさせて、揺れている。部屋の中に入ると、まっ暗で、ひそまり返っているので、妻はもう眠ったのかと思っていると、「遅かったわねえ。」と闇の中で妻の声がして、魂消《たまげ》ることもあ

る。

「まだ寝ないのか。」

「いえ、もう一眠りして、起きてたところなの。」

電燈を点けると、妻はレタアペエパアの上に、郷里の母に送る手紙を書いているのだった。字配りは歪んでいるが、読んで読めないことはない字が、虫が這ったように並んでいる。

「今日はね、隣の澤村さんから林檎を貰ったから、あんたに半分持って来たよ。珍しいだろう。半分は僕が食っちゃった。」

そう言って、半分の林檎を妻に渡すと、妻は物をも言わずに齧りついた。その様を見ると、半分でも持って来てやってよかったと思いながら、僕は満足な気持がした。やっと、

「おいしいわ。」と言って妻が息をついたのは、三口四口食べた後のことだった。

「今日はね。組長の遠田さんの奥さんから、あんたにと言って、霞ヶ浦の鯰《なまず》を一切れ下さったよ。」

そう言って、僕は鯰の煮付けをいそいそと弁当筥から取出したこともあった。妻は手掴みで食べてしまうと、骨をしゃぶりながら、「あとの半分は、貴方が食べてしまったんでしょう。」と僕を詰《なじ》るのだった。

「冗談言うなよ。誰があんたのお見舞に手をつけるもんか。」

「だって、この前の林檎だって、半分しか持って来て下さらなかったじゃないの。」
「嫌やになっちゃうなア。折角あんたを喜ばせようと思って、弾んで持って来たのに、そんなケチをつけて。遠田さんの奥さんが、知人から一匹貰ったというのを、自分で煮付けまでして呉れたんだよ。もとから一切れなんだよ。一切れの鯰だが、今時珍味だよ。黙って、有難く戴けよ。」

僕は、遠田さんの奥さんの好意と、自分の心づくしとが、ぴったり妻に通らない悲しさに、言っても詮ないことと諦めて、蒲団を敷いて、さっさと寝てしまった。

或る小雨のしとしとと降る晩だった。病院に着いたのは、もう十時を過ぎていた。遅くなり過ぎたなと内心焦りながら、いつもの出入口の戸に手をかけてみると、鍵がかけてあるらしく、開かない。「しまった！」と思いながら、妻の病室の前に行って、「徳子、徳子」と二声三声呼んでみた。もう眠っているのか、返事がない。硝子戸の内が廊下で、その向うにドアが閉まっていて、而も頭を窓の方にして寝ているのだから、たとえ妻が眼を醒ましているにしても聞えるはずがない。これは困ったことになったと思って、僕は暫く立ち尽していた。駅に引っ返せば、終電車なら間に合うことが出来る。しかし、折角病院に来ていて、引っ返す気はしない。殊にその日は、或る友人から芋を沢山貰ったので、いつもより余計に持って、意気込んで来ていた。僕は玄関の軒下に佇《たたず》んで、一夜を明かすことに決めた。そして玄関の方へ廻ると、ドアに接して腰を下ろし、トランクを立てて、そ

れに凭れかかるようにして蹲《うずくま》った。ジメジメとした空気が漂って、聞えるか聞えないくらいに雨が降っていた。眠れればよし、眠れなくても五時間か六時間の辛抱だ、春頃食用油の行列買いにすら五時間半も立ったことがあるではないかと思ったりしていると、僕の心は割合落付いていた。うつけた気持で、そのまま何分か経って行った。

その時、誰か起きて来た気配が遠くでする。宿直の人かも知れない。その人を摑まえて、扉を開けてもらおうかと思っていると、そのまま気配は消えてしまった。と、玄関のうちから、僕の直ぐ真後のところで、コトリと音がする。振りかえってみると、それは意外にも妻であった。いつの間に来たのか、ひょろ長い姿で、ひっそりと妻がやって来ているのだった。僕が呼んだ声が聞えたものと見える。今日は芋を沢山持って来てやるよと、帰りがけに約束してあったから、それを楽しみに、寝ずに待っていたのにちがいない。

「徳子か。」と僕は嬉しさに弾んだ声を出した。

「ええ。」

「僕の呼んだのが聞えたか。」

「ええ。」妻は玄関の扉を開けようと、ガタガタと言わせた。

「じゃア、ここ開けないで、廊下の方の戸を開けてくれ。僕そちらへ廻るから。」

　妻は扉を離れて、また玄関の床に上って行った。手探りなので、「そこに花瓶があるよ、危いよ」と、硝子扉越しに注意してやると、妻は袂が花瓶の菊の花に触れただけで、無事

内扉につかまって廊下へ曲って行った。

そこまで見済ましてから、僕は通用路の方へ廻って行った。試みにさっきの戸に手をかけてみると、今度は簡単に開いた。もとから鍵がかってなかったのだろうか、それとも妻が鍵を外したのだろうか。その時妻はまだ、僕のところまで来ていなかった。背後からかすかな灯の光を受けた妻は、幽霊のような影の姿になって、そろそろと、音も立てずに近づいて来た。僕は待ち合せて、肩につかまらせながら、病室に入った。病室には、僕の寝床が敷いてあった。

その日は、缶詰の配給があったと言って、妻は食器箪笥の中から、五六個の缶詰を出して見せた。それは、子供がお土産に貰った玩具を並べて見せる時のように、嬉しげな様に見えた。蜜柑と鮭と鯖の缶詰だった。

「今日は芋も沢山あるし、缶詰も配給になって、いいことばかりじゃないか。」と言って僕は笑った。

「晩御飯の時、看護婦さんに一つ開けてもらって食べたわ。鮭でね、おいしかったわ。貴方、明日《あした》缶斫《き》りを持って来てくれない？」

「よし、持って来よう。」

妻は、缶詰を出したまま、その側に坐って、いつまでも蔵《しま》うすべを知らなかった。が、最後に一つ一つの缶を撫で廻してから、大事に大事に、また食器箪笥の中へ蔵い込んだ。

どんな生活にも、クライマックスというものがある。それ以後、生活はだんだん降り坂となり、遂には終焉に至るのである。僕が聖ヨハネ病院で始めた生活のクライマックスと言えば、或る日曜日の朝、構内の会堂で行われた弥撒《ミサ》を見に行った時が、それのような気がする。

或る晩、家から帰って来て寝ていると、妻が、寝台の上に起き直って、何か大事なことでもありそうに話しかけて来た。何を話すのかと思っていると、

「今日ねえ、院内放送があって、明日の朝六時半から、病院の十周年記念の弥撒があるんですって。」

「弥撒がねえ。」と僕は好奇心を起して言った。日曜日の朝には、時々弥撒の歌を唱うのが聞えるとは、妻から聞いていた。

「健康な者は、信者でなくても、誰でも見に来ていいんですって。」

「そうか。西洋の小説で、弥撒なんて、嫌やというほど読んでいるが、見たことはまだ一度もないから、後学のために、一つ見ておくかな。」

「いらっしゃいよ、気持が好いでしょう。」

「そうだね、じゃア、行ってみよう。」

そうしてその晩は、まだ見ぬ弥撒というものを想像することで、愉しかった。

この病院には、院内放送ということがあって、拡声器の口から、院内の時々の出来事が、患者全体に知らされる仕組みになっている。いつか、まだ病院で寝泊りを始めない時分、妻のところへ見舞に来ていると、突然、拡声器の声が廊下に響き渡った。それが院内放送というものであった。丁度夕食前のことであった。

「皆様、只今皆様に配られた栗は、外科の柳川先生が皆様にお分ちになられたものです。柳川先生は、神田の方で開業されていましたが、戦災に遭われてから、こちらの病院で働いて下さることになりました。栗は柳川先生のお屋敷のうちで穫れたものです。少しずつですが、柳川先生の御好意に感謝しつつ、召し上って下さい。」

それを聞くと、僕は非常に気持の好い感じを受けた。病院全体が、一つの家族に纏まっている感じだった。それには、院内放送というものが、扇の要のような纏め役を演じているのが、見遁せなかった。その院内放送が行われた時、妻のところにはまだ栗が配られていなかった。やがて、看護婦が膳を運んで来たのを見ると、皿の上に十許りの栗が載っていた。妻は手で触って数えた。食指の動いた僕は、さもしい心を起して、「その栗一つ、僕にくれないか」と、口まで出かかるのを危く抑えた。妻は、自分でも一つも食べず、そのまま食器箪笥の抽斗《ひきだし》に蔵ってしまった。僕は一寸口舐めずりするような気持で、それを見送った。

弥撒の朝は、僕は早く起きて、下駄を提げて、廊下を行った。内庭に降りると、コスモ

スなどの紅や白の秋草が咲き乱れていた。会堂の扉の外には、思い思いの履き物が脱ぎ揃えてあった。会堂に入ると、三四十人許りの男女が、聖書を片脇に、畳の上に坐っていた。中央の通路の右側が男子で、左側が女子だった。僕は作法も慣習も知らないで、ただ見に来たのに過ぎないから、遠慮をして、後方の板敷の上に坐っていた。院長もあとから、聖書を片手に入って来て、前の方に席を取った。入口に近く、オルガンが休んでいた。

祭壇には、聖母の像が祭ってあって、黄色いお燈明の光に照らされていた。独逸人だという神父さんは、会衆の方に向いて、ブツブツした声で聖書を読んでいるかと思うと、振り向いて、聖母像の前に行っては拝んだ。それが何度も繰り返された。会衆は時々頭を伏せたり、時には立ち上って、一歩踏み出した形で、礼をした。僕は勝手が判らないので、その度に困った。いつも頭を擡《もた》げてばかりもいられないので、しまいには、皆が頭を伏せれば、僕もそれに倣って頭を伏せ、皆が立ち上れば、僕も立ち上って礼をしたりした。その機械的な行動を、僕は少しも可笑しいとは思わなかった。いつか、この幻想的な場面に同化していたのだ。会衆は、青年服の者もあれば、普段着の者もあり、看護婦服の者もあった。僕はセルの着流しだった。黒い紋付に、白いかずきものを冠った清浄な感じの女の人達は、祭壇と会衆席を隔てる柵の前に一列に列んで奉仕していた。その女の人達の中には、妻の隣の部屋にいて、毎朝十字架を拝んでいた夫人も交っていた。今はどこの病棟に移っているのだろうか。妻がお燈明を壊したのを詫びに行って以来初めて見る姿であった。

この人は、年ばえから言っても、奉仕の様子から言っても、会衆の中で、最も信仰の篤い、最も有力な信者であることが窺われた。身も心も、神に捧げきっているのではないかと思われる奉仕のしぶりだった。会衆の中からは、時々軽いしわぶきの声が起った。多くは呼吸器を病む人達にちがいない。

式が終りに近づくと、神父さんは、パンのかけらのようなものを、皿から取っては、柵の際に列んだ女の人達に、一人々々与えた。女の人達は、柵越しに、順々に半身を伸ばして、両手を重ねた上に、それを恭しく押し戴いた。

丁度その頃、朝日が射した。朝日は、向って左の、祭壇脇の硝子戸に当って、花やかに輝いた。それはその場に誂え向きの光景を現出した。若しその硝子戸が、古風な色絵硝子ででもあったなら、一層誂え向きであったろう。僕は、仏蘭西あたりの小説のどれかに、これと同じ光景が描かれてあったような気がした。朝日の光は、会堂の中をパッと明るく照らした。赤く焼けたような光だった。それは、神の来迎した姿とも思われた。その時に到って、僕は初めて一種の宗教的陶酔を覚えながら、昂然とした気持で、心の中では一堂の会衆を眼下に見下しながら、呟くともなく呟いた。

「自分は、如何なる基督教徒よりも、もっと基督教徒的でありたい。」

僕は、聖書ですら満足には読み通したことがない。もとより、基督教の何たるかをもよくは知らない。それでいて、そんな不遜な感想を抱いたということは、如何なる精神状態

に源由するものであろうか。それは若しかしたら、この会堂の中に兄弟の如く集って、相共に弥撒という敬虔な行事に身を打ち任している人達に対する嫉妬からであったかも知れない。言い換えれば、自分一人だけ、この敬虔な行事から除け者にされているということを意識した異端者の悲しみだったのかも知れない。

しかし僕が、「如何なる基督教徒よりも基督教徒的でありたい」と、心に嚙《か》み締めて呟いた時、僕にはそれを具現すべき一つの目途が、心に浮んでいた。それは、もっと妻にやさしくしてやろうと思うことであった。それによって僕は、「如何なる基督教徒よりも基督教徒的でありたい」との願いを、果し得ると考えた。道は遠きに求むるに及ばず、また信仰は神に憑《つかれ》る必要はない。自分の身近かには、妻という廃人同様の人間が居るではないか。眼も見えなければ、頭も狂っていて、その苦痛をすら自覚しない人間が居るではないか。この人間を神と見立ててはいけないだろうか。この人間のために、もっともっとやさしく、もっともっと自分を殺してやれば、自分は基督教徒ではないけれど、彼等以上に基督教徒的であり得ないことはないはずだ。そうすれば、道はおのずから求められ、神はおのずから身を寄せて来るにちがいない……。

会堂の一端、硝子戸に射し入る朝日の光の赫耀《かくやく》を目にして、僕はそんな啓示のようなものを感じた。勿論、僕の如き下根《げこん》のことであるから、そんな啓示を顕現し得べきはずはなかった。唯一瞬、会堂の中に身を置く時限りのものであった。会堂を一歩出れば、すべて

の殊勝心は霧散し、病室に入って妻と向い合うなり、腹を立て、罵詈を浴びせ、卑しい根性を露出する僕なのであった。しかし、たとえ唯一瞬のことであったとは言え、かかる敬虔な啓示を経験したということは、動機は見物にあったが、弥撒の式に列した甲斐はあったというものだった。

その間に、十周年記念の弥撒は終りを告げ、電気のスイッチが捻られたので、燈明は一斉に消えてしまった。朝日の光も、もう輝かなかった。神父さんは奥に引っ込んだ。院長始め、会衆の多くも外に出て行った。しかし、僕はまだ何かありそうな気がしたので、少数の人達と共に、後の端まで残っていた。すると、神父さんがまた姿を現わした。つづいて、その後から、毎朝鉦を叩いて歩く、かの頭立った背の高い看護婦が現われた。看護婦は鉦を叩いている。二人は、柵を開いて祭壇を降り、中央の通路を出口の方へ、花道伝いのように静に歩いて行った。僕は頭を回らして、二人の後を見送った。やがて鉦の音は、会堂の外へ消えて行った。これから病棟から病棟へ、信者々々の部屋を経巡って、朝の祝福を与える勤めが始まるのだった。

僕は、病院と家の間を往き来している間に、漸く自分の第十創作集を纏め上げることが出来た。弥撒に列してから間もない或る朝、病室の食器箪笥の上に原稿紙をひろげて、一気に「後書」を誦した。そして仕事を仕上げた喜びのままに、それを妻に読んで聞かせた。最初の方は読んで聞かせても大丈夫であったが、終りの方には、こんなことが書いてあっ

た。

「僕はこの後書を、都下K町の聖ヨハネ病院の一室で書いている。入院中の妻に附添いのため、寝泊りを始めてから十余日になる。妻は、最後の宣告に近きものを受けている。僕は、書く作品書く作品に、病める妻を題材として、読者を倦《う》ましめて来た。しかし、これもう、そう長くは続かないであろう。妻が死んで了えば、倦ましめようたって倦ましめる法がなくなるのだ。思えば僕は、妻が何も知らぬを奇貨として、臆面もなく、秘すべき妻の宿業を切売りの種にして、我が作家生活を樹てて来た。長じて子供達が、父の作品を読む時の心事も思わぬではない。その罪、万死に値しよう。しかし、この妻あるがために、我が文学精神が支えられ、言い得べくんば、高く保たれたこと、如何許りであったろう。若し妻亡き後を思えば、我が文学精神は萎微し尽すやも計られない。それを思えば、我乍ら不安に堪えられない。

　その間、この慌しさの中に在って、漸く後書を書きつけるところまで事を進めることが出来た。妻は頻りに、僕の近作を読んで聞かせてくれと言う。妻自身と、それに関聯した作品を読んでやるわけに行かないので、僕は言を左右にしている。その代り、今朝は、モウパッサンの「宝石」「月光」の二篇を読んで聞かせた。妻はその間、座蒲団の上に両脚を載せて、うつらうつらとしていた。

　妻は今、ベットに坐って、事も無げに針を動かしている。僕は食器箪笥の上でペンを走

らせている。外は雨である。」

原文その儘《まま》を読んで聞かせると、差し障りがあるので、僕は端折《はしょ》って、飛び飛びに、こんな風に読んで聞かせた。

「僕はこの後書を都下Ｋ町の聖ヨハネ病院の一室で書いている。僕は午後だけ家に行って、夜になると病院に帰って来る。この慌しさの中で、暇を見附けては、漸く後書を書きつけるところまで事を進めることが出来た。僕は食器箪笥の上でペンを走らせている。外は雨である。」

読み終ると、知らぬが仏であると、僕は思った。

「聖ヨハネ病院で後書を書くなんて、ハイカラね。貴方らしくないわ。」と妻は冷かした。

「うん、僕もあんたのお蔭で、ハイカラな経験が出来たよ。」と言って僕は笑った。

附記

それから数日後、十一月の初めに、妻は聖ヨハネ病院を去って、そこから程遠からぬ、多摩川に近い病院に移送されることとなった。僕の言葉で言えば、三度目の「病院巡礼」だった。僕が過労と栄養失調のため、附添いに行くことが出来なくなったので、附添いのある病院に移るのだった。その間に妻はやや持ち直して、顔のむくみも減り、足の腫れも

去った。しかし、新しい病院に移るのは不安らしく、妻は駄々を捏ねていた。

運送屋のリヤカアが来ると、看護婦二人と僕と、三人がかりで、リヤカアに搬んだ。僕は背を持ち、看護婦達は脚の方を持った。五尺二寸の妻が実に軽いのに、僕は驚いた。リヤカアには、僕も妻に向い合って、同車した。

リヤカアは、街道を避けて裏道を選び、林を抜け、田圃の小径を通り、また林を抜け、屋敷の生垣の間を走り、電車の踏切を越えて行った。

「あれ、何んでしょう？　馬が来るんじゃない。」と、妻は怖れをなした顔をして僕に尋ねた。

「あの、ハアハアと言ってる音かい。」

「ええ。」

「あれはね、運送屋さんが、犬に紐をつけてリヤカアを牽かせてるんで、犬が息を吐く音だよ。」と僕は答えた。

リヤカアは、火の見櫓のところで道を折れて、多摩川の方角へ走って行った。

（昭和二十一年三月六日）

遅桜

一

「向こうに、煙草の赤い看板が見えますねえ、あすこが病院です。」と私は指差した。

義父は黙って点頭《うなず》いた。

妻の徳子が、頭が狂って、武蔵野養生院に入院してから、三年目の春だった。私には通い慣れた道であったが、四国の田舎から遥る遥る出て来た義父は、名を聞くさえ忌わしい病院を間近かに見て、変り果てた娘の姿を、物悲しくも亦無気味にも思い描くのであろう、息詰んだ硬張《こわば》った顔をしていた。病院の庭に入ると、義父は一息吐くように立ち停って、玄関の正面を見上げた。一寸《ちょっと》館風に見える建物であった。

玄関で靴を脱ぐと、私は勝手知った院長室へ義父を案内した。

院長は、火鉢の上にかかった薬缶を自分で取って、茶瓶に湯を注いだ。茶瓶の蓋は真二

つに割れていて、その片方を取り除けて、そこから湯を差すのであった。

「毎年、春先から五六月にかけて好くないんですが、この頃また幻聴に悩まされていましてね。」と、院長が気の毒そうに言った。

「幻聴と言いますと。」と、義父は国民服のポケットに手を突っ込んで、院長の顔を真っ直ぐに見ながら尋ねた。

「言って見れば、声でない声が耳に聞えて、それを本気にしてるんです。」

「例えばどんな風に幻聴が聞えるんでしょうか。」と私が傍から口を挿んだ。

「『帰れ、帰れ』って呼ぶ声が、しょっちゅう聞えてるらしいんです。すると、その声に誘われて、激しい時には、硝子戸でも何んでも突き破って、飛び出しそうにするんです。そんなんですから、私が回診に行く度に、私を摑まえて、『先生、帰して下さい、先生、帰して下さい』とばかりねだって、ほかのことは何んにも仰言《おっしゃ》らないんです。」

「自分で帰りたいと思っているから、それで幻聴が起るのでしょうね。」と義父が言った。

「そうです。ひとが呼んでると思ってるのが、実は自分で呼んでる声ですね。」

「それだと、うちへ帰ったら、心も落着いて、幻聴も納まるんじゃないでしょうか。」と義父はやや強く言った。

「いや、病気が悪いから、帰りたいと思うんです。病気さえ好くなりゃ、帰りたい帰りたいなんて、思わなくなるんです。」

「それが、そんなに帰りたいんですから、うちへ帰れば、病気が好くなるんじゃないでしょうか。」と義父は追及した。

「今のところ、帰っても仕方がありませんね。帰れば一層悪くなるでしょう。病院にいらっしゃれば、何も頭を使うことはないんだけど、うちに帰れば、頭の休まる暇がありませんからね。」

「で、今日は、面会の方、いかがでしょう。」と私は話を換えて尋ねた。

「そうですね。これ以上昂奮なさるといけないから、お会いにならない方が、いいにはいいんですが、折角お父さんが遠方からいらっしゃったんですから、看護婦にも相談してみましょう。」

そう言って、院長は立って、自分で看護婦を呼びに行った。間もなく、院長は看護婦長を伴って帰って来た。

「いらっしゃいませ。」と言いながら看護婦長は入って来た。「武智さんのお父さんでいらっしゃいますか。初めまして。」

「娘が大変お世話になりまして。」と義父は椅子から立って、お辞儀をした。

「只今も、この電報至急打ってくれって、聞かないんでございますよ。」と言いながら、看護婦長は便箋を引き裂いた紙片を義父に渡した。

紙片には「ハハサマスクムカヘニコイマツトクコ」と電文を認《したた》め、宛名は漢字で書いて、

振仮名がしてあった。義父は紙片を開いて、長い間凝視していた。私は横合いから覗き込んだ。私は涙が出そうになるのを、一生懸命怺《こら》えていた。心なしか、院長も鼻をスンスン鳴らしていた。義父は紙片を丁寧に畳んで、ふところにしまった。

「曽木さん、どうでしょう、お会いになるのは。」と院長は婦長の顔を見た。

「折角お国からいらしたんですけど、お会いにならない方がよくはないでしょうか。」と婦長は院長の気を引くように言った。それから、義父の方に向いて言った。

「身内の方がお会いになった後は、どなたも昂奮してよくないんです。それで、旦那さんにも、去年の暮からこっち、四ヶ月の間、お会わせしてないんです。奥さんはそれを気になさいましてね。わたしは主人からも誰からも捨てられたんだと悶えるんです。そんなにお考えになるのが、患者さんには一番こたえるし、可哀そうでもありますからね、その度に私は、旦那さんはしょっちゅうお見えになるんだけど玄関で様子を聞いてはお帰りになってますと、宥めてあげているんです。そんなにまでして大事を取っているんですからね、ここでお会いになって、またがらりと逆転するようなことがあっては、今までのお世話がふいになって了《しま》うんですけど。」

義父は黙って聞き入っていた。

「医者としましても、同じお会わせするなら、もう少し好くなったところでお会わせしたいんです。今の状態でお会わせするのは、実際心苦しいんです。」と院長も良心を現わし

ながら口を添えた。

「会えば、私ということくらいは判るんでしょうか。」と義父は重い口を開いた。

「それは、お判りになりましょう。しかし、それ以上、父親に関聯して、嬉しいとか悲しいとか、感情の動くことはないでしょう。恐らく、連れて帰って下さい、連れて帰って下さいって、繰り返すばかりでしょうね。」

「それでも、好くなる時がございましょうか。」と言ってから、義父は運命の宣告を待つ人のように口を噤《つぐ》んだ。一番聞きたかったけれど、聞くのは恐ろしかったことを、到頭聞いてしまったのだ。

「一応は好くなるでしょうが、もとの通りにはならないでしょうね。どうしても頭が多少鈍くなります。」

それっきり言葉が杜絶えて、一ッ時、皆がしんとなった。絶望には余地があったけれど、義父は、深く首垂《うなだ》れていた。長年多数の患者を扱い慣れて来た院長としては、極く当り前のことを何気なく言ったのであろうが、身内の者には骨身に徹する言葉だった。

「なんなら、どんな様子か、病室にいらっしゃるところを、お覗きになって、お帰りになられては如何でしょう。折角いらしていただいたんですから。」と婦長は義父を取り做《な》すように言った。

「では、そうお願い致しましょうか。」と義父は首垂《うなだ》れた面を挙げた。

「会えない時は、皆さん、そうなさるんです。」

蟠《わだかま》りの解けたような声で、院長はそう言って、先に立った。私達はその後について暗い廊下を、病棟の方へ歩いて行った。私も度々病棟へは行っていたが、覗き見するのは初めてだった。怖いものを見るように、なんだか心が慄えた。四ヶ月の間に、二た目と見られない姿になっているのではないかと思うと、尻込みしたいような気持だった。義父はむっつりとした顔で、廊下を踏んでいた。病棟の入口は錠のかかった板戸で仕切ってある。婦長が鍵束を出して錠を外すと、院長は私達を振返って言った。

「ここの戸の隙間から覗いて下さい。私が病室の外へお連れしますから。」

院長と婦長が病棟の中へ入って行くと、私達は板戸の隙間に顔をくっつけた。細い隙間からは、西陽の当った廊下が、突き当りの便所の入口まで見通しだった。病室は片側に並んでいて、院長の跫音《あしおと》が、聞えるか聞えないかに、廊下の中程の病室から、障子に片手をかけて、半身を現わした患者があった。徳子だった。銘仙の袷に、伊達巻を巻いて、お納《なん》戸《ど》色の絞りの羽織を着ていた。徳子は院長の姿を見ると、待ち切れずに、素足のまま廊下に走り出て、院長の腕を捉えた。そして、訴えるように何か言うのだが、その声はよく聞き取れなかった。恐らく、「先生、帰して下さい。先生、帰して下さい。」とねだっていたのに違いない。取って附けたような院長の高笑いの声だけが、よく聞えた。院長は、ねだる徳子をあしらいながら、例えば舞台正面に寄るように、廊下の硝子戸寄りの方へ、徳子

をおびき出した。徳子は完全に私達の視野に入った。徳子は髪をひっ詰めに結って、頬は蒼白く肉が落ち、細っそりとした丈長な姿で、いつまでも院長の腕を取って放さなかった。徳子の訴える響のない声と、院長のあしらう不自然な高声が、舞台で遣り取りするようにつづいたが、徳子は何も知らずに、院長は何も彼にも知っていて、それを演じているのだった。本当に、徳子は何んにも知っていない。板戸の隙間に、父親と夫が顔をくっつけて覗いていることなど、夢にも知っていない。その無心な心事を思うと、私は涙が出て仕方がなかった。私はハンカチを出して、涙を拭っては、また、右の眼と左の眼を代る代る隙間に当てた。徳子を哀れと思って出る涙なのか、自分を哀れと思って出る涙なのか、私にはけじめがつかなかった。しまいにはもう怺えきれなくなって、それ以上怺えるためには声を放つよりほかなさそうになったので、私は諦めて板戸を離れた。義父は扉にくっついたまま身じろぎもしなかった。堪能するまで、変り果てた姿で、手の届かない世界に隔離された娘の姿を見ようとするのである。私は自分の涙を見せて、義父の張り詰めた心をくず折れさせてはならぬと思ったので、義父の後に退いて、男の病棟と炊事場へ岐《わか》れた丁字形の廊下を、あちこち何度も行き戻りしていた。もと外交官の夫人だったという女の患者が、いつも声一杯歌う声が、遠くの病室から聞えていた。

　義父が扉を離れて間もなく、院長が病棟の中から出て来た。

「如何でした？　よくお見えになりましたか。」と院長は私達の顔を見ながら言った。

「ええ、お蔭様でよく見えました。」と義父はお礼を言った。「大分こたえているように思われましたが。」

「脳を病んでますから、どうしてもからだにこたえて来ます。一時は、看護婦が茶碗箸を持って食事をさせて上げねばならぬほどでしたが、この頃あの程度に持ち直したところです。ホルモン剤の注射もしていましたが、主人が収入が少いから注射をするのは嫌やだと言って、どうしても注射をなさろうとしないので、今月に入ってから注射は止めています。」と言って院長は笑った。

私は苦笑した。

義父が国から持って来たお菓子の缶を、小包で送って来たと言って徳子に渡して貰うことにして、私達は病院の門を出た。父親が来ていたと知らせては工合が悪いという病院の計らいだった。

「小金井の桜というのは、この近所でしたね。」と義父が訊いた。徳子の家族は、もう三十年も以前に、東京に住んでいたのである。

「ええ、直ぐそこです。花でも見て行きましょうか。」

私達は桜堤の方へ足を向けた。上水を挟んだ桜並木は、遅咲きとは言いながら、四月の半ばを過ぎていることとて、もう大抵は葉桜になっていた。それでも処々の老木にはまだ花が残っていて、少し強い風でも吹くと、盛んな桜吹雪を飛ばして、土手路に白く散り敷

いたり、花筏になって、底深い上水の上に浮んだりしていた。私達は靴先で、散って来る花を蹴るようにしたり、地に敷いた花を掬《すく》うようにしたりして歩まねばならなかった。夕陽に向っていたので、飛ぶ花はキラキラと輝いた。

　私達は二人とも黙って歩いた。花を見て心の楽しむ余裕はなかった。

「ラムネでも飲みましょうか。」と誘う義父を先に、私達はとある茶店へ入って行った。私達は床几《しょうぎ》に腰かけて、ラムネを一本ずつ飲み、茹で卵ときぬかずきの皮を剝いで食べた。心はやはり重く、無言で塩をつけながら食べた。茶店の斜面に立った老樹の降らす白い花片が、しっきりなしに茶店の土間の中まで舞い込んで来た。

「どうでしょうか、徳子をうちに連れて帰っては。」と義父が口を切った。「あれほど、帰りたい帰りたいと言うものを、帰さないでおくと、却て悪くなるのではないでしょうか。」

「そうですねえ。」と私は煮え切らぬ返事をした。それと言うのが、一度退院させてみて、手に負えなかったことを私は思い出していたのである。「医者の言う通りにしておくよりほかないんじゃないでしょうか。病院に居てさえあれですから、うちに帰ったら、なおひどくなるんじゃないでしょうか。」

「そうですかねえ。あんな陰気な病室に、しょっちゅう一人で居ては、良くなる病気も反対に悪くなるんじゃないでしょうか。徳子でなくて健康な者でも、毎日々々一室に閉じ籠っていたら、神経衰弱になりますよ。」

「でも、ああいう病人にとっては、一切の気遣いから解放されて、何んにも頭を使わずにいる方が一番よくはないでしょうか。」

　二人は黙った。

「兎に角、私は明日もう一遍病院へ行って、徳子に会ってみます。折角東京まで出て来て、会わずに帰るのは心残りですから。」

　最後に義父は、そう心に決するように言った。

　翌《あく》る日の午後、義父はまた一人で病院へ出かけて行った。夕方沈んだ顔で帰って来た。

「どうでした、お会いになりましたか。」

「会いました。私の顔を見るなり、飛びついて来て、『お父さん、連れて帰って。お父さん、連れて帰って。』と言うきりで、初めからしまいまで、ほかのことは何一つ言いません。私が帰ろうとすると、取り縋って来て離れませんから、無理に振りもぎって帰って来ました。泣きながら、私を追っかけていました。——あれほど帰りたがるものを、帰したらどうでしょうか。」

　義父は詮《あきら》めかねるらしく、余憤を包んだ言葉でそう言った。私は暗然として黙ったきりだった。

二

翌る年の春、義父はまた上京して来た。その時は、徳子の妹の節子が、女学校を卒業して上級学校に入学することになったので、その附添いだった。

私は二人を伴って病院へ行った。その時分には、徳子はかなり好くなって、二月頃には、一日の帰宅を許されて、四年振りに、子供達に会いに帰ったほどだった。

病院に行ってみると、四月の昼はひっそりとしていた。院長室を覗いてみると、院長も不在だった。私は二人を応接室に待たして、病棟の方へ様子を見に行った。そこもひっそりしていた。私はコツコツと、板の扉を二三度叩いた。いつもなら、看護婦室から応ずる声が直ぐ聞えるのだが、それも聞えない。私はまたコツコツと叩いて、耳を澄ました。やはり応ずる声はない。どうしたものかと暫く立っていると、誰か廊下を引き摺って来るスリッパの音が聞えた。扉の隙から覗いてみると、出て来たのは、徳子だった。

「徳子か。」と私は戸の隙間に口を当てて呼んだ。

「ええ。看護婦さん達は、おひるから摘草に行って留守だわ。」

「そうか。お父さんと節ちゃんとが来てるんだけど。」

「そうお。」と徳子は一寸驚いたような声を出した。その時には、私達は扉一枚を隔てて、

向い合っていた。

「節ちゃんが女学校を出て、上の学校へ入るんで、やって来たんだ。……困ったなア、看護婦が居なくちゃ、戸が開かないし。」

「小使さんに呼びに行ってもらってはどう？」

「その小使さんもいないんだ。」

そう話しているところへ、私達の声が高かったからであろう、小使の小父さんが、目白籠を目の高さに支えて庭の方からやって来た。庭に出て、目白に陽を浴びさせていたものと見える。小使は直ぐ自転車に乗って、看護婦を呼びに走った。

間もなく、餅草《よもぎ》や土筆《つくし》などを摘んで、手を泥んこにした若い看護婦が、慌てて帰って来て、扉を開けてくれた。

三人が病室に入って行くと、徳子は、たった一枚の座蒲団を客座蒲団に室のまん中に出して、自分はその座蒲団から離れて、ぽつねんと坐っていた。畳と壁の間には、隙間風を防ぐ古新聞が押し込んであった。一尺も奥行のない床の間には、硝子コップに水を入れて、菫の花が投げ入れてあった。

「徳ちゃん、どう。」と義父がやさしく言った。

「ええ、大分好いわ。今朝から洗濯をしていて、手がこんなになったわ。」と、水に洗われて皺んだ掌を、徳子は開いて見せた。顔の相も見直し、からだにも割りに肉がついてい

た。言葉もハキハキしていた。

「お母さんもね。毎日手ん手古舞で、なかなか出て来られないんだよ。」

「お父さん、やっぱり町会長をしてなさるの。」

「ええ。それでね、配給だとか、献金だとか何んだ彼だと言って忙しく、お母さんと二人で、毎晩一時二時まで算盤《そろばん》を弾いているんだよ。」

「そのあとでは、お母さんはきっと神経痛を出して寝込んでるわ。」と節子が笑いながら言った。

「そんなもの、やめてしまえばいいのに。」と徳子は真顔で言った。

「そうもならないんでね。実はやめてしまいたいんだが、ほかにする人がないから、無理に押しつけられているようなものだ。」と義父が穏に言い聞かせた。

「そんなことしていては、お父さんもお母さんも長生き出来ないわ。」と徳子は怒ったような顔をして言った。

昂ぶらせてはいけないと思ったので、私は節子を顔で示しながら言った。

「節ちゃんも、随分大きくなっていただろう。」

「ええ、大きくなっていたわ。もう私くらいあるでしょうね。」と徳子は言った。

徳子は五尺二寸余りあった。節子もそれに劣らぬ背丈に伸びて、大きく肥っていた。

「わたし、節ちゃんがここへ入って来た時、自分が入って来たのじゃないかと思ったわ。」

とまた言って徳子は笑った。そう言えば節子は、姉妹のうちで一番徳子に似ていた。娘時代の面影が、節子に宿っていた。

「この前、姉さんに会ったのはいつだっけね。」と私は節子を顧みながら言った。

「わたしがお仕舞いの先生のところへ行ってた時分だから、小学校の五年生の時だわ。」と節子は答えた。

「そうすると、わたしは大凡そ、節ちゃんが女学校へ行ってた間、病院にいたことになるわ。随分長いわねえ。」

徳子がそう言うと、急にしんみりしそうになったので、その空気を払うように義父が言った。

「節子の今度の学校は、そこの専攻科を出ると、女学校の教員免状が貰えるんだよ。」

「そうお。わたし、女学校の先生なんて大嫌いだったんだけれど、何したって、こんな病院にいるよりはいいわ。」と徳子は自ら嘲るような調子で言った。

「徳ちゃん、お菓子をお上り。」と、義父が幾度目かにまた奨めた。国で出来る飴玉が徳子の前にひろげてあったが、それまで徳子は一向手を伸ばそうとしなかった。その時になって初めて、徳子は二つ三つ掌に取って口に持って行った。

「去年、お父さんにいただいたお菓子、とてもおいしかったわ。」と徳子は、去年の菓子の味がまだ舌の上に残っているような顔をしていった。

「もっと沢山持って来るとよかったんだが、手を廻して、やっとこれだけしか手に入らなかったんでね。」と言いながら、義父も飴玉を一つ撮《つま》んだ。

「去年、お父さんに会ったの、覚えてる？」と私は尋ねてみた。

「ええ、よく覚えてるわ。わたし、お父さんの顔を見ると、色々なことが言ってみたかったけれど、『連れて帰って、連れて帰って』としか言えなかったわ。お父さんが帰ってから、わたし泣いちゃったわ。もうこれっきり、一人ぼっちにされちゃうんじゃないかと思うと、淋しくってね。」と徳子は笑いながら言った。

「今日はね、うちへ帰って、みんなで一緒に晩飯を食べようと言うことになってるんだ。支度をしてはどう？」私は促した。

徳子は立って、押入から着物の包みを出して、身支度を始めた。節子が、襟元を直したり、裾を引っ張ったりして、見繕いを手伝った。

病院を出ると、私達は近くの国民錬成所を見て行くことになった。それは、紀元二千六百年式典の際、玉座となっていた建物を奉遷したものであった。広々とした原の中に、その建物は既に形だけは整っていたが、戸は閉り、植込み一つなく、まだあたりは殺風景であった。ところどころに地ならしをしている人の影が見えた。

「わたしもね、婦長さんに連られて、ここへ勤労奉仕に来ましたわ。そうしたら、みんなわたしを見るの。婦長さんは地元の人だから、婦長さんをつかまえて、『曽木さん、見慣

れない奥さんだが、どこの奥さんかね』などと訊いていたわ。」と、徳子は私に話しかけながら笑った。

それから私達は桜堤に出た。私の家の近くの中学校では、校門際の吉野桜がもう満開であったが、ここの桜は、まだ花の咲く気配を見せていなかった。ただ、蕾の膨れた黒い梢が、漲った力で空を指しているだけだった。徳子は父親と肩を並べて、古びた石橋を渡りながら言った。

「わたし達が子供の時分に、お父さんや、お母さんや、みんなでここへ花見に来て、お弁当を開こうとすると雨が降り出して、碌々花も見ずに帰ったことがありましたわねえ。」

「そういうことがあったね。」と、何かに心を奪われていたらしい義父は、急に我に返ったように遅い返事をした。

うちに帰ると、私の妹の仙子が、五目飯を焚いて、夕食の支度をしていた。父に妹、夫に義妹、それに二人の子供を加えて、徳子にとっては、夢のように賑かな食事だった。

「国に帰ったようだわ。」と徳子は、二人の子供を両脇に引き寄せ、口軽く燥《はしゃ》いでいたが、なぜか食事は遠慮して、お代りをするのもためらい勝ちだった。「沢山お上り」と言っては、皆で口々に勧めると、徳子は初めて、「少しでいいわ」と言いながら、気後れしたような手つきで、仙子に茶碗を差出すのだった。

徳子は、食事よりも、話したい一方らしかった。そして、箸を置いては、よく話した。

しかしその話は、殆ど思い出話に限られていた。それは、不思議なほど活き活きと、正確に語られた。徳子の頭の中では、記憶作用だけが異常に活潑に活動するらしかった。例えば、「わたし達が目黒にいた時分に、信州から女中さんが来ていたでしょう。あの人、おむすびを三角形に握るの、とても上手だったわ。信州では、みんな、おむすびを三角形に握るんですってね。」などと義父に話しかけた。

「それからね、お父さんに連れられて本郷教会へ行った時、牧師さんがヨハネ伝第六章にあるお話をなさいましたわねえ。」

「どんな話だったかね。お父さんは忘れたが。」と義父は歯をほじりながら聞き返した。

「そりゃ、イエスが、子供の持っている五つの麦パンと二匹の小さな魚を取って、五千人の人に擘《さ》き与え、食い残したパンを集めてみると、十二の籃《かご》に一杯だったというお話さ。」と言って徳子は笑った。

「そうだったかね。」と義父はぼんやりとした返事をした。

徳子は話しながら、一人でよく笑った。可笑しくもないのに笑った。袂で口を被いながら笑うこともあった。「これがまだいけないところだな」と、心の中で頷きながら、私は徳子の話しぶりを見守っていた。

「名残は尽きないだろうが、そろそろ病院に帰るとしようか。」と、やおらからだを起しながら、私はおどけた調子で言った。おどけた調子で言わなくては、まともな調子では咽

喉が詰るようで、言葉が出ないのだった。「六時には病院に帰って来ますから。」と看護婦に約束した時間は、疾《とっ》くに過ぎていた。

徳子は、縫い物や編み物をする材料をくるんだ大きな風呂敷包みを提げて、玄関に出た。後に残る人達は、義父も義妹も妹も、二人の子供達も、玄関の座敷に居並んで、「左様なら。」、「左様なら。」、「また帰っていらっしゃいね。」などと、思い思いに、出て行く徳子の後を追って、別れの言葉をかけた。

一旦外に出ていた徳子は、私が玄関の戸を閉めようとすると、私を押しのけるようにして、ツカツカとまた玄関に戻って行った。どうするのかと見ていると、座敷に駈け上り、電燈の光を子供の顔に差しつけて見据えながら、「みんな、好い子でいるんですよ。」と言い残し、それで心足りたような顔をして出て来た。

夜は暗かった。空には照空燈の光が彗星のように動いていた。

「あれ、何んでしょう。」と徳子はたまげたように訊いた。

「あれはねえ、空襲に備えて、照空燈を照らしてるんだよ。」と私は説明した。

病院の耳門《くぐりど》はまだ開いていたが、玄関はもう閉って、鍵がかかっていた。もう八時を過ぎていただろう。私は開かない戸を、ガタガタと揺すぶってみた。

「じゃア、看護婦さんを呼んで、開けてもらいましょう。」

そう言って徳子は、私の手を取って、玄関脇のおどろな植込みの中に、私を引き入れる

のだった。茂みの枝に顔を叩かれたり、蜘蛛の巣にたかられたりしながら、私は徳子の後からついて行った。徳子は、まっ暗な植込みの中を、勝手知った足取りで、私をぐんぐん引っ張って行った。物置の後を通り、炊事場の後を抜け、水汲タンクのそばまで来ると、電燈を消した病棟の中に、一ところ、ボウッと明るんだ部屋があった。そこが看護婦室だった。私は窓に近寄って行って、二度繰り返して言葉をかけた。

「武智ですが、只今帰りました。」

看護婦は鍵音をガチャつかせながら、立って来た。

「六時過ぎまでお待ちしていましたが、今夜はお泊りかと思って、玄関も閉めていました。」と言いながら、看護婦は玄関の方へ廻って行った。板戸を開ける鍵の音が、病棟に響いた。

私は闇に慣れた眼で、また徳子に引っ張られながら、玄関へ帰って行った。

看護婦が玄関の戸を開くと、徳子は、「遅くなりまして。」と、申訳なさそうに低くお辞儀しながら、中へ入った。そして廊下へ上って、重い風呂敷包みをそこへ下ろしたかと思うと、ヘタヘタと坐り込んで、「あなた、今度は早く面会に来てね。」と、嘆願するような切ない声で言った。

「ああ、来週のうちに来るよ。」と言って、私は玄関を離れた。

それから十日余り経って、或る日曜日に、節子が寄宿舎から遊びに来たので、仙子が海

苔巻を作り、子供達も連れて、皆は小金井へ花見に行った。私は家に残って、本を読んでいた。

　夕方皆は揃って帰って来た。

「どうだった、花見は賑わっていたか。」

「ええ、かなり満開だったわ。」と妹が答えた。

「徳子も病院から呼んで、一緒に花見をさしてやるとよかったね。」と私が後からの思いつきを言うと、上の子の和子が引き取って言った。

「お母さんの病院、初めて遠くから見たわ。赤い煙草の看板の出ているところでしょう。」

「うん、そうだよ。」

　すると、今度は下の子の光子が、「お父さん、お父さん、花見のところに気狂いがいたんだよ」と、何か大事件でも告げるように、私の顔に自分の顔をくっつけて来て言うのだった。

「おん襤褸《ぼろ》を着て、人の顔を見ては、ゲラゲラ笑ってるのよ。」と和子が補足した。

　子供は、花よりも狂人が興味深かったらしい。私は黙って聞いていたが、その時くらい胸の疼いたことはなかった。

（昭和二十一年一月十九日）

嬬恋い

私の妻の徳子は、去る五月三日朝、多摩川に近い瘋癲病院の一室で、息を引き取った。八年の病院生活の後、誰一人最後を看取る者もなく死んで行った。

その日、私は妹の仙子と二人で、新宿へ「プラーグの栗並木の下」という芝居を観に行っていて、夕方帰って来た。私は玄関の外に立って、妹が便所の脇から上って戸を開けるのを待っていた。妹は玄関の方へ廻って来るなり、「電報が来てるわ。」と叫んだ。そして、徒跣《はだし》のまま飛び降りて、投げ込まれてあった電報を拾い上げた。私は不吉な胸騒ぎを感じながら、戸の隙間に顔をくっつけた。

「発信局はどこ？」

「ムサシコガネキ」

若しや原稿の催促ではないかと思っていたが、最早徳子に異変があったことに間違いはなかった。

「トクコサマキトクオイデコフタタとあるわ。」電報を読む妹の声は慄えていた。

「じゃア、このまま直ぐ出かけよう。」

私達はその足で、附近の省線駅へ駆けつけた。

「生きててくれればいいがね。」

「どうか知ら。昨日の様子では、まさか死のうとは思えないんだけど。」

「そうかねえ。そうだといいんだが。」

小金井の駅に降りて、通い慣れた道を病院へ急ぎながらも、私達は不安のままに、そんな会話を何度も繰り返した。ただ私の頼みとするところは、その前の日の午後、妹が病院へ見舞いに行って見て来た妻の容態だけであった。妹が行き着いた時には、その日の朝、突然昏睡状態に陥っていた徳子が、正気に返ったばかりのところだった。いつも食事の時間になると、一番駈けに膳を取りに来る徳子が、その朝に限って出て来ないので、不審に思った看護婦が病室へ行って見ると、徳子は正体を失って昏倒していたというのである。注射や何かの手当をして、徳子が正気を取戻したのは五時間の後で、丁度そこへ妹が行き合せたのであった。

「様子だけ御覧になって行かれますか。亢奮するといけないから、お話はなさらない方がいいでしょう。」と言われるままに、妹は看護婦の後について、病室へ行ってみた。徳子はけろりとして、起きて坐っていたという。看護婦が話をしかけると、徳子は五時間も昏睡に落ちていた人とは思えぬほどはっきりした話しぶりで、「なんだか夢見ていたような

気がしますわ。」と言ったそうである。二人が話している間、妹は徳子の前に立ちながら、一言も声をかけずに、黙って聞いていたという。徳子は徳子で、盲になっていたから、妹が目と鼻のところに立っていたのを、最後まで気附かなかったという。

時々俄雨の来る中を妹が病院から帰って来たのは、もう夜にかかろうとする時分で、私は台所に立って、夕食の支度をしていた。

「どうだった?」私は妹の顔を見ると、直ぐ尋ねた。病院へ行った妹が帰って来る度に、私はいつもそう尋ねては、不安の中に安心を得ようとする習いだった。

「随分こたえているから、そう長くは持たないかも知れないわ。」妹は総てを伏せて、先ずそう言った。

「そうか。」と私は深く考え込んで、「この前俺が行った時もそう思った。この夏が越せるかどうかね。」

「長くて今年一杯くらいじゃないか知ら。」

そう言った後で、妹は初めて病院で見て来た始終を打ち明けたのである。

「で、差し当って、急変の心配はないか知ら。」

「院長さんの話では、一時的の癲癇みたようなもので、心配はないでしょうと言ってたわ。脈にも心臓にも異常がないんだって。」

「それなら安心だが……。兎に角、明日明後日のうちに、俺も病院へ行って来よう。」

そう言いながら、「明日」に当るその日、私は前売切符が買ってあった「プラーグの栗並木の下」を、観に行ってしまったのだ。徳子危篤の電報が投げ込まれた時分、私は劇場の木椅子の上に坐って、「ファッショに塩、ファッショに塩」と歌う高潮した場面を見ていたのかも知れない。しかし芝居を見ながら、私の気持が一向引き立たなかったことも事実であった。私の心の底には、徳子のことが気懸りで、重い錘《おもり》が沈んでいたのだ。

「今日は、芝居に行く手はなかったなア。病院に行かなくても、家にさえ居りゃア、電報を見て直ぐ駈けつけることが出来たんだ。一分の違いで、死に目に会えないことだってあり得るからねえ。」

私達はもう暗くなった夜道を、百姓家の間の生垣に沿って行った。

「そう言えば、わたしも昨日、嫂さんに一言物を言って帰るんだった。ほんのすれすれのところに居りながら、嫂さんも知らなければ、わたしも声をかけなかったんですからね。あれが最後になっては残念だわ。」

「死ぬるのは仕方がないが、死に目にだけは会ってやりたいねえ。」そう言いながら、私の目の前には、妻の脈を握って、静に息の絶えてゆくのを見守っている自分の姿が浮んだ。

夜空に高い煙突の聳えているのは、戦時中殷盛を誇った或る電機製作所の大工場だった。今はガランとして、昼間通ってみても、機械の音は愚か、人の気配さえ殆ど感じられないのであったが、それでも守衛の詰所には灯が点って、門の外まで光が流れていた。そこの

長いコンクリート塀について行き尽すと、暗い原の向うに、白ペンキの板塀が仄白んで、その塀に囲まれた黒ずんだ林の中から、チラチラと明りが瞬いていた。そこが、徳子の入院している多田病院だった。東京の郊外の林の蔭には、そういう瘋癲病院が幾つも幾つも散在していることを、私は実地に当ってみて知っている。哀しき見聞と言おうか。徳子は発病以来八年の間に、そういう病院を三度転々して、去年の晩秋から、その多田病院に落着いているのだった。

病院が近づく頃には、私達はもう話すことは何もなかった。ただ、死に目に会えるようにとの一心のみで、自分達の跫音《あしおと》を追いながら黙って歩いた。早く病院に行き着きたいような、また行き着くのを遅らせたいような、せわしいうちにも心配な足取りだった。

「あッ、雲雀《ひばり》が啼いている。」

その時私は、天の一角に当って、雲雀の声を耳にした。私は立ち停って、耳を澄ませた。妹も同時に足を停めた。跫音が絶えたので、雲雀の鳴き更《ふ》けている声が、夜空に遠く澄んで聞えた。朧《おぼろ》に暗んだ空なので、どのあたりから来るものか、天の心《しん》から降って来る声としか思われなかった。私は一瞬妻のことを忘れて、しんしんとして、その雲雀の声に惹き入れられた。

「こんなに遅くなっても、まだ啼くものかねえ。」と言いながら私は歩き始めた。

病院の門は左右に開いていた。いつもなら、昼でも白い縦格子の門が閉っていて、門を

外して入るのだが、今はその世話も入らなかった。夜分に来るのはこれで二度目で、初めてこの病院を訪ねて来た晩、閉った門扉の前に立ち止ると、「夜間デモ御用ノ方ハコノひもヲオ引キ下サイ」と書いた掲示が目について、病院の内部に通ずる長い紐を引っ張ったものだが、それを引っ張る必要もなかった。“LUNATIC ASYLUM”と記した標示板も、門扉と共に片辺に寄っていた。それは客を待ち設ける姿で、その時既に不吉を感ずべきはずであったのに、私は何も感ぜず門の中へ入って行った。玄関のうちらにも灯が明《あ》かっていた。

　私達は院長の夫人に迎えられて、応接室へ通った。院長はなかなか出て来なかった。私は息苦しくなってズボンのバンドを弛めてみたり、部屋の中を見廻したりした。前に居た病院から徳子を移送するため相談に来て、院長に面会したのもこの部屋だった。その時院長は立って窓の扉を開き、「あすこが病室になっています。」と、窓の外を示した。暗い木立を透して、病棟はそれと灯が見えていた。二三日すれば、徳子もあすこへ収まるのだと思いながら、私はその一点の灯を見詰めた。私は今も立って、院長がしたように窓を開き、徳子の命を見るように、その灯が見たかった。しかし、これは無作法だと思い返すと、私は切なくなった眼を、部屋の隅に移した。そこには一台のピアノが黒く光っていた。すると今度は、徳子をリヤカアに載せて移送して来た日のことが思い出された。二人は先ずこの部屋に通された。「そこにピアノがあるよ。」と教えると、目の見えない徳子はそっと立

って、ピアノの蓋を明け、キイを押したようだった。しかしキイは鳴らなかった。徳子はまたピアノの蓋を下ろして、そっと椅子に還って来た……。

　やがてドアが開いて、院長が現われた。

「大変お待たせいたしました。」院長はいつもの慇懃《いんぎん》な態度で言った。私達は立ち上って院長を迎えた。様子を聞こうと口を切るより先に、院長がつづけて言った。「奥様も今朝七時四十分にお亡くなりになられました。行き届きませんで、申訳ありませんでした。」と院長は改めて深く頭を下げた。

　その一言で、総ての望みは絶たれたが、妻のことについては諦めに慣らされて来た私は、平静に答えることが出来た。

「何《いず》れはこういうことになろうと思っていました。長い間お世話になりました。ただ私の心が到らなくて、臨終に会えなかったのが残念でした。」

　席に就くと、院長は卓子の上に伏せた眼をしばたたき乍《なが》ら、静に臨終の模様を語りはじめた。それによると、昨日妹が病院から帰った直後、徳子は二度目の発作を起し、一晩中歯が砕けるほど歯ぎしりしたり叫んだりした挙句、今朝方になって死んだと言うのである。私はそれを聞くと一人で死なせた妻の断末魔の苦しみが初めて胸にこたえて来て、息を呑んだ。私はなぜか一人勝手に、徳子は昏睡のまま静に息を引き取ったものと決めていたのである。発作が起る前に、院長が徳子の室へ行ってみると、徳子は院長と気附いて、「あ

あ、先生でいらっしゃいますか。おなかが空きましたから、食事がいただき度《と》うございます。」と言ったというのも、私には哀れであった。

「お粥を作っていますから、暫くお待ちになって下さい。」と院長が答えると、徳子はよく聞き分けたということであった。しかし粥が出来上るのを待たずに、徳子は発作を起したのであった。

「出血でお亡くなりなさいました。」と、院長は伏せた眼のままで、あらましの話を結んだ。

「去年の秋、小桜病院に居た時、佐々木先生から最後の宣告を受けていましたが、お蔭様で、それから半年余り持ちこたえることが出来ました。」と私は頭を下げた。

「御全快させて上げることが出来なくて、ほんとうに行き届きませんでした。」

「いいえ、面倒な病人を大変御親切にしていただきまして……。戦争中空襲にやられて、自分で屍骸を焼かねばならぬことになるのではないかと心配したこともありましたが、それを思えば、自然の死でございますから、致し方がございません。」

「ドイツから帰った人の話を聞くと、ドイツでは、戦時中、精神病者なんか殺していたということです。それに比べると日本はまだましだと話していました。」

「そうですかねえ、日本でも早晩、徳子等のような病人は、穀《ごく》つぶしの能なしとして、一固めにして射殺されるような時が来るのではないかと思っていました。全く周囲の情勢が、

人間を粗末にしていましたですからね。」

「そうでした。」と院長は頷いて、「それでは一寸《ちょっと》お待ちになって下さい。今奥様のお部屋の方へ御案内致しますから。」

院長は出て行った。

「今朝の七時四十分に死んだと言うんでは、俺が今朝来たにしても、どうせ死に目には間に合わなかったんだねえ。」と、私は妹の方を顧みて、自分を赦《ゆる》すように言った。

「死んだとは、どうしても思えないわ。昨日はまだ、あんなにしっかりしていたのに。」

「そうだなア。昨日の今頃はまだ生きてたんだなア。あんたの話を聞いてから、直ぐ病院へ来ればよかったんだ。しかし、まさか死のうとは思わなかったからねえ。」

返らぬこととは知りながら、私はそんなことを言ってみた。

私達は一旦玄関に降り、院長に導かれて、病棟の方へ、敷石伝いに歩いて行った。帽子を片手に握り、頭を垂れて歩きながら、私は自分の胸が張り詰めているのを感じた。病棟の玄関には、私達と同郷の看護婦が待ち構えていた。この人が、病気中から最後まで、妻を看取ってくれたのだった。

この病院には屍体室と言って、別になかった。徳子の屍体は、もといた部屋から移されて、玄関に近く、直ぐ左に折れた廊下に沿った一室に置かれているらしかった。看護婦が

先に立ってその方に歩いて、そろりと障子を開けた。徳子は廊下の方に頭を向けて、寝かされていた。私、妹、院長、看護婦とつづいて部屋に入ると、看護婦が障子を静に閉めた。

部屋の中には線香の匂いが漂っていた。徳子は見慣れた蒲団を被せられて、仰向けに寝ていた。顔には白い晒し布がかぶせられてあった。枕許には、病院の心づくしの百合や山吹の花が瓶に挿されてあった。盆の上には、パンや夏蜜柑やちりめん雑魚《じゃこ》の入った紙袋などが載せてあった。何れも、前の日妹に持たせてやったものだったが、何一つ手が着けられないで、そのまま空しい供え物となってしまったのだ。パンは配給のパンであり、ちりめん雑魚は郷里から送って来た小包の中に入っていたものだった。

私は暫く、晒し布に覆われた妻の顔を見ながら心を鎮めていたが、自然に合掌すると共に、手を伸ばして、布を取り除けた。涙が糸のように頬を流れた。妹が、声を挙げて咽《むせ》び泣きを始めた。

徳子の顔は蒼く、八年にわたる病いと飢えのために痩せこけて、尖んがっていた。しかし、死の顔は拭き浄められて、穏かだった。生前の狂い苦しみが激しかっただけに、今はもう何んの表情もない顔を見ていると、神の訪れと思われ、何もかにも終ったという感じであった。かすかに瞼を開いて、硬ばった睫毛の下に、濁った眼が覗いていた。生きてるうちに、もう何も見えなくなっていた瞳が、今は却て何かを見ているようであった。

めくった布をもとに返すと、院長は間もなく部屋を出て行った。看護婦は暫く居残って

伽《とぎ》をしてくれていたが、お通夜のことを尋ねると、「朝までこのまま側に寝て行かれる人もありますし、時間を見てお引取りになる方もございます。どちらでもよろしゅうございます。」と言って、やがて出て行った。

後には、私達兄妹だけが残った。中庭を隔てた病室の方からは、狂噪した女患者の叫び声が聞えていた。

「随分こたえているなア。そら、蒲団がのっぺりしていて、ちっともからだのところが盛り上っていないじゃないか。」と私は蒲団の表を顎で示した。蒲団の表は、その中に人間のからだを秘めているとは思われないほど平らなのであった。

「わたし、病院へ来る度に、これでよく生きてられると思わないことはなかったわ。」

「去年まではそれほどでもなかったが、今年になってから急にひどくなったようだね。」

「いつか来た時、『あたし痩せて、股の間がすっかり空いちゃったの。死ぬるんじゃないかと思って、怖くて仕方がないわ』と嫂さんが言ってたことがあるわ。」

「それまでだってそうだったろうけれど、その頃になって急に気がついて、怖じ気づいたんだったろうね。」

「髪も随分少くなっているでしょう。」と言って妹は、私の注意を、白布の外にはみ出した徳子の頭の方へ誘った。妹は病院へ来る度に、徳子の髪が禿げるのを気にしていたのだった。

「そうだね、地が透いて見えるねえ。薄くなったばかりではない。残った髪も、大分短く切れてるようだね。」

「冬に来た時、抜毛を集めて、布にくるんで、首に巻いて、『ねえ、こうすると、とても温いんですよ』と言ってたわ。」

「病気でも、智慧は働くものだね。」そう言って、私は思わず顔を綻ばしそうにした。しかし、心の中は悲しかった。

二人の間には、思い思いの考えに耽ろうとすると、直ぐ沈黙が来た。時間が経つにつれて、もう狂躁する患者の声も聞えず、物音一つしなかった。所が瘋癲病院の一室だけに、どこの夜よりも静寂の底が深いようであった。私達兄妹は、布に覆われた徳子の顔を見ながら、坐りつづけた。

「徳子の左の眼の下に、一寸黒味を帯びた小さな傷痕があっただろう。」と私は妻の顔から眼を放さずに言った。

「気が附かなかったけど。」

「そうかなア。蒼い顔に、あれだけが洗い出されたように黒く見えていたけど。あれはねえ、御飯を食べて膳を運んでいたら、隣の患者に押し倒されて出来た傷なんだって。この前、俺が最後に来た日のことで、あの時はまだ生ま傷で、赤く血がにじんでいたよ。」

「それが黒くはなったけど、まだ癒りきっていなかったのでしょうか。兄さんが最後に来

たのは、いつだったですかねえ。」

「四月の十日だったから、二十日余り前のことだよ。あの時徳子がうちに帰りたがって仕方がないものだから、押入の中から着物を出して着替えをしている隙に、俺は部屋の掃除をした塵を捨てに行く風をして、こっそり逃げて帰ったんだ。あれが最後になってしまおうとは思わなかった。俺に騙されたと知って、またのこのこと着物を着替え直したことだろうが、その時の気持はどんなだったろう。到頭聞かずじまいになったわけだよ。」私は自分の一番辛い気持を、そういってぶちまけた。私は今でもその時のことを思うと、胸が張り裂けそうな気がする。

「わたし、嫂さんが目の前に死んでるのを見ていても、どうしても死んだとは思えないわ。昨日まで生きてたんですからねえ。あの病室に行けば、今でもやっぱり坐っているような気がしてならないわ。」

「そうだねえ。いつ来て見ても、うつらうつらと坐っていたからねえ。仕様事ない気持だったろうなア。話相手はなし、食べるものはなし、目は見えないし、毎日毎日ああして過してたんだからね。」

「病気でなかったら、とても辛抱出来ないわ。」

「今になって言ったって始まらないが、こうなると知っていたら、もっと度々来てやるんだった。俺は今年になってから、たった一遍しか来てやらなかったんだからねえ。」と言

って私は切ない懺悔の心を表わした。

今年になってから、私はどういうものか、文学をやるためには、もっと自我主義者に徹底せねばならぬと思い詰めて、机にかじりついて日を暮らした。月末に一度、病院の支払いを兼ねて、徳子の見舞をすることも、すべて妹任せであった。徳子は月の終りの近づくのを待ち兼ねて、月の半ば頃が一番堪らないと言っていたと妹から聞いても、私は仕事に忙しいと言うのを口実に、四月に入るまで疎かにしたのであった。そういう時、私の頭にいつも浮ぶのは、徳冨蘆花のことであり、ポール・セザンヌのことであった。蘆花は郷里の父翁が死んでも帰って行かなかったし、セザンヌは母親の葬儀にも列しなかった。私は恰《あたか》も鵜の真似する烏の喩えのように、重大な錯誤を犯しつつあるとも知らず、天才の道にあやかろうと努めたのであった。それがこんなに早く私を罰して来ようとは夢にも思わなかった。所詮、私は愚かであったのだ。

「あんなにひだるがっていたんだから、もっと色々なものを持って来て食べさせて上げるとよかったわ。」と妹も私と同じ心になって言った。

「しかし、実を言うと、俺は度々病院へ来るのは、心が重かったんだ。いや、それ以上に辛かったんだ。あんな病人だから、会ったところで取附場はないし、見ていても、人間の姿をした形骸としか思われないし、実際病院へ来ることを考えると、辛かったんだ。」

「でもうちなどは、これで度々病院へ来る方だと看護婦さんが言ってたわ。小包も時々送

って上げるしねえ。病院へ入れたきりで、寄りつかないうちだってあるそうだわ。」

「そりゃ、そうだろうねえ。癒る見込みがなくなると、誰でも打っちゃって了《しま》いたくなるんだ。俺だって、正直に言えば、早く死んでくれればいいと何度思ったか知れないからね。」

「でも兄さんは、よく辛抱した方だと思うわ。」

「徳子を捨てなかっただけが慰めさ。」

「八年ですからねえ。八年と言えば随分永いわ。」

「そうだなア。まだヒットラアが欧洲戦争を始めない前からだからねえ。考えてみると長い間の病気で、徳子も可哀そうだったし、俺達も苦しんだわけさ。」

話が杜絶えても、死人のことだから、寝息の聞えるはずはなかった。しかし、寝ている人の側にいながら、寝息の聞えないのが、私には何んだか不思議だった。

「もう何時頃か知ら。」

「さア何時頃かねえ。」私は時計を持っていなかった。

「去年の暮に来た時、嫂さんが柱時計を持って来てくれって、ねだっていたわねえ。」

「目が見えないから、柱時計でも鳴らなくては、夜も昼もない生活だったろうからねえ。」

親戚に知らせたり、火葬場へ運んだり、明日の段取りがあるので、時間を見計って、私達は家に帰ることに決めた。看取りもせず、お通夜もしてやらないのは心残りであったが、

今はもう葬式の手筈で頭が一杯だった。私達はもう一度徳子の顔に合掌して、座を立った。明るい電燈の下に、徳子は唯一人、私達の後に残された。

帰りに応接室に立寄ると、院長は炊事の小父さんを呼んで、明朝村役場へ行って埋葬許可証を貰って来ること、府中の葬儀屋へ行って棺桶を買って来ること、小金井の自動車屋へ行って霊柩車を頼んで来ることなどを、私達のために打合せしてくれた。朴直な炊事の小父さんは、物慣れた調子で、総てを引受けた。しかし棺桶がうまく手に入るか、都合好く霊柩車が間に合うか、火葬場が直ぐ焼いてくれるかは、明日になって見ねば判らないのが、私達には不安だった。

炊事の小父さんの話では、去年の十月頃この病院で死人が出た時には、棺桶がなくて、自宅から箪笥の抽斗《ひきだし》を二つ持って来て、それを棺桶代りに使ったという。またこの三月に、或る西洋人の患者が死んだ時には、霊柩車もリヤカアさえも間に合わなくて、友達が三人来て棺を提げて行ったということだった。火葬場は火葬場で、薪を持って来いとか何とか言って、遺骨になるまでに何日も要したということだった。空襲時には、火葬場は軍人優先のため、滞った棺桶が何十となく積重ねられ、人夫達はその上によじ上ったり渡り歩いたりしていたという。

「兎に角、僕の方でも、これから親戚に知らせて色々相談して見ねばなりませんが、大体明後日出棺することとして、併し棺桶その他の都合つき次第では、明日の午後ということ

にして、御手配いただきたいと思います。」

「承知いたしました。そういう風に奔走してみましょう。」

それで手筈は極ったので、私達はホッとした気持で病院の門を出た。病院を一歩外に出ると、夜道は暗かった。もう雲雀も啼いていなかった。その時の私の気持を正直に言えば、妻の死を哀れと思いながら、それを悲しむ気持は余り湧かなかった。むしろ、肩の重荷が取れ、八年の間頭にかぶさっていた暗雲が去ったような気持だった。それは何か、歓喜に似た気持でさえあったことを告白せずには居られない。底を割って言えば、勉強をしようが、女遊びをしようが（そんなことは出来っこないのだが）、これからは何をしようが勝手だという気持だった。なんだか、大声で、「わあッ」と叫んでみたいようであった。

「八年の間、寝起きを共にしていたわけではなし、絶望に慣れていたせいか、徳子が死んだと言っても、俺は左程に感じないけんねえ。」と、私は田舎訛りを交えながら言った。

「そりゃ、徳子が初めて発作を起して、気が狂った時の方がずっと辛かったよ。あの時は実際、子供等を三人抱えて、どうしていいか、目の前が昏かったよ。」

私達は百姓家の間の暗い木下蔭を歩いていた。妹はおなかが痛むと言って、脇腹を抑え込んでいた。まだ夕食も食べていなかったが、私は不思議なほど、少しも空腹を感じなかった。

荻窪の駅で妹と別れ、中野の親戚へ廻って徳子の死を伝え、家へ帰って来たのはもう十一時であった。それから飯を済ませたが、睡気は露ほども差さなかった。さりとて、どうしようもない気持だった。悲しいような、解き放たれたような、心の中心が呆けてしまったような気持を自分ながら持ち扱いかねて、あっちへ行って椅子に腰かけてみたり、こっちへ来て畳の上に寝そべってみたりするよりほかなかった。そうして、徳子が家の中にいたわけではないのに、死んだと思うだけで、部屋の中が急に広くなったように感じられて来るのだった。頭は徒《いたずら》に冴えるらしく、畳の目が一際《ひときわ》明るんで見えた。

その時私はふと思い着いて、徳子が女学校の時から持っていた古い讃美歌集を押入から取り出した。表紙は千切れ、埃をかぶっていたが、私はそれを手にすると、直ぐ寝床を延べる気持になって、蒲団の中へ潜り込んだ。

徳子は結婚してから、讃美歌を歌ったことは殆どなかった。まだ婚約の時分に、私は徳子の実家へ行って酒を飲んだ勢いに、その折汽船の中で一緒になった伝道師の悪口を言ったので、私のところへ嫁入りしたら、決して讃美歌なんか歌ってはならぬと、母親から口止めされていたのであった。そんなことを思い出しながら、讃美歌集のペエジを繰っていると、ところどころに鉛筆のマアクが附けてあった。何れも徳子が、女学校の寄宿舎で愛唱した歌であろうと思いながら、歌の節を知らない私は、そのマアクを附けた歌を一つ一つ拾い読みして行った。読み進むにつれて、神に倚《よ》る気持が私の胸にも湧いて来た。それ

と共に、乱れた私の心も次第に整い、安らかな眠りに誘われそうで、小さな讃美歌集を繰る手が、だんだんだるくなるのであった。

「最後にもう一つだけ。」と、私は眠りを払いながら、「永生　死」「永生　葬式」と見出しのあるペエジを繰って行った。それまではマアクのついた歌が繋かったのに引き代え、ここに到ると、マアクのついた歌は唯一つしかなかった。私はそれを心を籠めて読んだ。

一　さりにしひとを　しのぶれば
　　身ははかなくも　うつせみの
　　もぬけのからと　なりしかど
　　霊はいかでか　きえぬべき

二　かみのまさみち　たどりつつ
　　まめにつかえし　わがともの
　　世にのこしつる　あいの実の
　　いろもかわらで　かぐわしや

三　なみかぜあらく　よせし日も
　　うからのために　世のために
　　なやみにたえし　こころこそ
　　とこしえまでも　のこるらめ

四　知識はすたり　とみはきゆ
しかはあれども　主につける
かよわきをみな　おさなごの
なしつるわざも　いやさかえん

死者の霊を鎮める歌が、今は生者である私の魂を鎮めるのであった。私はパタリと讃美歌集を投げ出すと、そのまま深い眠りに就いたのであった。

翌《あく》る朝は好い塩梅《あんばい》に爽やかな天気であった。歯を磨いていると、徳子死去の電報が、後《おく》れ馳せに届けられた。九時過ぎ、中野の小川君と、小川君が知らせてくれた下井草の叔母さんが来るのを待って、私達は三人で病院へ出かけて行った。妹は葬式の費用を借りるために、叔母さんの家へ廻って行って、後から来ることになっていた。

病院へ行ってみると、万事、思ったより都合よく運んでいた。五日は友引で、火葬場が休みなので、自然霊柩車も動かさないことになって居り、その日のうちに、三時半から四時までの間に来てもらうことに決められていた。府中の葬儀屋にも折好く棺桶があって、炊事の小父さんが自転車で取りに行こうとするところだった。その府中の葬儀屋も、明日だったら、大国魂神社の祭礼なので、店を休むことになっていたのだという。一日違いのことで、色々都合好く運んだのを喜んで、私達は自動車が来るのを待って、棺を出すことに話を決めてしまった。

私達は応接室で暫く待つ間に弁当を食べ、それから看護婦に導かれて、徳子の部屋へ渡って行った。徳子は昨夜と同じに、額に白い布をかぶって寝ていた。私はまた、二人の前で布をめくった。やはり、頬は落ちて、薄目に眼を開けていた。

「徳ちゃん。」と呼びかけたきり、徳子の父親の妹に当る叔母さんは涙を拭いた。生前頼りにしていた叔母さんの声を聞いても、睫毛一つ動かさない徳子の顔は、きょとんとしているように見えた。

布をもとに返すと、私はまた、徳子の左眼縁の下にある黒い傷痕について語った。叔母さんも小川君も妹同様、そんな小さな傷痕を心に留めているはずはなかったが、私には徳子の痛ましい生活の象徴のように思われ、気になって忘れられないのだった。

「可哀そうに。」と叔母さんは、私の話を聞いて言った。

「その隣の患者が侵入して来て、徳子が目が見えないのをいいことに、食べ物も何も浚《さら》ってしまうから、徳子は洗面器と箸筥で、内から戸詰めをかっていました。その戸詰めを外して、こっそり逃げ帰ったのが、徳子に会った最後になりました。」私は誰に話しても話し足りない気持で、その時の心残りをまた叔母さん達の前に打明けた。

「徳ちゃん、後で大騒ぎしたことでしょうよ。」と叔母さんは泣き笑いのような顔をして言った。

「そうですね。がっかりもするし、僕をさぞ恨んだことでしょう。暮の三十日に行った時

も、帰りたがって仕様がないから、無理に振りもぎって帰って来ましたが、その時は、おいおい声を挙げて、私には親もある子もあるんだからとか何とか叫んでいました。」

「帰りたかったでしょうよ。」

「叔母さんと一緒に、徳子を初めて病院へ運んで行った時、癒るまでには五六ヶ月かかるでしょうと院長から言われて、随分遠い先のことのように思ったことでしたが、あれから八年経ちましたからねえ。」

「あの時のことを思うと、もう遠い昔のような気がしますねえ。」と叔母さんも感慨深そうに言った。

一時過ぎになると、炊事の小父さんが、自転車に積んで、府中から棺桶を取って来たので、私達はそれを部屋の中へ運び入れた。看護婦が宰領して、徳子の屍体を棺の中へ移すことになった。看護婦が蒲団をめくると、蠟細工のように黄味を帯びた二つの手が、おなかの上あたりのところに組合わされていた。女学生時代にバスケットボールの選手をしていて、寧ろ逞しく太かった手が、小さく萎びて細っそりとしていた。黒と鳶の沈んだ色の棒縞の不断着を凹ませていたせいで、その手は殊に浮き立って見えたのかも知れない。蒲団がめくられた途端、その手が突然現われると、私は一種名伏しがたい敬虔の念に打たれた。足先は真っ直に伸べていた。足の甲や足首の襞には、拭き残された黒い垢がこびりつ

いていた。
私が頭を起し、叔母さんと看護婦とが足の方を持って、棺の中へ納めた。手触りは骨張って、硬かった。手荒なことをすると、ポキッと折れそうに硬直していた。背の高い徳子が足先を伸べているので、棺の寸法を少し余りそうで、顔の位置を少し捩じ向き加減に仰向けねばならなかった。それが一寸、徳子の顔を窮屈そうに見せた。胸から下には、病院の徳子に馴染みだった古浴衣と大島の袷を覆い、胸のあたりに、花瓶にあった百合と山吹の花を取って撒いた。頭の両側には、パンと夏蜜柑とちりめん雑魚の紙袋を供えた。やはり薄目をあけたままであった。

予定より早く、三時前になると、霊柩自動車が病院の庭に入って来たという知らせがあった。私は病院から硯筥を借りて来て、棺蓋の上に「武智徳子之柩」と大書した。もう釘を打ち込むばかりになっていたが、どうしたのか、下井草に廻った妹がまだ来ないのであった。時間は刻々に経って、三時を廻っていた。私は気が気ではなかった。昨夜あれほど泣いた妹のことを思い、死の間際の徳子の姿を見て来てくれた妹のことを思い、八年の間婚期をよそに子供を育ててくれ、徳子の面倒を見てくれた妹のことを思うと、最後の対面をさせずに棺の蓋を覆うて了うことは、妹の労苦を土壇場に到って無にさせることであり、妹としても尽きぬ恨みとなるであろうし、私としても妹の心事を忖度して、堪え得ざるところであった。しかも、霊柩車の出発すべき時刻は迫っている。棺桶の上には、金槌と釘

とが載せられている。私は堪りかねて、病院の門に走り出て行った。

　私は目を据えて、原の向うを見透した。そろそろかすみ始めた私の眼では定かでなかったが、心なしか、電機製作所の塀沿いに、何か動いて来る影のようなものが見えるのであった。だんだん近づいて、それは人の姿になって来た。私は先ず、男か女か見定めようとして目を凝らした。なかなか見定めはつかなかったが、なんだか紫色にぼやけた被服の姿が妹らしく思われた。妹は紫地の矢絣の上衣に、揃いのもんぺをはいていた。手提袋を振りくりながら、あたふたと来る様子も、妹の歩きぶりにそっくりだった。「妹だ。」と思う嬉しさに、私は畑の畔で遊んでいる子供を摑えて、念を押すように聞いてみた。

「おい、あっちから来る人、男か女かね。小父さんにはよく判らないんだが。」

　子供は背を伸ばし、眩しそうに目をひそめながら、路の向うを見ていたが、「女だよ。」と振向いて言った。

「ああ、そうか。どうも有難う。」と私は喜んで、もう紛う方ない妹の方に向って、手を挙げた。

「早う、早う」と叫ぶ心を手振りに表わして、私は忙わしなく手招ぎをした。妹は足を纏《もつ》らせながら急いで来た。

「どうしたんだ、遅かったね。」私は病院の門の内で落ち合いながら、妹に言った。

「電車やバスで散々待たされて、遅くなったわ。ちっとも来ないんだもの。」と妹は上気

した顔の汗を拭きながら答えた。

「そうだったろうなア。今日のうちに出棺することになって、もうさっき霊柩車が来て棺の蓋をするばかりになってるんだよ。火葬場へ行く時間は切迫するし、あんたが来なかったらどうしようかと気を揉んでいたんだ。」

「そうだろうと思っていた。多磨墓地との岐れ道のところまで来ると、霊柩車が追い越して行ったのよ。きっとここへ来る自動車と思ったものだから、それから急いだわ。」

妹が部屋に入ると、諸事支払いを済ませ、直ぐ棺の蓋をすることになった。かぶせてあった蓋をずらせて、皆が最後の対面をした。

「徳ちゃん、いいところへ行きなされよ。」と叔母さんが言って、顔をおおうた。

「さよなら。」と私は咽喉に引っかかった声で言って、ズボンのポケットのハンカチを探った。それに和して、皆が「さよなら。」「さよなら。」と言った。

私は第一の釘を打ち込んだ。つづいて叔母さん、小川君、妹の順で打ち込んだ。看護婦も打ち込んだ。炊事の小父さんも打ち込んだ。最後の一本、徳子の頭の上に当る釘は、皆が代る代る金槌を打ち当てた。そして後は、炊事の小父さんが遺漏なく、総ての釘を打ち固めた。

棺は白い布にくるんで廊下の端に運び出され、それから葬儀自動車の尻から押し込まれた。院長や看護婦に別れをして、私達は自動車の中へ乗り込んだ。小川君が助手席に坐り、

叔母さんと妹とがその後の座席に腰をかけ、私は洞穴のように薄暗い車内にくぐまって、棺の上に左手をかけながら凭れかかった。キラキラしく不吉な玉虫色の光を放ちながら街上を走る霊柩車は日頃見慣れていたが、その中に乗ってみるのは初めてだった。乗ってみると、不吉とも何とも思わなかった。既に我が身が不吉に染んでいたからであろう。私は最後に妻をいとおしむような融けた気持で、妻の棺の上に倚りかかりながら、自動車の振動に身を任せていた。

霊柩車は田舎道を走って、一旦往還に出ると、それから多磨墓地の裏参道へ折れて行った。多磨墓地の中は、蒸せるような若葉のトンネルであった。墓地の中を出たか出ないかと思っているうちに、自動車は早や火葬場に着いて、広場の砂利を軋ませながら、円い植込みについて廻転していた。

中一日置いて、私達はまた四人で揃って、徳子の骨拾いに行った。武蔵境の駅から、以前はガソリン・カアであった小さな電車に乗って、多磨墓地駅で降りた。戦争中に比べれば、やや生色を取返したように見える石屋や休み茶屋の前を歩いて行った。

「いつか、徳子と武ちゃんと三人で多磨墓地へ散歩に来て、そこのお鮨屋でお鮨を食べたことがありました。」と言いながら、私はそれらしい鮨屋を求めるように目を配って歩いた。武ちゃんというのは、徳子の弟の大学生だった。

「武蔵野養生院の時分に？」と叔母さんが訊いた。

「ええ、あの日初めて外出が許されましてね。寒い日でしたから、徳子は婦長さんの地味なコートを借りて着ていました」と私は笑った。

「ほ、ほう。」

　看護婦長のコートを借り着した徳子の姿が目の前に浮ぶかして、叔母さんも可笑しそうに笑った。私の目の前にもまた、その日の徳子の姿がまざまざと思い浮んだ。徳子は如何にも脳を病む人らしく懶《ものう》げに見えた。顔はどす蒼く窶《やつ》れ、髪もそそけ立っていた。おまけに歯を病んでいて、下顎が垂れ下るように腫れぼったかった。鮨の皿が前に出されても、徳子はなかなか箸を取ろうとしなかった。二人で勧めると、やっと箸を取り上げたが、一つ二つ鮨を食べると、直ぐまた箸を休めた。また勧めねばならなかった。よそ目にも徳子の風体が怪訝に映るらしく、鮨屋の女たちは目引き袖引きして、徳子の様子を覗《うかが》っていた。勘定する段になって、私が膳の上に十銭金の幾つかまざったおあしを置くと、徳子はつとその十銭金を取上げて、一枚々々裏返しにして眺めた。そしてそれをきれいに並べるのだった。女中はプウと吹き出しながら、お金を持って行った。その時の恥かしかったことも忘れられないが、今はもう恥かしかったことよりも、そんな風に病院を出て一緒に散歩したことが、懐しくて忘れられないのだった。

　鮨屋が商売替えをしていたせいか、私の記憶が薄れていたせいか、それとも別の道筋だ

ったのだろうか、その鮨屋を突き止めることが出来ないうちに、私達は家並を出外れて了った。それからは、墓地の土手沿いに、若葉のさしかぶさった下道を歩いて行った。火葬場が近づくにつれ、それと判る人の焼けるらしい焦げ臭い匂いが漂って来た。青草の茂った横道にそれると、直ぐ火葬場の門で、門を入ると、死界図絵風とも言いたい焼場の正面が茶褐色の煙突を伴って、色濃い緑の林を背景に浮き出ていた。

待合所の上り框には、同じく骨上げに来たらしい二組ばかりの人達が屯《たむろ》していた。私達は座敷に上って、徳子が焼けて了うのを待った。そこで食事をすましたところへ、事務所の人の呼ぶ声で、私達は座を立って行った。

焼場の正面を入ると、控えの広間に、一人の人夫が、黒い灰殻のようなものを亜鉛板の上にひろげて、立っていた。呼ばれてその方に行ってみると、その黒い灰殻のようなものが、徳子の遺骨であった。私が以前見たことのある遺骨は、電気で焼かれていたせいか白かったので、私はその黒々とした骨の塊を見ると、一瞬戸惑った。戸惑ったのはそればかりではない。徳子という一人の人間が、こればかりの黒い骨になってしまったのが、不思議でならなかった。

隠坊《おんぼう》はU字形の磁石を持って、骨のかけらをガサガサと掻きまぜては、棺に打ち込んであった釘を吸い取らせた。

「あッ、こはぜが！」妹が叫んだのを見ると、真鍮の足袋のこはぜが一つ、骨灰の中に黄

色く光っていた。

隠坊はそれも吸い取らせた。どうして紛れ込んだこはぜなのだろう。徳子は足袋をはいていなかったし、足袋を納めた覚えもないのにと私は考えた。而も、唯一つのこはぜなのが不審であった。足袋に附いていたこはぜなら、その他に二つや三つは出て来るはずなのに、それは出て来ないのだ。徳子の不断着の袂にでも、或る時千切れたこはぜが入れられていたのだろうと思うよりほかはなかった。兎に角その一つのこはぜが、徳子の肉体の一部であった骨よりもなお生き生きと、徳子の気息を蘇らせるように、私には思えてならなかった。

「これが脛の骨ですよ。これが前腕の骨ですよ。これが頭の骨ですよ。」などと、隠坊は時々骨片を取上げては説明した。私達は感心したような顔をして、それを眺めていた。

「女の方にしては随分沢山骨がありますねえ。」と隠坊はその道の人らしい口の利き方をした。

「そうですかねえ。」と私は答えた。

「こんなに多い人は、女の方には珍らしいですよ。」

「骨骼《こっかく》質で大柄の方でしたから。」

「そうでしょうね。お幾つでしたか。」

「三十八でした。」

「お若いのに、それは可哀そうなことをしましたね。」隠坊は口まめによく饒舌《しゃべ》った。私と妹、叔母さんと小川君とで組んで、一人が箸で拾った骨を、一人が挟み更《か》えては、骨箱の中へ入れた。骨甕がないので、桐の木箱だった。私は、妹の拾った骨を挟み更えていたが、大きな骨が持って来られると、挟みきれなくて、落しそうになったりした。こんな小さな機械的な仕事でも、同じ型の骨ばかりでは単調に思われるのであろう、妹は色々型の違った骨を拾って寄越した。

「もうこのくらいにして、あとは人夫さんに入れてもらいましょうよ。」好い時分を見計らって、叔母さんがそう言った。

私達は箸を置いた。隠坊は両手に掬《すく》い込んでは箱に入れた。箱に入らないほど大きな骨があると、折り摧《くだ》いては入れた。

「あまり長い御病人ではなかったでしょうね。」と、また隠坊の知ったか振りのお饒舌が、得意げに始められた。

「いいえ、長い間の病気でしたよ。」と私は答えた。

「そうですかねえ。」と言ったまま隠坊は骨を摧いている。

「どうして判るんですか。」と私は聞き返した。

「長い間の病気にしては、骨がしっかりしてるんです。」

「尤も、長いには長かったが、芯の病いがなくて、死ぬる間際まで、脈にも心臓にも変り

はなかったんだから。」

「どんなにお悪るかったんですか。」

「脳が悪るかったんです。」

「そうですか。お気の毒でしたねえ。」

骨は箱に入りきらなかった。すると隠坊は手許に備えた小さな擂古木《すりこぎ》のような棒を取って、骨をギシギシと揉み込み突き込んで、箱の四隅にもよく行き渡るようにした。私はその時ふと、フロオベルの手紙で読んだことを思い出した。フロオベルの母（？）が死んだ時、棺を墓穴に下ろそうとして、墓穴が小さくて棺が入りきらないのを見ると、人夫達は棺の上を土足で踏んづけて押し込んだと言うのだ。フロオベルはそれを見て、ひどく残酷な所行のような気がして、心を痛められたことを書いていた。十年許《ばか》り前それを読んで、私も面を反向《そむ》けたいような気持がしたものであったが、今目の前で、自分の妻の遺骨が同じような仕打ちに会ってるのを見ても、私は格別面を反向けたいとは思わなかった。ただ、無茶な事をするなアとぐらいに思いながら、隠坊のすることを眺めていた。私は今更、自分が柔かな心を失っているのを嘆かずにいられなかった。長年にわたる徳子の絶望的な病気の間に、私は度々人生の深淵を覗《のぞ》き、数々の辛い思いを嘗めて来たので、このような残酷な仕打ちを眺めても、左程心を動かされないように、硬い殻をつけていたのだ。

「注射を打ったんですか。」と隠坊はまた言った。

「ええ。」

「注射が利いていませんね。」

「どうしてですか。」

「注射が利いたのと利かないのとは、骨の色で判るんです。」

「注射薬も質が落ちたんでしょうからね。」と私は言いながら、多年の間の職業が、骨に関する限り、彼を解剖学者気取りにさせているのが、面白くてならなかった。

箱に詰め終えると、隠坊は蓋をした。

「あら、もう一つそこに。」そう言って妹が、亜鉛板の上に残った扁平な皿形の骨を注意した。

「ああ、そうだ。」と隠坊は笑って、「これは、頭だ。」と言いながら、また蓋をあけて、骨全体にかぶせるように、その扁平な骨をてっぺんに載せて押しつけた。そして、白い布で包む代りに、前面を金箔で彩り、房をつけた紙の包を、すっぽりと木箱に被せた。それでなんだか骨箱らしい勿体さが出来上った。それを私は風呂敷に包んだ。

私は虔《つつま》しい気持で骨箱を両手に捧げ持った。ずしりと重い感じが手に来た。三人に守られて、もと来た道を、多磨墓地の土手沿いに帰りながら、私の手はだんだん痺れて行った。私は時々重さに堪えかねて、持ち直しをせねばならなかった。すると、「女の方にしては随分沢山骨がありますねえ。」と言った隠坊の声が蘇って来て、私の腕をいよいよ重くさ

せるのであった。しかしそれに慣れるとともに、私はうつけたような気持になって、うつらうつらと歩いていた。真昼の陽に照らされた路傍の草いきれが、一層私を現《うつつ》なくさせた。

　初七日に当る五月九日に告別式を営むことにして、その前の晩、お通夜をするに先立って、近所の葬儀屋を呼んで来て、祭壇の設らえをして貰った。三段の祭壇の中央に徳子の遺骨を据え、上段の位牌堂にもたせかけて、引き伸ばしをした徳子の写真を飾った。最近の写真があるはずはないので、十年前の写真だった。十年前と言えば、徳子はまだ二十代だったから、写真顔は若かった。あの棺の中に入れた大島の着物を着て、口紅を濃く引いて、心持頬笑ましげな顔だった。祭壇は、電気のコオドを引いて雪洞《ぼんぼり》風な燈明が点されていたので、明るかった。その明るい中に、徳子の顔が晴がましそうに見えた。私はなんだか恥かしいような気がして、徳子のその顔をまともに見ることが出来なかった。

　私が徳子の顔をまともに見たのは、お通夜が済んで、蒲団を敷いて寝てからのことであった。親戚知友などお通夜の客が散じてしまったのは、十一時頃だったろうか。私は妹とただ二人取り残されて、急に淋しくなった思いで、暫く取り留めもない話に耽っていたが、いつまで起きていても仕様がないので、めいめい床を取って寝ることにした。私の寝床は祭壇の真正面だった。部屋の中は、祭の宵のように、明るく賑かだった。枕の上に頭を置いて、祭壇の方に顔を向けると、祭壇の上から徳子の写真が見える眼で見下ろしていた。その時初めて私は、二人きりになった思いで、徳子の顔をまともに見ることが出来た。徳

子の顔はふっくらとして、艶めいて見えた。私は一瞬、写真の下には徳子の遺骨があり、写真の背後には、瘋癲病院の一室で狂っていた徳子の姿が二重写しになっていることも忘れて、在りし日の徳子の面影を頭に描きながら、写真の顔を一心に眺め入った。それは、八年の間忘れていた夫婦の睦みを思い出させるに十分だった。私は我にもあらず、顔が熱し、胸の鼓動が躍るのを感じた。私には最早、その写真が徳子その人としか思われなかった。しかし、徳子は高い所にいて、手が届かなかった。そして私の心の裏には、祭壇を一つの象徴と見て、いくら手を延ばしたところで、手の届かない所に徳子は居るのだと思う遣る瀬ない気持がはたらいているのだった。

けれども私は、その遣る瀬ない気持に堪えかねて起き上ると、妹の寝息を覗いながら祭壇の前に歩み寄って、徳子の写真を取上げた。額縁に手が触れた瞬間、私は愕然として我に立ち返った。それは、額縁と共にある一枚の写真でしかなかった。額縁に嵌まった写真を手にして、一体どうしたらいいと言うのだろう。私は夢から醒めた思いで、暫く徳子の顔に見入ったきりで、写真をもとの位置に返さねばならなかった。私は再び寝床に入ると、また眼を上げて徳子の顔を見た。すると徳子の顔は、また、私を招くように頬笑みかけて来るのだった。

　それからどれだけの間私はうとうとしていたのであろう、一眠りしたと思うと、私は目を覚ました。徳子はやはり私を見下していた。しかし今は、私の目に映るものは徳子の写

真ではなかった。祭壇の中段に据えられた骨箱が、せり出して来たように、現実の力を持って迫って来るのであった。徳子の写真は全く遠のいて見えた。骨箱を中心に、白木の欄干で縁取られた祭壇は白い布で被われ、銀紙で造られた蓮の花や四華花《しかばな》は薄気味悪く光り、死さながらの荒涼たる世界を現出しているのだった。そして徳子の黒い写真は、その荒涼たる世界に取囲まれて、最早そこの住人であることを証ししているとしか思われないのだった。

私は祭壇の裾に置かれた花瓶の赤いつつじの花に目を遣って、僅に心を息づかせるほかすべがなかった。

徳子が死んでから、間もなく九十日になろうとしている。初盆も済んだ。徳子の遺骨は、未だに風呂敷に包んだまま、茶の間の箪笥の上に置いてある。忌日忌日には取下ろして拝むことにしているが、妹のいる前で、線香を立ててわが妻の霊を拝むのは、照れ臭いような気がしてならない。

その間に、私が徳子の夢を見たのは二度である。一度は、私が寝ていると、徳子は小さい方の女の子を抱いて、蒲団の中へ入って来た。二度目に見たのは、癲狂院の一室に、うつらうつらと坐りつづけている徳子の横顔だった。何れも、徳子の真実の姿なので、私は夢に見ながら、徳子が死んだと思っていたのは嘘で、徳子はやっぱり生きてたんだと思っ

たものだ。夢が消えると、私は徳子を取り逃したように味気なくて淋しかった。

徳子がまだ生きていた時分、私は自分の心の重荷に堪え兼ねて、こんなことなら、いっそ早く死んでくれればいいと嘆いたことが、幾度ならずあった。また死の当座、頭にかぶさっていた暗雲が取れて、歓喜に似た気持を味ったことは、前に記した通りである。然るに日が経つにつれて、私はやはり徳子を生かして置きたかった。――その思いが募って来るのを如何ともすることが出来ない。徳子が生きていることが、私にとって、どんなに永久的な物質的精神的負担であろうとも、厭うところではない。たとい人とも思われない徳子の姿であろうとも、私は時折病院へ訪れて行って、徳子の生きた姿を見てみたいのだ。徳子に会って話もしてみたいし、パンも林檎も鰯も持って行って食べさせてやりたいのだ。また徳子が生きていることが、徳子自身にとって死に勝る苦しみであったろうとも、いつかは帰宅を許されて、親にも子供にも会える日を生き甲斐として、朧ろげな頭の中で思い描いていたのだ。そうでなくては、K市にあった徳子の生家が去年田舎へ引込んだ時、わたしのかえる家がなくなったと言って、徳子が慨《なげ》くはずはない。子供等は子供等で、母親が廃人になったとも知らずに、いつかは母親が癒るものと、故郷で無心に待ち詫びていたのだ。故郷からの便りでは、母親の死を聞いて、子供等は随分こたえているという。それやこれやを思うと、私はやっぱり徳子を生かしておきたかった。私と前後して夫人を亡くされた或る先輩の作家は、私に慰めの手紙を書いて、「作家というものは情のないもので

す。情に溺れていては好い小説は書けません。」と言って下さった。しかし心の弱い私は、時には筆を措いて、縁端に出て、鳳仙花の茂みに涙を注ぐこともある。

正直に言って、私は徳子を死なせて、痛手を蒙ったとも淋しいとも思わない。「奥さんが亡くなられてお淋しいことでしょう。」と、会う人毎に言われた一時期があった。すると私は、「夫婦とは名ばかりでしたから、本物の鰥《やもめ》になっただけのことで、格別淋しいとは思いません。ただ本人のことを思うと可哀そうです。」と答えるのが常だった。それが偽らぬ心中である。私は強がりや見得で、淋しくないと言うのではない。八年間の間寝起きを共にしていたわけではなかったから、今急に徳子が死んだところで、淋しいとか何とかいう気持は薄いのだ。換言すれば、私は八年の間死人を妻としていたのだから、その人が居なくなったところで、今更どうこうという気持が湧こうはずはないのだ。しかし徳子のことを思うと、徳子の享けた運命のことを思うと、私は、ただ徳子が哀れなのだ。私のような人間と結婚していなかったら、徳子はあんな業病に取り憑かれずに済んだのではないか知らと、私はいつも考える。彼女の両親が慈愛をもって育てたことも、彼女が少女の夢を抱きながら学校で勉強したことも、私がすべてをふいにしてしまったような自責に駆られる。徳子は私と結婚せずに、他の人と結婚すべきではなかったろうか。そうすれば、頭は狂い、目は盲《めし》い、世に疎んぜられながら死ぬような運命に見舞われずに、生を完《まっと》うしたのではないだろうか。

哀れと言えば、私の机の中には、徳子が書き遺した一通の手紙が蔵《しま》われている。告別式が済んで一週間許りして、病院から運ばれて来た遺品のうちに、女持のトランクがあって、その中に見出された手紙なのだ。封筒の表は赤い吸取紙で、レタアペエパアの表紙でもって裏打ちがしてある。何れは見えない目で、御飯粒で貼りつけたものにちがいない。いびつに歪んで、見る値打もないものであるが、丹誠籠めた跡を辿ることは出来る。その封筒の中に、一枚の便箋があって、何が書いてあるのかと思って開いてみると、思いがけなく鉛筆で書いた祈禱書の一節だった。私はその時ほどいじらしい思いのしたことはない。私は、「徳子のこの祈りを聞いてやって下さい。」と、誰彼の別なく披露したい妻惚けの思いに駆られて、ここにその祈禱の文句を写してみることにする。その鉛筆書きの上には、インクの字で、「毎日食意地が張ってこまります」だの、「お握り梅干の入ったのを沢山もって来て下さい」だの、「ふかしいもむしパンのようなものを送って下さい」だの、「ハガキ十枚封筒便箋」だのと、縦横に書き散らしてあるので、そのため所々が遮られているし、判断に苦しむ字もあって、祈禱書に知識のない私には、きれぎれにしか写せないのは残念である。

「天にまします我等の父上願わく御名の…………
天に行われる如く地にも行われんことを我らの日用の糧を我らに与え給え
我らが人に許せし如く我らの罪を許したまえ我らを試みにひき給わざれ我らを悪よりすく

いたまえアーメン
父と子と聖霊の御名によりてアーメン
十字架を……………
……成長をみちみてるマリア………………
御身は女の中にて………せられ、御胎内の御子、イエスも祝せられ給う
(教会のいのり)聖マリア罪のある我らの為にも今も臨終のときもいのり給えアーメン」

　徳子は臨終の近きを知って、この祈りを書き記したのであろうか。封筒の日附を見ると、ただ「二月」とだけ読めて、あとはインクがうすれている。してみると、二月の某日頃には、徳子は既に死を感じていたのだろうか。しかし、鉛筆書のところ、字くばりもかなりしっかりしているところから見ると、まだ薄々目が見えていた時分に書いて持っていたものであるのかも知れない。が、何れにしても、徳子が日頃死を予感して、神の救いを祈っていたことに間違いはないと、私は思うのだ。それにしても、徳子がこの祈りを記憶に留めたのは、まだ少女時代のことであろうが、それが二十年余を隔てて、あの狂った頭に、殆ど完全な形で、閃めき出たというのはどうしたことであろうか。私は不思議の感に打たれざるを得なかった。

　この封書は机の抽斗に入れてあるので、何か探そうとして、机の中を引っ掻き廻す度に、赤い吸取紙の封筒が私の眼に触れる。すると、あの「罪のある我らの為にも今も臨終のと

きもいのり給え」という、一人の盲いたる狂女であった徳子の書いた祈りの言葉が浮んで来て、私の胸を痛くする。それが辛くて、私は出来るだけその封筒が目に着かないように気を附けている。

八年の間、私は纏まった金が入る度に、右から左へ病院に持って行った。徳子が死んでみると、その要がなくなったので、私は俄に金の使い途に困って、その当時は当惑したものである。しかしこの頃では、病院に当つべき金が酒に替るようになって来た。私は時折、省線駅前の屋台へ行って、一杯ひっかけて来るのである。

私が出かけるのは、大抵仕事に一段落のつく夜の十時頃である。近所の家々では、戸を閉め、明りを消して寝静まる頃、私は蟇口を懐ろに、暗い夜道へさまよい出る。うちでも、妹はもう寝支度をしたり枕に就いたりしている時分である。

「一寸出て来るからねえ。」と私は妹に言い残し、そそくさと明るい屋台街へ出かけて行く。其処で好さそうな家を物色すると、二本許りの酒を傾け、おかみを相手に下らぬことを饒舌ったりしているうちに、私は好い気持に酔って来る。ビールだけでは酔わないからと言って、冷酒も貰って、ちゃんぽんに飲むこともある。

家に帰ると、妹の取った寝床へ潜り込む。毎夜のしきたりで枕許へ本を持って行っても、面倒臭くて、もう読む気もしない。直ぐ電燈のスイッチを捻ってしまう。今年の夏から、私は毛布の代りに軽い夏蒲団をかけるようになったが、これは八年の間徳子が瘋癲病院か

ら瘋癲病院へ持ち廻ったものである。吊ってある蚊帳もそうである。取って帰ってから洗濯しても、初めのうちは、徳子の病人臭い匂いが鼻について仕方がなかったけれど、この頃ではもう鼻につかなくなって来た。それでも、どうかした拍子に、例えば蒲団の中で寝返りをしたり、蚊帳の裾をまくったりする拍子に、ふっと病人臭い匂いのすることがある。それは決して快い匂いではなく、寧ろ胸をむかつかせるような嫌悪すべき匂いであるが、その匂いを嗅ぐと、私は思いがけなく徳子の体臭に触れたような気がして、それさえ変になつかしい気持がするのである。

「徳子が死んだことは仕方がないが、もっと度々病院へ行ってやって、もっと色んなものを持って行って食べさせてやりたかったね。」

妹を相手に、私の繰り返す愚痴はいつもこれである。妻を死なせた私の恨みは、天に向って徳子を返してくれと叫ぶ願いではなくて、詮ずるところ、この単純素朴な地上的な数語に尽きるようである。

（昭和二十一年七月二十九日）

庭訓

一

加津子さま

お母さんもとうとう亡くなったよ。五月三日の午前七時四十分、誰にも看取られず、唯一人病院で死んで行った。お前が最後に会ったのは、去年の三月、疎開して帰る前に、病院へお別れに行った時だったね。八年の間の長い病気で見るもあさましい姿に変り果てていたので、最後の姿をお前達に見せなかったのは、よかったと思う。見せたら肝もつぶれる思いで、永く永く、お前達の一生に暗い翳を巣喰わせたにちがいない。しかしそれだけお母さんの最期は可哀そうであった。この前お父さんが面会に行った時、わたしには親も子供もあるんだから、うちへ帰りたいとねだっていたが、その親にも子供にも、死ぬるまで会えなかったんだからね。

「トクコナクナル」という電報の行ったのは、日曜日ではなかったか知ら。すると、お前も町の下宿から家に帰っていたところだったんだろうね。お前達が、どんな気持でお母さんの死んだ知らせを受取ったか、手紙も来ないし、おじいさんからの手紙にも何も書いてないので、気にかかる。母親はあってないようなお前達の生い立ちだったから、打撃は案外少かったのではないかと、それを心頼みにしている。「うちのお母ちゃん、死んじゃったよ」とお友達に話している光子の顔が、目に浮ぶ。それとも、みんな打ち萎《しお》れているであろうか。打ち萎れているとするなら、女学校の三年生になったお前が、一番こたえているであろう。

　天にも地にも、お前達にはもう母親というものはなくなった。お前達が八十まで九十まで生きようとも、二度と母親にめぐり会うことは出来ない。その悲しみをほんとうに噛みしめるのは、お前達がもっと大きくなってからのことではあるまいか。今は存外のほほんと暮していても、母の愛の薄かった我が身を嘆く時が、いつか必ず来るにちがいない。ひとがみな、当り前そうに母親というものを持っているのを見て、羨望嫉視の思いに身を焼くことがないとは限るまい。お前達が世の中へ出て、苦しいこと悲しいことに出会えば出会うほど、母恋しさの切なさもきっとまさって来るにちがいない。いや、お前達の出会う苦しいこと悲しいことのもとを尋ねれば、何れもみな、母のないことに還って行って、自分を僻み、世を恨むようなことになりはしないかと、お父さんは今からそれが心配ですら

ある。

　お母さんがまだ亡くならない時分、お父さんは「セヴィニ夫人手紙抄」という本を読んだ。娘のグリニャン夫人に宛てた愛情溢るる手紙を集めた本なのだ。例えば、勝手にペエジを開いてみても、こんなことが書いてある。

「受け取ったお手紙、そのなかに、何一つ申し分はございません。先ず第一に、非常によく書かれています。そのうえ、たいへんやさしく、たいへん自然ゆえ、書いてあることを信じないではいられません。疑おうとしても、どうしても納得させられてしまうでしょう。真実というものがこもっているからです。虚偽や嘘ごとは、人を心服させる力をもたないで、言葉のかげに萎微逡巡していますが、真実は常に毅然と立ち、厳然と構えているものです。虚偽の感情は、外に現われようとすればするほど、蔽われてしまいます。あなたの感情は真実であり、外にそれが現われています。あなたの言葉は、せいぜいあなたの説明しかしていません。それでいて、その気高い単純さのなかに、抗しがたい力をもっています。娘よ、あなたのお手紙はこんなふうに思えたのです。それが私にどんな結果を及ぼしたか、私の最も念願している真実をしかと認めてどんな涙を流したか、お察し下さい。」

　こんなふうな優しい手紙ばかりなのだ。お前が読むのに丁度いいから、お父さんはこの本を送ってやろうと考えた。しかしよく考えてみると、こんな本を読んだら、きっとお前を悲しませるだろうと思って、ためらわれた。母の慈愛というものに恵まれぬお前にとっ

ては、セヴィニ夫人のような濃《こまや》かな慈母の情は、言ってみれば毒になりかねないのだ。

「ああ、こんなやさしいお母さんが欲しい、こんなお母さんがあってくれたら」と、本を読みさして溜息をつくお前のいじらしい姿を想像すると、町の下宿に一人離れて勉強しているお前には読ませたくなくなるのだ。お前も、ふだんお母さんはとうにないものと思っていても、いざ死んだと聞いてみると、乙女心の感傷も手伝って、淋しい思いに涙ぐみながら、下宿の二階で勉強しているのではないだろうか。

お母さんの面影は、お父さんの幾つもの小説の中に、事細かに写されている。細かすぎるくらい、書かないでもよさそうなことまで書かれている。今となっては、お母さんの在りし姿をしのぶ何よりの記念になってしまった。お前は、お父さんの書いた童話ですら、恥かしそうに照れて読もうとしなかったから、小説となるともっと恥かしがって、手に取って見るのも、怖いような気持がするかも知れない。成程、お母さんの晩年の姿は怖いよ、八年の間脳病院にいたんだからね。しかし、お前が女学校を卒業して、人生の何んたるかが判りはじめ、如何なる現実にもたじろがぬ勇気を持ちはじめる時が来たなら、お父さんの小説を読んで御覧。お前はきっと、今までに増して、お母さんに同情し、憐れみ、いやが上に思慕の情を募らせるにちがいない。そして、お父さんの悩みが如何に深かったかも察してくれるだろう。

お母さんの病気の間、お前達は事毎に肩身の狭い思いをしたにちがいない。人前で言え

る病気ではなかったからねえ。「お母さんは？」「病気です。」「どんなにお悪いの？」そう聞かれて、言えなくて、お前が口をつぐんでしまったことも度々ではなかったか知ら。お父さんだって、それとおんなじ場合が再々だったよ。しかしお父さんは、小説の中には、包み隠さず、あからさまに何も彼にも書いたよ。小説を書く以上、そこまで突き詰めて書かなくては承知出来なかったんだ。嘘や隠し立てをして、自分の境遇をごまかしては、作家の道がすたれるとさえ思ったのだ。そこで、この八年のお父さんの作家生活と言えば、お母さんの病気と取組むことで一杯だった。苦しかった。けれどもそれが、どんなに救いになったことか。そのためお母さんの病気に堪え抜くことが出来た。そして、お父さんの作品が多少とも人に読まれるようになったのも、お母さんの病気のおかげだった。若しお母さんの病気と取組まなかったら、お父さんは中途で参っていたかも知れぬ。或は堕落していたかも知れない。少くともお父さんという作家は世に知られずにすんだかも知れない。意地悪く考えれば、お父さんはお母さんの病気を利用したとも非難されそうだ。お母さんの病気という不幸が、作家としてのお父さんに幸いしたということは、なんという悲しむべきことであろう。

　本来なら、お母さんのあんな病気のことは、秘密にすべきことにちがいない。決して名誉なことではないからね。世間の人だったら、ひた隠しに隠すことなのだ。お前達が大きくなって、結婚する時のことを考えれば、隠すのが常識というものだ。それを、お父さん

は吹聴してしまった。お父さんさえ書かねば、お母さんがあんな病気であったことを、世間の人は誰も知るはずはないのに、お父さんが書いたばっかりに、お父さんの作品を読むほどの人は、誰一人知らぬ者はないということになってしまった。お父さんはこれがお前達の将来を不幸に陥れることを恐れる。お前達の結婚の障害になりはしないかと、それを憂える。お母さんがあんな病気であったことが知れ渡って、お前達が縁遠くなったり、折角の良縁がふいになったりすることを、お父さんは今から取越苦労をする。しかし、隠そうが隠すまいが、お母さんがあんな病気であったことは、偽られぬ事実なのだ。

偽られぬ事実を隠して、お前達がたとえ良縁に成功したところで、決してお前達の幸福にはならないだろうと、お父さんは考える。一生それがばれないにしても、疚《やま》しさは一生お前達に附きまとうであろうし、ばれれば破綻のもととなりかねまい。それを思うと、最初から何も彼にもぶちまけた方が、どれだけ正しく、どれだけ気持が好いか知れたものではない。結婚の条件として、相互理解ということが必要であるとするなら、秘密探偵などというものの手によって、身元を検《しら》べたり検べられたりするほど愚劣な事はない。世の中の人は、なぜもっと虚心に、取り繕いなどせずに、事実と事実とをぶっつけた結婚を成り立たせないのだろう。嘘偽りのない事実をぶっつけて、それで成り立つ結婚なら成り立たせるがいいし、成り立たないものなら成り立たせないでいいではないか。それだから、若しもお前達に結婚の話が持ち上る時が来たなら、お父さんはお父さんが書いた小説を向う

の人に全部読んでもらって、お母さんのことも何も知ってもらいたいと思っている。血筋のことを考えれば、お母さんの病気は、確にお前達の結婚に悪条件となろう。そして、その悪条件のために、話が成立しないとしたら、その時はお前達の不仕合せな運命として諦めるよりほかはない。これは悲しいことだ。しかし、一時のごまかしや何かによって、いい加減な結婚をするより、お前達にとって真実の幸福があることを知らねばならない。これは決して、お前達の幸福をないがしろにする得手勝手な言い分ではない。お前達が、愛と理解によって、幸福な結婚が出来ることを望めばこそ、こういうのだ。お父さんが、お前達の将来についてあれこれと心を患わしていることが、何よりもお前達の幸福を願っている証拠なのだ。お前達の将来を思えば、不憫でならない。しかし、お前達が正しく清い人間になりさえすれば、お母さんがどんな病気で死んだのであろうとも、きっと幸福がお前達に訪れることを、お父さんは信ずる。不憫なればこそ、そうあらせたいのだ。万一の場合のことを考えて、お前には、学校の先生か何か、一生独り立ちしてゆける職業を当てがってやりたいと予《あらかじ》め考えているお父さんの気苦労が、気苦労だけに終ることを、お父さんは念じている。

早いもので、もう十日余りもたてば、お前の十六歳の誕生日がやって来る。お父さん達の結婚の話があったのは、お母さんが十八歳の夏で、女学校の五年生であった。後二年も経てば、お前もやがてその歳になる。十六年昔、「ヲンナノコウマル」という電報が、K

市のお母さんの家から、駒込のアパートにいたお父さんの許に届いたのが、昨日のことのように思い出される。それが、お前の誕生の知らせだった。六月初めの爽かな朝で、お父さんはアパートの洗面所で歯を磨いていた。そこへ、「武智さん、電報」という声で、玄関へ出てみると、今言った電報が来たのであった。明るい朝の光が照り込んだアパートの玄関で、お父さんはその電報紙を開いた。一緒に顔を洗っていたMさんにその話をすると、Mさんは笑って、「あなたもとうとうお父さんになりましたねえ」と言った。Mさんはその時分から放送局専属のピアニストで、今でもしょっちゅうピアノの伴奏を勤めている。お父さんは、隣のラジオでMさんのピアノの伴奏を聞く度に、あの時のことを思い出す。

お前がお母さんに抱かれて、国からお父さんのところへ帰って来たのは、それから一年後のことであった。その間、お母さんは産後の病気で入院したりして、お前は親戚の小母さんの世話になったりしたものだった。それからまたお前が肺炎で危くなったこともあった。その時分のお前のことは、お父さんの初期の「花園に向いた部屋」という作品に書かれている。お母さんが死んでから間もなく、大阪の或る本屋からお父さんの作品の選集を出したいと言って名指して来た作品の中に、思いがけなく「花園に向いた部屋」が交っていて、お父さんはあの時分のことを思い出して懐しくてたまらなかった。東京へ帰った当座のお前は、顔いっぱいに湿疹がはびこって、お母さんは順天堂の病院へ通っては手当を受けさせていた。小さいお前は、顔も頭もぐるぐる巻きの繃帯で、出ているのは、二つの

眼と鼻の頭と口の端だけの可哀そうな姿であった。

それだから、お前は頭の髪も剃ってしまって、男の子みたように坊主になっていた。いつかお母さんと一緒に新宿へ支那料理を食べにゆくと、気さくな女中が、「お坊っちゃんですか」と云いながら、お父さんたちが食事をする間じゅう、お前を抱いていてくれたことがあった。湿疹は癒っていても直ぐまた出て来るので、お母さんはしまいには病院通いをやめて、自分で糠と油と鉛化物を捏ねたピチロオルという膏薬を作って、お前の顔に塗っていた。お前は今でも、あのピチロオルの匂いを覚えているにちがいない。恐らくこれからもピチロオルの匂いを嗅ぐ度に、お母さんのことを思い出すにちがいない。おまけに、お母さんはあまり乳が出なかったので、玄米を炒った汁を焚き出しては、お前に飲ませていたものだ。お前の小さかった時のことを思うと、いつも火鉢の上に小鍋がかかって、グツグツと玄米の汁が煮立っていたことを思い出す。お前はまたよく夜泣きをする赤ん坊で、随分お母さんを手古摺《てこず》らせていた。お父さん自身も、お前が泣き出すのを聞くと、神経衰弱みたようになったものだ。お前が泣き止まないと、お母さんは毎晩のように起きて、アパートの前の草っ原を抱きすかしながら歩いたものだ。お前の泣き声は、暗い原っぱの方から、寝静まったアパートの方へひびいて来た。あんまりお前が泣き止まないものだから、お母さんは癇癪を起して、お前を原っぱに投げ出したこともあったという。お前は何んにも知らないだろうけれど、こんな話をすれば、お前をこれまでにするために、お母さんが

どんなに肝胆を砕いたか、お母さんの慈愛がきっとお前の心に蘇って来るにちがいない。この間も、仙子叔母ちゃんが押入のバスケットを整理するのを見ていると、バスケットの中から、ネルで作った湿布が二つも三つも出て来る。お前達三人がハシカに罹って、肺炎を起したり起しかけたりした時、お母さんが辛子《からし》の罨法《あんぽう》をした湿布なのだ。お母さんのからだは死んだけれど、お母さんの心はこんなところにも生きているのだ。まだそのほかにも、お母さんの心を探そうと思えば、到る処に残っているはずだ。お母さんの心を探し当てては慨《なげ》く日が、お前の一生を悩ましそうな気さえする。

二七日ももう過ぎたので、お母さんの遺骨は、風呂敷に包んで、茶の間の箪笥の上にしまってある。いつまでも床の間に置いておいては、訪ねて来てくれるお客さん達に気ぶっせいな思いをさせそうに思ったからだ。それでもまだポツポツお線香を上げに来てくれる人があるので、その時はまた風呂敷を解いて、遺骨の入った木箱を床の間に安置する。写真も出して来て飾る。長い間病院にばかり居て、うちに居ることがなかったので、お母さんの顔を知らぬ人が大部分だ。みんな、初対面の写真を珍らしそうに見て行ってくれる。而もその写真が、もう十年も前に撮ったものなのだ。新しい写真をと思ったが、八年も病院に行っていたので、新しい写真がないのである。止むを得ず、お前と幸夫とお母さんと三人で、駅の写真屋で撮ったのを、お母さんだけ切り離して、引き伸してもらったのだ。お前も幸夫も丸々肥り、お前はセルロイドの人形を抱いて椅子に腰かけ、幸夫は足袋をは

いた両足を投げ出して、テエブルの上に坐っている。その後にお母さんが控えて立っている。その時分には、お母さんも二十代であったから、まだ若い。その姿のお母さんが、お母さんの最初にして最後の面影として、皆の人の胸の奥に畳まれて行くのだ。この写真を見ていると、あの哀れな最後を遂げたお母さんと同一の人であるとは、どうしても思えない。皆の人も、お父さんの作品で読んで想像していたお母さんとは似ても似つかぬ写真姿に接して、ちぐはぐな思いを抱くのではないかと思われる。口紅を差し、大島の揃いを着て、心持頬笑ましげな顔をしているお母さんが、あんな変り果てた姿になろうとは、病気になって以来八年経って、既に死んでしまった今でさえ、お父さんにはまだ夢としか思われない。

四五日前、叔母ちゃんと二人で病院へ行って荷物を纏め、運送屋さんに頼んで届けてもらった。蒲団、毛布、もんぺ、腰紐、洗面器、お盆など、今は主なき荷物を見ると、今更のように胸に迫って来るものがある。どれ一つとして、長い病気の孤独な生活を物語らぬものはない。蒲団は破れている、毛布は繕ってある、歯ブラシは摺りきれている。……

お父さんが胸のつかえた顔をしている側で、仙子叔母ちゃんは、着物の包みを調べていたが、しごきの中にくるんだ蟇口を見附け出すと、中を開けてみた。すると、皺くちゃになった五十銭札十銭札一銭アルミなど取交ぜ一円五十銭ばかりの中に、一本の抜け歯が、蟇口の底から出て来たのである。「歯があった」と叔母ちゃんが叫んで庭に捨てようとす

るのを、お父さんは引きとどめ、手に取って、眺めたりいじったりした。虫の喰った歯であった。黒くなった空洞《うろ》の中には、何か食べ物の破片が挟まっていた。或る時抜け落ちた歯を、何気なく蟇口の中にしまっておいたものであろう。それが、今は掛け替えのない形身になってしまったのだ。お母さんの形身と言えば、髪もなければ爪もなく、木箱に詰まった遺骨のほかには、この一本の齲歯《むしば》しか残されていないのだ。お父さんはこの歯を捨てるに忍びないで、机の抽斗《ひきだし》の中に大事にしまっている。

今はもう、本当に何も彼にも終ってしまって、後はただ、お前達のところへ帰って、本葬を営むだけのことだ。まだいつ帰るか決めていない。汽車も込むし、国の方も田植えで忙しいそうだし、お父さんも仕事を手放すことが出来ないから、何れ好い折を見て帰ることにしよう。その時、仙子叔母ちゃんの代りにお前を連れて来て、学校の傍ら、お前に朝晩の手助けをさせながら、二人で、淋しいけれど心を寄せ合った生活をしたいと思っているが、九月末まで転入制限が延びたので、まだ当分の間は実現出来そうにもない。お前は上京して来れば、きっとお父さんの力になってくれるにちがいない。まだお前が東京にいた時分、「お宅のお嬢さんはしっかりしていますね」と、隣組の人達が感心してくれるので、お父さんは満更お世辞とも思わず、「母親が居ないもんですからねえ」と答えたことであったが、幼くして母親の羽がいの下を離れねばならなかったお前は、我が子ながら、歳にしてはしっかりしたところもあれば、わきまえもあると、お父さんは思っている。お

母さんが発病した時分、お前はまだ小学校の二年生であったが、学校から帰って来ると、お父さんのシャツやサルマタなどを洗濯してくれたものであった。ただ、お前が早くから世の荒波に揉まれてしっかり鍛えられた半面に、感情のひからびた人間になることを、お父さんは恐れる。どんな境遇にあっても、素直な柔い心を失ってはならぬ。世の苦労も知らずに、父母のふところに身を任せて、伸び伸びと育った子供を見る度に、お父さんはうちの子供達が可哀そうでならぬ。しかし、人生の窮極の幸福を考えた場合、何れが幸福であるか、俄《にわか》に言い切ることは出来ないと思う。お前達は、あのすくすくと育った人達に負けてはならぬ。不幸を幸福に変えるよう。心を鎮めて、しっかり勉強して下さい。

それからねえ、序《ついで》だが、田舎にいる間に、機《はた》織りの稽古をしておくといいと、お父さんはこの間から思っている。突飛なことを言うようだが、志賀直哉という人の書いたものを読んでいて、急に思いついたんだ。

「機なれば下手なりにそれで何かしら出来る。ピアノの下手なのは何の役にも立たない」と志賀さんは書いている。うちのおばあさんは、若い時から機を織るのが好きだし、縞を工夫したりすることもなかなか上手なんだから、おばあさんから手ほどきを受けると丁度いい。お前の織った着物を、お父さんが着れるようになれれば、それに越したことはないけれど、何の役に立たなくてもいい。機を織りながら女の心が養われればそれでいいのだ。

町の下宿で一人勉強しているお前の姿が、お母さんが亡くなってからというもの、お母

さんの身替りのように思えてならぬ。さようなら、

五月二十二日

東京　父より

二

幸夫よ

電報が行ったんで驚いたろう。お母ちゃんもとうとう死んだよ。今日は早や三七日になる。九日の告別式の時供えたつつじの花が、あれからずうっと、お母ちゃんの写真の前で咲きついでいたが、今咲ききってる一つ二つがしおれてしまえば、もう捨てるばかりになっている。

元気を出して、毎日学校へ通っているかね。お母ちゃんは、お前が中学校へ入ったことを知らずじまいだった。四月に病院へ面会に行った時、お前たち三人の手紙を持って行ってお母ちゃんに読んで聞かすと、お母ちゃんは耳を澄まして聞いていた。お前が国民学校を卒業したことも、卒業の祝いにおばあさんにおすしをこしらえてもらったことも、中学校の試験を受ける勉強をしていたことも、自転車に乗って、どこへでも行けるようになったことも、お母ちゃんはちゃんと耳に入れることが出来たけれど、お前が中学校へ入った

ことだけは、死ぬまで耳に入れることが出来なかった。折角おじいさんが合格の電報をくれたんだから、お母ちゃんあてに手紙を出すなり、看護婦さんあてに出して読んで聞かせてもらうなりすればよかったんだが、今度会った時のことと思って、お父さんがぶしょうをしていたばかりに、こんなことになってしまった。お父さんは心残りでたまらない。もう少し旅行が楽になれば、一度お前を東京へ連れて来て、お母ちゃんに会わせてやりたいと思っていたのに、それももう出来ない事になってしまった。お母ちゃんは二三年前から眼もよく見えなくなっていたから、お前に会っても、中学生になったお前の姿を見ることは出来なかったであろう。ただ大きくなったお前の頭をなでてみたり頬にさわってみたり、お前の匂いをかいでみたりするだけだったかも知れない。そしてお前は、じっと坐ったまま、お母ちゃんのなすがままに任せていたことだろう。その哀れな場面を想像して、お父さんは涙を流したこともあったが、その哀れな場面にあわずにすんだのは、幸いであったと言っていいか、不幸であったと言っていいか。お母ちゃんは、お前が中学生になったことを永久に知らずに眠ってしまった。

　お前がお母ちゃんに別れたのは、昭和十五年の三月だったねえ。あれからもう七年になる。その間、お前だけは一度もお母ちゃんを見ることが出来なかった。姉ちゃんは、去年の三月疎開して帰る時病院へお別れに行ったし、光子もおととしの夏の終りに、お別れに行って来た。その間にも、お母ちゃんは大へんよくなって、時々うちへも帰って来ていた

から、姉ちゃんや光子は度々お母ちゃんに会って、もつれたりすがったりすることも出来たんだが、お前だけは早く田舎へ帰って行ったので、八つの時に見おさめしたお母ちゃんの姿しか覚えていないんだろうね。

お母ちゃんがどんな病気であったか、お前は今でも知らないかも知れない。若しかしたらもう気附いているかも知れないけれど、お母ちゃんは精神分裂症という病気で、八年の間病院に入れられていたんだよ。一旦病気が快くなって退院していて、二度目に病気が起ったのが、昭和十五年の三月だった。或る晩正気を失ったお母ちゃんが、ふらふらと寝床から起き抜けて、外へ飛び出そうとしたことがあった。お父さんがあわてて玄関の戸をしめると、お母ちゃんは足元がふらついて、玄関のたたきの上にぶっ倒れてしまった。その騒ぎの間、悲しそうなおびえたような顔をして、息を呑んで眺めていたのは、お前だった。姉ちゃんや光子は、案外平気そうな顔だった。お父さんはその様子を見ていて、一番感じやすいのは幸夫だなと思ったことを覚えている。それだから、お母ちゃんが病気になったのを一番悲しんだのも、お前だったのではないかと思っている。

お母ちゃんが二度目の入院をしたのが三月の二十六日で、お前が初めて学校へ上ったのが四月の一日だった。お母ちゃんは、お前の中学生姿を知らないだけではなく、お前のランドセル姿も見ずにしまったねえ。もっとも、お母ちゃんが正体なく眠りぼけていた時分、K市のおばあさんから洋服を送っていただいたので、新しい帽子やランドセルなども買っ

て来て、それらをみんなお前に着けさせて、学校姿になったところを、お母ちゃんに見せて上げたことがあったね。お前はりりしい姿になって、お母ちゃんの枕もとに立った。お母ちゃんはわかるのかわからないのか、うつろな眼をして寝床の中から眺めていた。「前を向いて」「後を向いて」と、お父さんが号令をかけるように言うと、お前はお母ちゃんの眼の前で、くるくると向きを変えて見せた。お父さんはそれを見ていて、涙が出て仕方がなかった。あとで、お母ちゃんが正気に返った時、その時のことを尋ねてみると、みんなよくおぼえていたよ。お母ちゃんの眼に残ったお前の学校姿と言えば、後にも先にも、その時一度きりしかないわけだ。あれは、お前にとってもお母ちゃんにとっても、一生忘れられない大切な出来事になってしまった。お母ちゃんが息を引き取ったのは、五月三日の午前七時四十分で、そのあくる日の四日の午後には、お母ちゃんの死骸はお棺におさめられ、病院から直ぐに、葬儀自動車で多磨墓地に近い火葬場に運ばれて行った。お骨になるのは、中一日置いて、六日のおひる頃だということだった。

　その中の五日は、五月の節句で、お前の誕生日だった。朝の内、お父さんは死亡通知の葉書を刷ってくれるところを探して、あちこちほっつき歩いていた。風が吹いていて、時々雨の来る日だったから、お父さんは傘を提げ、足駄をひっかけて、荻窪郵便局の方まで歩いて行きながら、お前の生まれた日のことを頻りに思い出していた。あれからもう十

四年になる。十四年前の今月今日、幸夫は生まれたんだと思いながら歩いた。

　昭和八年五月五日の朝は、如何にも五月らしく、よく乾いた風が若葉を吹き立てる、気持のいい朝だった。その朝急に、お母ちゃんのおなかが痛みはじめたので、お父さんは電車通りに走り出て、通りがかりの自動車を呼んで来た。お母ちゃんのほかには、お父さんと、その頃手伝いに来てくれていた廉子叔母ちゃんと、三つになっていた姉ちゃんとが乗り添い、本郷の大学病院を指して、自動車を走らせて行った。その時分、お父さん達は、滝野川の西ヶ原というところに住んでいたのだ。途中、お父さんは自動車を降りて雑誌社へ勤めに行き、夕方帰りがけに大学病院へ寄って行った。産科病室の方へ古びた廊下を歩いて行くと、とある室の中から、姉ちゃんらしい子供の疳《かん》高い声が聞えたので、その室をのぞいてみると、そこが分娩室で、ベットの一つに姉ちゃんが腰かけて、脚をブランブランさせていた。そのベットの上に、お産のすんだお母ちゃんが、青いやつれた顔をして、男の赤ん坊をそばに置いて、ぐったりと臥せっていた。その赤ん坊がお前だった。病院に着いて間もなく、十時頃に生まれたということだった。傍らのベットでは、まだお産のすまない女の人が、ベットの鉄棒にしがみついて、うんうんうなって苦しんでいるのを見ながら、お父さんたちは安堵の顔を見合せ、男の子の生まれたのを喜んだものだった。

　それから二三日して、用事で東京へ来ていたK市のおじいさんと一緒に、病院へお母ちゃんの見舞に行った。広い産室の中には、ずらりと三四十もベットが並んでいて、それぞ

れ赤ちゃんを傍らに寝かせた人達の間を通って、お母ちゃんのベットを探して行った。お母ちゃんはだいぶ元気になって一人で寝ていた。風呂に入れに連れて行かれたというお前の姿は見えなかった。お父さん達は、お前が風呂から帰って来る間、病室の隅に置いたガラス箱の中に寝かされている月足らずで産れた赤ん坊をのぞいて見たりしていた。そのうち、お前は風呂から帰って来た。お菓子屋で菓子を入れるのに使うような板箱に、四五人の赤ん坊が並べられ、それを看護婦が手押車で押して来た。三ツ口で唇が深く裂け込んだ赤ん坊を除いては、どれがどれだか見分けもつかない赤ん坊ばかりだった。おまけに、みんな揃いに、赤と白で麻の葉を染め出したおべべを着ているのだ。どれがお前だかわからないのでたずねてみると、看護婦は赤ん坊の手首に巻いた真鍮の鐶《わ》についた番号をしらべてみて、これが坊っちゃんですと言った。お前は湯上りだったので、柔い髪の毛が頭にかぶさり、頬は上気して赤らんでいた。アルバムの中に、お母ちゃんがお前を抱っこして、お椀を伏せたような髪をした姉ちゃんが乳母車につかまってる写真があるねえ。あれは、お前が生まれてから一月ばかりたった時分、滝野川の家の近所の原っぱでとった写真なんだ。お前は、握りしめた拳を、うーんと延ばしているねえ。お前が生まれた時分は、あんなだったと思えば、まちがいないんだ。

　五月五日の端午の節句に男の子が生まれたんだからねえ、お父さんは喜んでお前に端午という名をつけようと思ったものだ。しかし、なんだか少し奇抜なような気がしたので、

考え直して、幸夫とつけてしまった。今でも時々そのことを思い出して、やっぱり端午とつけるんだったと、未練を感ずることがある。端午の節句に生まれて前途を祝福されたお前が、母親に生き別れ七年の後、こんなに早く死に別れしようとは、夢にも思わなかった。しかも今年の誕生日は、お父さんのところでは、お母ちゃんのお棺を火葬場に置いたまま、死亡通知の葉書を刷ってもらおうとして歩き廻った日であったし、お前達のところでは、「トクコ三ヒアサナクナル」という電報が届いたはずの日であった。むずかしい言葉で言えば、運命の皮肉を感ずる呪われた誕生日であったというよりほかはない。

　お母ちゃんの運命は、いつかはこうなるものと覚悟はしていたが、その時が来てみると、やはりかわいそうだ。お前達のことを思うと、いじらしくてならない。しかしもうあきらめねばならぬ。お前もさっぱりした気持になって、学校へ通わねばならぬ。母の無い子になったがために、不幸になってはならぬ。母のない不幸を幸福にしむけるように努めねばならない。母が無いために、ねじくれたり、いじけたり、暗くなったりすることは、恥と思わねばならないのだ。

　お前は、小さい時から、素直な子供で、ちっとも世話の焼けたことがなかった。学校へ行き出してからも、ぐずったり泣いたりして、お父さんを手こずらせた事は一遍もなかった。そこへ行くと、姉ちゃんは世話の焼ける子供で、魚屋の恵美ちゃんが先に学校へ行ったと言ってはお母ちゃんに連れて行ってもらったり、雨傘の骨が少し折れていると言って

泣いたりするので、お父さんが怒って、ランドセルをたたきつけたことも何度となくあった。お前に限って、そんなことは一遍もなかった。だからお父さんは安心して、お前をおじいさんやおばあさんに預けておくことが出来る。「幸夫ちゃんは、用事を言いつけて、嫌やと言ったためしがない」と仙子叔母ちゃんも感心している。お父さんは、そんな話を聞くほど嬉しいことはない。祭や彼岸の餅を配ったり、郵便局へ小包を出しに行ったりするのも、みんなお前がしているそうだね。

しかし、お父さんもお前のことが気にかからぬではない。お父さんやお母ちゃんに別れて、おじいさんやおばあさんや叔父ちゃんや叔母ちゃんたちの世話になっている間には、子供心にも、人知れぬ苦労をするのではないかと心を痛めるのだ。おととしの秋、お父さんが帰っていた時、お前はちっとも口をきかないでいつも黙ってばかりいるので、お父さんは心を暗くして、この子はいじけて、物も言わなくなったのではないかと心配したものであった。すると或る朝、お前が小さな甥の高秀を相手に、大きな声で「四條畷」の歌を歌っているのを聞いて、お父さんはホッと安心もするし、急に心が明るくなったようにも思ったものだ。そんなふうに、お前のちょっとしたことでも気にかかって、お父さんの心は照り曇りするのだ。

三年ぶりに会ってみると、お前は一郎叔父ちゃんに鳥籠をこしらえてもらって、目白を飼っていた。町の八幡様のお祭に行くと言っては、おじいさんに藁を打ってもらって、草

履を作っていた。稲刈の時分には、勤労奉仕に行って、顔も手も足も泥んこになって田んぼから帰って来た。鎌を無くしたと言って、おばあさんから叱られていたこともあった。そんなお前の生活を見ていると、お父さん達と離れて田舎へかえってからのお前の日常も、おおよそのことが想像出来るのであった。そして、その想像を目の前に見せてくれたものが、お前が三年生のときに書いた綴方帳だった。お父さんは、その綴方帳を、便所の中で発見したのだ。開いてみると、桑の皮をはぎに行ったり、沖の漁に連れて行ってもらったりしたことが書いてある。読みながらお父さんは、胸がつまってならなかった。これしきのことに泣くなんて、甘い親ごころだと自分を叱ってみるのだが、母があって母のないお前の姿を目に浮べると、やはり涙を拭わずにはいられなかった。これは綴方帳というよりも、お父さんにとっては、お前の大事な生活記録と思われたものだから、お父さんは永く取っておこうと思って、便所から持ち出した。そして、東京へ来る時、それも一緒にトランクの中へ入れようと思って探してみたのだが、どうしても見附けることが出来なかった。今でも残念である。

　中学校の試験はなかなかむずかしかったってね。競争がはげしいと聞いて、お父さんも心配をしていた。それで、お前の勉強も見てやり、気勢も添えてやるつもりで、お父さんも帰ることにしていたのだが、仕事が片附かなくて——と言うよりも、仕事から離れられない気持が強くて、とうとう帰りそびれてしまったのだ。丁度その時分、日大二中の桜が

咲いたので見に出かけると、その日合格者の発表があったと見え、母親に附添われた子供達が、喜ばしげに顔をほころばせながら帰って来るのに、幾組となく出会った。お父さんはふと、附添いの親を持たぬお前の心細さを思いやって、心がとがめて仕様のない気持だった。しかし後で聞いてみると、お前は、試験の前の日には、中学校へ受験場を見に行き、試験の当日には、朝六時に起きて一人で出かけて行ったそうだね。またその日、お父さんの知っている大学生が母校へ行ってみると、胸に「武智幸夫」と書いた名札を附けた子供を見附けたので、お父さんの名を言って尋ねると、「はい、そうです」とお前は元気に答えたそうだね。お父さんはそんな話を聞きながら、なにか頼もしい気持がしてならなかったよ。合格の電報が来た時には、気にかかっていただけに、ほんとうにうれしかった。お前も一人前の中学生になったのかと思うと、心の照り曇りも一時に晴れ上るようだった。お前自身も喜んだらしく、合格すると直ぐもう中学生になったような気持で、はしゃいでいたそうだね。おじいさんの手紙にそう書いてあったよ。お前の喜ぶのももっともであるし、お父さんの喜びも大きかった。それと言うのも、お母ちゃんの病気で長くとざされていた心に、日の光がさしたような気持だったからね。お前にしてみれば、お母ちゃんの病気から来る不幸をはねかえしたんだからねえ。

　お前が中学校へ入ったと聞いてから、お父さんは自分が中学校へ入った時のことが思い出されてならぬ。お父さんは四尺四寸の小さな中学生でねえ、それが大きな背嚢《はいのう》を背負っ

て、お前と同じように、毎朝暗いうちから起きて、往復四里の道を歩いて通ったものだ。初めのうちは、新しい草履を毎日一足ずつはき切っていたが、しまいには足駄をはいて通った。元気なところが見せたかったんだね。足駄は何度も歯がえをして、指のゆくところが彫ったように凹んでいたものだ。力一ぱい踏みしめて歩いたんだね。雨降りの日には、はだしになって、砂利道を歩いて行ったものだ。それが五年の間のことだったから、辛いには辛かったが、あの心の張りは、今でもなつかしい。お前も、心を張って毎日元気で歩け。

お父さんはこの間、或る雑誌で、宮沢賢治という詩人が書き残した「生徒諸君に寄せる」という詩を読んで、自分の心が若やぐのを感じた。抜き書きをして、お前の門出に贈ろう。

中学生徒諸君
諸君はこの颯爽たる
諸君の未来圏から吹いて来る
透明な清潔な風を感じないのか
それは一つの送られた光線であり
決せられた南の風である
諸君はこの時代に強ひられ率ゐられて

奴隷のやうに忍従することを欲するか
中略

むしろ諸君よ
更にあらたな正しい時代をつくれ

諸君よ
紺いろの地平線が膨らみ高まるときに
諸君はその中に没することを欲するか
じつに諸君は此の地平線に於ける
あらゆる形の山嶽でなければならぬ
中略

おほよそ統計に従はば
諸君のなかには少くとも千人の天才がなければならぬ
素質のある諸君はただちにこれらを刻み出すべきである

潮や風……
あらゆる自然の力を用ひ尽して
諸君は新たな自然を形成するのに努めねばならぬ

ああ諸君はいま
あの颯爽たる諸君の未来圏から吹いて来る
透明な風を感じないのか

幸夫よ、お母ちゃんの死に会って、打ちひしがれるな。心が重くなって来れば、詩人が歌ったように、お前の未来を思って、何度でもはねかえせ。それが、お母ちゃんの霊にこたえる道なのだ。

昭和二十一年五月二十三日

父より

三

光子

元気かね。光子はきめが悪くて、夏でさえあかぎれが切れるほどだから、冬になると、とても大きなあかぎれが切れ、「光子のあかぎれ、足よりも大きいねえ」と、みんなに笑われたものだった。いなかにいて、泥んこの足をしていると、東京にいた時よりもっと大きなあかぎれが切れて、いたそうに爪立《つまだ》ちあるきをしているんではないかしら。寒さが来るたびにお父さんはそれが気にかかる。そしてまた、手荒《てあら》なおじいさんから、糸であかぎれの口を縫《ぬ》ってもらっているのではないかしら。お母ちゃんもきめが悪かった。光子のザラザラした足のことを思うと、すぐお母ちゃんのことを思い出す。

お正月が来て、光子は十二になったんだねえ。お父さんにつれられて、疎開でかえって行ってから、四年になる。光子は小さい時から、お母ちゃんに一番似ていると言われていたから、だんだんお母ちゃんそっくりになって来るんだろうね。

早いもので、五月が来れば、お母ちゃんが死んでから、もう一年になる。お母ちゃんが死んだのは、五月の三日だった。よくおぼえておくんだよ。この日を、お母ちゃんの忌日とも命日とも言うのだ。お父さんと仙子叔母ちゃんとは、お母ちゃんの忌日々々には、写

真とお骨の前に、お線香を立て、おそなえ物をして、おがんでいる。お正月には、雑煮や蜜柑や飴などをそなえた。お父さんも、早くお骨を持ってかえって、お葬式をせねばならぬと、気になってしかたがない。しかし、仕事がいそがしくて、なかなかかえれないんだ。みんな、待ちかねているでしょう。

お母ちゃんが死んで、光子はどんなようすかしら。まだ、ほんとにかなしむすべを知らないんだろうね。光子がかなしくなるのは、これからだよ。姉ちゃんは女学校の三年生だから、もうかなしむすべを知っていて、お友だちなどが、「お母さん、お母さん」と言っているのを聞くと、涙が出てしようがなかったと言って来たよ。でも、うんめいだと思ってあきらめるって。そして、むかしのことがたいへんなつかしいって。けれども、光子には、なつかしいむかしってあるかしら。お母ちゃんが病気になったのは、今から九年前、光子の三つの時だったからねえ。お母ちゃんの頭がぼんやりして来て、狂《くる》いはじめた時、光子はまだなんにも知らずに、お母ちゃんの乳をしゃぶっていたんだからねえ。光子がものごころついた時には、お母ちゃんはもう、一生出られない病院に入りきりだった。そうして光子は、病気でないお母ちゃんを知らずじまいになった。姉ちゃんや兄ちゃんとちがって、ほんとうにお母ちゃんからかわいがってもらったむかしをおぼえない光子、なつかしいむかしと言えば、病院にすわっていたお母ちゃんしか知らない光子を、お父さんは誰よりもかわいそうに思うよ。

それでも、病院へたびたび行って、一番お母ちゃんにあって来たのは、光子だった。姉ちゃんや兄ちゃんたちは大きかったから、病院から遠ざけて、お母ちゃんにはあわせないようにしていたのだ。光子だけは小さくて何も知らなかったから、叔母ちゃんにつれられて、なんども病院へ行って来たねえ。ある時、病院へ行く電車の窓から、みの笠をきたお百姓さんを見て来て、「お父さん、ほんとのかかしがいたんだよ」と話したこともあったではないか。そして、お母ちゃんが病院で縫ったスカアトや、毛糸であんだ洋服なんかをもらって来て、よろこんで見せたこともあったねえ。お母ちゃんが病院からかえる時は、おみやげを買って来てくれるものと思いこんで、たのしみにしていた光子だった。そのお母ちゃんは、一銭のお金も持たせられず、いつなおって来るともわからないで、八年の間病院にすわっていたのだった。

お母ちゃんは、脳が悪くて、世の中の人が「きちがい」と言っている病気だった。だから、光子が病院へ行っても、お母ちゃんは大てい起きていたし、物もあんまり言わなかったんだよ、「きちがい」なんて、みんながけいべつする病気だねえ。人もあろうに、お母ちゃんは、それだったんだよ。それだから、「あいつ、きちがいだよ」なんて言葉を聞くと、お父さんはなんとも言われず胸にこたえたものだった。光子たちも、お母ちゃんのことを思えば、決《けっ》して人をきちがいだなんて、けいべつしたことを言ってはいけないよ。人をきちがいだなんてけいべつすれば、お母ちゃんをけいべつすることになるんだからねえ。

光子がお母ちゃんにおわかれしたのは、昭和十九年の夏の終りだったねえ。いなかへ疎開してかえるので、お父さんについて、病院へ行ったのだった。あの日、お父さんは一人でお母ちゃんにあいに行くつもりだった。すると光子は、「光子ちゃんもつれてって」とねだったねえ。その時お父さんは、ハッと思ったよ。光子はあの時八つだったが、戦争さいちゅうのことで、疎開してかえれば、いつまたお母ちゃんにあえることかと、小さい心で思ったのだろう。それまでは、お父さんが病院へ行くと言っても、光子が「つれてって」と言ったことは、一ぺんもなかったんだからねえ。うかつな話だが、お父さんは光子に教えられたような気持で、病院へつれて行った。光子はあの時よくねだったねえ。もしあの時ねだらなかったら、光子をお母ちゃんにおわかれさせることが出来なかったんだからねえ。虫が知らせたというのは、こういうことを言うのだろう。その時のことは、「現世《げんせ》図絵《ずえ》」という小説にも書いたんだが、その小説は、光子が大きくなってから、むかしのことを思い出して話すようになっている小説で、光子が大きくなってからこの小説を読めば、きっといろいろなかなしいことを思い出すでしょう。病院へ行くと、お母ちゃんは光子をだっこして、見えない手で、頭のさきから足のさきまでなでて、耳をひっぱったり、ポケットに手をつっこんだり、ボタンを一つ一つさわったりしたねえ。あれが、お母ちゃんと光子のさいごのおわかれになってしまった。

光子の生れたのは、昭和十二年の一月十三日だったねえ。もう二三日すれば、その誕生

日がやって来る。その時のことは、お父さんの「胞衣壺《えなつぼ》」という短い小説に書いてある。胞衣壺というのは、赤ちゃんのへそのおを入れる壺なんだよ。お母ちゃんは、お産の前に、その胞衣壺を買って来て、押入の中に入れてあった。一月十二日の晩に、お母ちゃんのおなかがいたみはじめると、お父さんは産婆《さんば》さんを呼びに行き、かえって来ると、ガスにお湯をかけ、押入から胞衣壺を取り出したんだ。

しかしその晩は、まだ生れなかった。あくる日一日じゅう、お母ちゃんのおなかはいたみとおして、その晩の八時頃になって、やっと生れたんだ。お父さんは、姉ちゃんや兄ちゃんたちと一しょに茶の間に寝ながら、光子の生れるこえを聞いたよ。その時分、お父さんは一番びんぼうしている時だった。姉ちゃんは、K市のお母ちゃんのおうちへかえって、おじいさんやおばあさんや、小さな叔父ちゃんや叔母ちゃんたちに取りまかれながら生れた。兄ちゃんは、本郷の大学病院で生れた。光子は、派出婦会のおばさんのやっかいになりながら生れたんだ。その晩は、派出婦会のおばさんがうちにとまって、お母ちゃんのそばに寝てくれた。光子が泣くたびに、おばさんはじぶんでだき取って、あの産婆さんはへたで、へそのおの切りかたがまずかったの、消毒のくすりをおへそへしみさせたの、などと言っていた。

光子が肺炎にかかったのは、それからまもなく、生れてまだ一月にもならない頃だった。お母ちゃんがしんぱいそうに、お医者さんに病気のぐあいをたずねると、お医者さんは、

カラシのしっぷで赤くなった光子の胸に聴診器をあてながら、「小さいですからねえ」と、心ぼそいことを言うのだ。お母ちゃんは一しょうけんめいになって、すきまというすきまにはめばりをし、もうもうと湯気を立たせ、カラシのしっぷを取りかえたり、吸入器の蒸気を光子の顔にあてたりしたもんだ。光子の顔のうぶ毛には、蒸気の玉がとまって、霜《しも》がおいたように白くなった。お父さんとお母ちゃんと、かわるがわる光子の胸に耳をよせて、ゼエゼエという音を聞きすましたこともあった。ゼエゼエという音のかすかになっていった時のうれしかったこと。光子はたすかったんだ。その時、お母ちゃんが寒さをふせぐのに買って来た屏風《びょうぶ》が今でもあって、このごろ寒いので、お父さんが毎晩まくらもとに立てて寝ている。まに合せの安い屏風だったから、やぶけてボロボロになっているんだが、これでも役に立つし、こんな屏風にも、お母ちゃんの心がのこっているような気がして、お母ちゃんと光子のことを思いながら使っている。天気の悪い日に、火ばちで光子のおしめをほした金網も、まだちっとも古びないで残っていて、これは去年からお隣の赤ちゃんに貸してある。

お母ちゃんが台所でおせんたくをしていると、光子はそのそばへよって行って、よく泣いていたものだ。今でも目に見えるような気がする。お母ちゃんが水をくむ井戸のポンプに、光子のおや指がはさまれて、血を出しながら爪がむけたことがあった。それが二度もなんだよ。そのたびに、お母ちゃんも泣き出しそうな顔をして、ほうたいしていた。お父

さんたちがびんぼうして、一番こまっていた時だったから、その上に光子がけがをして爪がむけたりすると、どうしていいかわからないような気持になって、はらわたへしみるようにこたえたものだった。さいわい、二度とも爪がはえて、もとのとおりになった。両方の爪をくらべてごらん。今はもう、どこもかわったところはないでしょう。

あの時分のことを考えると、いろいろなことが思い出されて来る。夜《よ》なかに、光子があんまり泣いて、お母ちゃんがもてあまし、おっぽり出したことだってあるよ。するとお父さんがだっこして、うちの前の道に出て、泣きやまぬ光子をあやしながら、あちこち行き来したものだった。もうあたりは寝しずまって、犬一匹通ってはいなかった。それから、ひるまは、近所、中学校の庭や、弁天神社の縁へだいてって、よく遊ばせたものだった。弁天神社のさきのたばこ屋さんの窓に、剥製のみみずくがかざってあって、それを見せに行ったことも、一度や二度ではなかったよ。光子はあのみみずくがすきで、いつまで見ていてもかえるすべを知らないものだから、お父さんはしびれを切らして、いやがるものをむりにだいてかえったものだった。あのたばこ屋さんの窓には、いかだ乗りなどの松笠人《まつかさにん》形《ぎょう》もあったんだが、光子はおぼえていないだろうねえ。

いつだったか、道のはたで、光子をだいておしっこをさせていると、八百屋のおかみさんが自転車に乗って、そばを通って行った。お父さんは、八百屋のおかみさんと顔を見合せると、きまりが悪くって、へんなゆがんだ笑いをしたことを、今もわすれることが出来

ない。ところが、去年のこと、ある雑誌を読んでいるとねえ、河上《かわかみ》肇《はじめ》博士《はかせ》というえらい学者のことが書いてあって、この人が京都へひっこんでから、やはり道のはたでお孫さんにおしっこをさせていたことがあると言うのだよ。それを読むと、河上博士が大へんなつかしくなると一しょに、お父さんは光子におしっこをさせたことを思い出して、あれはちっともはずかしいことではなかったんだと思うようになったよ。いや、河上博士のしたことをお父さんもしたと思って、いい気持になって来たよ。

お母ちゃんが病気になったとき、お父さんは三人の子供をかかえて、目の前がまっくらになったような気持だった。それでも、姉ちゃんや兄ちゃんは聞きわけがあったから、まだよかったけれど、光子ときたら、どこへ行くにもお父さんのそばをはなれなかったんだからねえ。鷺の宮の叔母さんのうちへもついて来るし、病院へもついて来るし、公衆電話をかけに行こうとしても、ついて来るんだからねえ。それも、歩いてくれればいいんだけれど、いつもだっこさせられたのには、弱ったよ、暑い頃だったから、あせをふきふき、光子をだいて、姉ちゃんたちをひきつれて、歩きまわったことを思い出すよ。でも、むりはなかったよ。光子はまだ三つだったからねえ。やっと歩き出したばかりだったもの。それに、お母ちゃんが病気になって、お父さんよりももっと心ぼそかったんだろうからねえ。

姉ちゃんや兄ちゃんや光子たちが、お母ちゃんなしで大きくなられたのは、まったく仙子叔母ちゃんのおかげだよ。お母ちゃんは入院するし、派出婦に来てもらって、どうにか

やっていた時に、仙子叔母ちゃんがいなかから出て来た時のうれしかったことを、光子はおぼえてないだろうけれど、姉ちゃんたちはまだおぼえているはずだよ。仙子叔母ちゃんは、着物もぬってくれるし、ふろにもつれてってくれるし、一しょに寝てもくれた。お母ちゃん代りになって、なんでもしてくれたんだ。光子がはじめて学校へあがる時にも、ついて行ってくれたんだ。あれから九年、その間には、操叔母ちゃんがいっとき来ていてくれたことがあるけれど、兄ちゃん、光子、姉ちゃんのじゅんでいなかへかえり、それからお母ちゃんがなくなってからもまだ、仙子叔母ちゃんはお父さんのせわをしてくれているんだよ。みんな、仙子叔母ちゃんから大きくしてもらったことを、わすれてはいけないよ。お父さんも、いつかは、仙子叔母ちゃんにおんがえしをする時があろうと思っている。光子たちも大きくなって、仙子叔母ちゃんがこまるような時があったら、きっとなにかの力になってあげなくてはならないよ。お父さんは、それだけを胸の中にたたんで、みんなのせわをしてもらったのだ。

お母ちゃんがなくなってから、お父さんはよその子供を見るたびに、光子たちのことを思い出してならない。紺の制服を着た女学生が通って行くのを見ると、姉ちゃんのことを思い出す。そでのだぶだぶの服を着た小さな中学生が通って行くのを見ると、兄ちゃんのことを思い出す。頭をおかっぱにして、紺絣のもんぺをはいた女の子が遊んでいるのを見ると、光子のことを思い出す。中でも、光子くらいの女の子を見ると、お父さんはなんだ

か涙が出そうな気持がしてならない。お母ちゃんが死ぬまでは、こんなではなかった。町を歩いていると、そんな女の子はどこにでもいる。市場でお店の番をしている子もあれば、引揚者の住宅の前でおままごとをしている子もある。……

去年の秋のことだった。省線の駅の前の市場で復興祭をやって、毎晩にぎわったことがあった。仮舞台をつくってねえ、そこで女の子がアコオデオンをひいたり、漫才屋が漫才をやったりして、大ぜいの人出だった。ある晩、お父さんはお友だちと二人で、その近くの屋台でお酒を飲んでいた。すると、ちょうど光子くらいの女の子が、まい子になって、そこへつれられて来たんだ。長いたもとの着物を着てねえ、だいだい色のメリンスの帯をしめて、涙をふきながら、顔もあげずにしゃくりあげている。屋台のおかみさんが、かわいそうに思って、ふかしいもをやっても、手に持ったまま食べないで泣いている。お父さんはそれを見ると、すぐ光子のことを思い出し、そこで泣いているのが光子のような気がして来て、一ぺんにお酒がのどにつかえて来た。うちを出るときは、長いたもとの着物を着せられて、喜びいさんで復興祭を見に来たんだったろう。それが、お父さんかお母さんか知らないが、うちのひとにはぐれてしまって、どんなにか心ぼそい思いをしているのだろうと思うと、かわいそうでならなかった。やがて、まい子を知らせる場内アナウンスがあって、誰か早くむかえに来てくれればいいがと思っていると、黒いつめえりの服を着たお父さんがあらわれて、「ばかだなア」と女の子をしかりながら、屋台のおかみさんにお

礼を言って出て行った。お父さんはそれでホッとなったが、一しょにお酒を飲んでいたお友だちに向って、「僕は、あんな子供を見ると、身につまされてこまるんだ」と言った。お母ちゃんがなくなって、光子がかわいそうなものだから、よその子供もみんなかわいそうに見えて、お父さん自身もかなしくなる気持を、身につまされると言ったんだ。きれいに着飾って、しあわせそうな子供を見ると、お母ちゃんがなくて、あんなに出来ない光子がかわいそうだし、貧しいなりをして、ふしあわせそうに見える子供を見ると、光子もあんなんではないかと心をいためるのが、お父さんのこのごろだよ。

だけど、戦争をしたために、今の日本には、光子なんかよりもっとふしあわせな子供たちが、一ぱいいるんだよ。お父さんが戦死して、お母さんと二人で、その日の食事にこまっている子供もあろう。空襲で、お父さんもお母さんもなくなって、家なし子の乞食になって、この寒い日にボロを着てふるえている子供もあろう。新聞を見ていると、京都の本願寺でかわいいお坊さんになった戦災孤児たちの写真が出ていたし、お父さんやお母さんのお骨を胸にだいて、はるばる朝鮮や満洲から引きあげて来た子供たちの写真ものっていた。お父さんがこのごろ聞いた話では、ある人が南方の戦地《せんち》からかえってみると、奥さんも誰もみんな戦災でなくなって、男の子だけがたった一人残っていたが、その男の子もめくらになっていたという気のどくな話があるよ。たった一人取りのこされ、せっかくお父さんが戦地からかえって来ても、そのお父さんの顔を見ることの出来ない子供がかわいそ

うではないか。

それを思うと、光子なんかは、くらべものにならないほどしあわせなんだよ。おじいさんもおばあさんも二人ずつあるし、叔父ちゃんや叔母ちゃんたちは大ぜいあるし、いなかにいて、御飯でもおいもでも食べたいだけ食べられるし、何ふそくなくくらしてゆかれるんだからねえ。たった一つ、お母ちゃんのないことだけが、ポッカリと大きな穴のあいたようにさびしい気持だろうけれど、食べものが足りないために、お母ちゃんを早く死なせたことくらい、戦争の災難のうちでは、一番小さい方だとあきらめるんだ。世の中には、もっともっと大きな、戦争の災難をうけた人が一ぱいいるんだからねえ。

姉ちゃんと兄ちゃんと光子と、三人が東京へかえって来て、またお父さんと一しょにくらせるようになるのは、いつのことだろう。それまでは、これまでどおり、光子たちはいなかで、お父さんは東京で、わかれわかれにくらすよりしかたがない。光子たちのそばへかえって、みんなと一しょに、しずかにくらそうと思えばくらせないことはないんだけど、そしてそうすれば、お父さんも光子たちも、さびしい思いもつらい思いもせずにすむことなんだけど、お父さんには文学という仕事があって、この仕事をしとげるためには、さびしい思いやつらい思いを、こらえなくてはならぬと思っているんだ。お父さんがつらい思いをするのはいいとして、光子たちにまでつらい思いをさせるのは、かわいそうな気がしないではないけれど、つらい思いをさせるかわりには、少しでもいい仕事をしようと思っ

てるんだよ。光子はまだ小さくて、お父さんがどんな仕事をしているか知らないでしょう。お父さんがうちにばかりいて仕事をしているより、役所か会社へ行ってくれる方がいいと思うだろう。姉ちゃんなんかも、小さい時には、そんなことを言っていた。お父さんの仕事というのは、子供たちが大きくなった時でなくては、わかってもらえない仕事なんだよ。お父さんは、コツコツ仕事をしながら、しんぼうして、光子たちが大きくなるまで待つよ。その時になったら、お母ちゃんが生きてた時、みんなにびんぼうさせたわけもわかって来るだろう。

　この間は、大じしんがあったって。こわかったでしょう。お父さんもしんぱいしてたんだが、おじいさんからの手紙で、みんなぶじだとわかって、安心したよ。操叔母ちゃんのうちはつぶれたってねえ。姉ちゃんは、あの晩ちょうど、東京の新聞にもぜんめつと出ていたN町の下宿からかえっていたって。運がよかったねえ。大きな地鳴りがして、ゆれはじめると、みんな庭に飛び出して、一かたまりになっていたというではないか。兄ちゃんは、眠りこんだらなかなか起きないやつだから、ひっぱり起すのに骨が折れたんではないかと、気になっていた。でも、つなみも小さく、家もぶじ、みんなもぶじで、よかったね。お父さんは、光子たちをいなかへあずけっぱなしで、安心しすぎていたから、こんどはばちがあたったと思っていたよ。こんなことが起ると知っていたら、戦争がすむとすぐ、みんな東京へつれて来とけばよかったと思ったりしたものだった。人間というものは、かっ

てなものだねえ。

お母ちゃんが死んだ時分、おじいちゃんや姉ちゃんたちから、早くかえって来い早くかえって来いと、なんべんも言って来てたんだから、あの時分にかえっていれば、お母ちゃんのお葬式も、あたり前に出来るんだった。こんどは、そうはいかなくなった。村じゅうが震災を受けて、へいのこわれないのはうちだけだったというようなありさまでは、荒れはてた村の中で、お母ちゃんのお葬式をすることになろう。

光子も、もうすぐ四年生になるんだね。優一つッてなことではいけないから、しっかり勉強するんだよ。さようなら

昭和二十二年一月十日

父より

弔い鳥

帰郷は、私にとって総て事件である。

「一年に二度くらいはお帰りになりますか。」と聞かれたりするが、私は学校を出て丁度二十年になりながら、その間郷里に帰ったのは、僅か三度きりだった。

最初は、学校を出た翌《あく》る年帰って、結婚をした。勤めの身では、一週間しか滞在することが出来なかった。二度目は、七年振りであったが、妻子三人を伴い、尾羽打ち枯らした敗残の身を、足掛三年の間郷里に曝していた。三度目は、流寓九年の後、郷里に疎開する子供を連れ、父母の懐ろを恋うて帰った。東京初空襲の飛電が留守宅から来るまで、二月ばかり滞在していた。

今度は四度目で、四年ぶりだった。終戦後初めての帰省であり、去年の五月に亡くなった妻の遺骨を持ち帰って、葬儀を営むのが目的だった。それまで一年半ばかりの間、妻の遺骨は風呂敷にくるんで、茶の間の箪笥の上に安置してあった。

戦争の終る前の年から一度も汽車に乗ったことのなかった私は、旅の勝手の判らない不

安がある上に、遺骨に万一のことがあってはならぬと思うものだから、東京を立って家に帰り着くまで、道中気を張り詰めていて、安き思いもしなかった。それゆえ、旅の慰めに用意した粕取《かすとり》焼酎も、水で薄めてあった。酩酊して失態を演ずるのを慮ったからである。

私は、高等学校時代に山登りをして以来二十数年ぶりに、リュックサックというものを背負い、手に、妻の遺骨箱を風呂敷で二重包みにしたのを提げて、東京駅七時四十分発博多行の急行に馳せつけた。行列に並んでみると、ビリから二三人目であったが、車内は案外余裕があって、窓際の座席を取ることが出来た。向いの席には、新婚間もなく旅に出ると思われる男女が、既に腰を下ろしていた。私は、棚の上に、リュックサックだけは割込ませることが出来たが、遺骨箱の置場がなくてまごついていた。すると、向いの男がきさくに立上り、「ここに置きなさい。」と言って、彼等の旅行鞄の上を空け、私の手にした風呂敷包みを取って、そこに載っけようとした。遺骨箱なので、手許から遠く手放すのが気懸りだったから、私は一寸《ちょっと》ためらった顔をした。

「何か汁の垂れるものですか。」男は訝しんで尋ねた。

「いや、遺骨でして……」私は照れながら答えた。

「それは……」男は一瞬思い入れの態をしたが、嫌やな顔もせず、そのまま私の遺骨箱を、鞄の上に載せてくれた。

車中、私は本を開いていたが、元気がなかった。二晩つづけて三四時間しか眠っていな

かったし、前の日から下痢もしていて、からだがだるく、物憂くてならなかった。そして、なお悪いことには、私は目の前の新婚者達に気押されてしまっていた。

向いの若い夫婦は、時をおいては、棚から鞄を下ろし、栗や林檎などを取出しては、睦《むつま》じげに食べ合った。

「これ、十八年も使ってるんだよ。」と、男は果物を剥いたナイフを弄びながら、細君に示したりした。

「随分物持ちがいいわねえ。」と、細君は感心したように、また冷かすように言って、自身でもナイフをいじった。使い古したナイフとは思われないほど、それはよく光っていた。

そんなさりげない遣り取りにも、彼等の幸福さが、切なくこちらに映って来た。と言うのは、私自身にも、嘗てはそういう幸福に酔った時代があったからである。しかし、その時の妻は、今は遺骨となって、棚の上に載っかっている。而も彼等が棚の上の鞄に用ある度に、幾度となく、その遺骨箱は、彼等の手によって一旦取下ろされ、用が済むとまた載っけられるのだった。彼等の扱い方が、不敬虔だというのでは決してなかったが、自分の妻の遺骨が、他人の手によって、少くとも無造作に取扱われているように見えると、自分達夫婦のさだめは彼等に負けているとしか思われないのだった。そして私は、自分の現実を、心の中でじっと凝視するのだった。

夫の方は、新婚者にしては額など禿げ上って、分別顔をして取り澄していたが、細君の

方は、円《まる》まっちい顔に浮き浮きした表情を湛え、目を瞑《つむ》って、口をつぐめばつぐむなりに、物を言おうとして口を開けば開くなりに、右口尻にある小さな黒子《ほくろ》が、私の目についた。何かと言えば、夫の方に身を傾《かし》げ、夫の脇や膝を突っついて、話しかけたり可笑しがったりしていた。

横浜の駅から、一人の老婆が乗っていた。座席がないものだから、通路のまん中程に行って、跼《かが》んでいた。頭はもうまっ白で、足腰も危く、満足には歩けない風で、息子らしい年配の男に脇を取られながら乗って来たが、便所へ立つ時も、やはり附添われながら、よろよろと行くのだった。細君はその老婆を気にして言った。

「わたしは、あんなになるまで生きていたいとは思わないわ。」

「……」

夫は何んとも答えなかった。「読物雑誌」というのを読み終えて、新しく車窓で買った「ロマンス」という雑誌に読み耽っていた。私は細君の言葉を聞くと、楽しい旅のさなかにも、老いと死の不吉な翳は射すものかと思った。夫が答えなかったのは、それに取合って、心を乱されたくなかったのであろうか。私はまた、この女も、いつかはあの老婆のようになる日のあることを考えた。すると、人生の総ては、羨むに堪えないような気がして来るのだった。

天竜川に近く、白鷺が五六羽、黄色く熟れた稲田の上に影を落しながら、舞っていた。

この世のものならぬ白さで、ふわふわ舞って、黒い尻《し》っ尾《ぽ》が重そうに垂れて見えた。それを見止めて、細君が言った。

「白鷺よ。」

「白鷺にしては大きいなア。鶴だろ。」と夫も窓の外に目を遣った。

「鶴が、そんなに矢鱈にいるか知ら。」

暫くすると、又七八羽、行く手の田の上に舞っているのが見えて来た。逸早く見附けた私は、無言で、窓際に向い合っていた細君に指差して見せた。東京駅以来、私は口を利くのが億劫で、彼等と一語も交えていなかった。私の横にいる若い男とも話さなかった。今もまだ私は口を利く気になれなかったが、白鷺を見つけると、黙ってでも指差さずにはいられなかった。その果敢《はか》ない美しさは、一人で見送るのが惜しまれたのだ。細君が外を覗き、つづいて夫も見た。

「きれいだわねえ。」細君は夫共々見澄した。

白鷺たちは、私達に見しょうとて舞うかの如く舞いながら、後になって行った。

また暫く行くと、一羽の白鷺が、稲田の上に飛び立っていた。番《つが》いらしい一羽は、畦《あぜ》に立って、首を延べて、伴の舞う姿を見上げていた。今度は、私は黙って、一人で見送った。

白鷺を一緒に見たのがきっかけで、私と向いの男とは、初めて口を利き合うようになった。

「遺骨は、戦死ですか。」と男が尋ねた。

「いいえ、家内です。」

男は再び思い入れの様子をして、「どちらまでお帰りです？」

「四国の高知県です。……どちらまでお出でですか？」

「大阪まで。」

窓の外には、耕地整理を施した稲田が、目も遥にひろがっていた。

「あの黒い稲は何んでしょう。」と細君は夫を顧みた。夫は何んとも返事をしなかった。

「黒いのは糯米《もちごめ》でしょうね。」と私が引取って言った。

「糯米ですねえ。」と男もむっつりした口を開いた。

大阪へ着いたのは、七時過ぎであった。向いの夫婦は、まだ新しくて、実に好い革鞄を三つ提げて、降りて行った。棚が空いたのを見て、私は始終気懸りになっていた遺骨箱を、リュックサックの側へ引き寄せた。

彼等が居なくなると、私は解き放たれたような気持で、ホッとした。彼等が前に居ると、私は人生に負けた男のように思われてならなかったし、また自分が古びた人間のような気もして来て、立ち居もぎこちなく、心が伸びないのだった。例えば、昼の弁当を食べる時も、晩の弁当を食べる時も、彼等は膝の上に包みをひろげて、大っぴらに海苔巻を撮《つま》み合っていたが、私は新聞包みのかげで、屑をボロボロこぼしながらパンをむしったり、赤貝

の佃煮や蓮根の煮〆《にしめ》などを挟んだりして、こそこそ口の中へ入れるあんばいであった。

細目に開けた窓枠に凭れて、雨気を帯びた風に首のあたりをなぶらせながらうとうとしていると、いつか汽車は岡山駅に着いていた。私は慌てて降りると、四国連絡の宇野線のホームを見極めてから、洗面所へ引っ返した。傍に荷物運搬車が空いていたのを幸い、それの上に荷物を置いて、歯を磨き、顔を洗った。これから度々の乗り換えの間に、若しかして遺骨を盗まれたり置き忘れたりしては事だから、私は遺骨箱をリュックサックに入れ、その代りに弁当包みを提げることにした。遺骨箱を入れると、リュックサックは急に嵩《かさ》を増して、肩に食い入るように重くなった。私はリュックサックに吊るされるような恰好で、宇野線のホームに帰って行った。

時に二十三時半であった。それから二時五十五分まで、三時間を待たねばならない。私は、ホームの昇降段にめぐらした柵の際にリュックサックを置き、古新聞を敷いて、その上に疲れたからだを下ろした。そして徐《おもむろ》に、ハンカチにくるんだ粕取の水筒を取り出した。私は水筒に口をつけて、一口飲んでは、何を考えるともなく考えに耽り、又一口飲んでは考えに耽ったりして、暫く楽しんだ。しかし、飲み過しては大変だと思ったので、好い加減に切り上げて、水筒をしまい込んだ。そしてやや酔いを発してだるくなったからだを、リュックサックの上に凭せかけていた。

そこへ、向うから警官が歩いて来た。まさか咎められようとは思っていなかったのに、

警官は私の側へ寄って来た。大きなリュックサックに、目を停めていた。

「その荷物の中には何が入っていますか。」警官は穏に訊問した。

「女房の遺骨です。」と私は起き直って答えた。

「遺骨？」警官は思わず気を呑まれた様子であった。

「そうです。」

「どこへ帰るのですか。」

「東京から高知県へ帰るのです。」

「本籍は？」

「高知県です。」

「東京へはいつから行っていますか。」

「大正十三年からです。」

「大正十三年から……」

　警官は立ち去った。

　東京では、米などを遺骨箱に仕立てて持ち込む人があると聞いていたが、岡山の警官はそこまでは疑ぐらないんだな、純朴なんだなと考えて、私は一寸可笑しかった。遺骨だと言えば、荷物を検《あらた》めようともしないのだった。私はふと、リュックサックの背に当るところに、妻の引伸写真の額縁が輪廓を描いているのに気附き、「これが女房の写真です。」と

示せば、もっとよく警官を納得させることが出来たんではないかと思いながら、その輪廓を、リュックサックの外から暫く形取っていた。

　そのうちに私は便を催して来たので、洗面所に隣《とな》った便所へ引っ返して行った。危くて、荷物を外に置くことが出来ないので、そのままリュックサックを背負い込んで行った。用を足す間、リュックサックの紐は肩にめり込むようであった。それに懲りて、私はホームに帰って来ると、遺骨箱を取出し、弁当包みと一緒に手に持つことにした。

　間もなく私は、快速列車とアナウンスされた列車に乗って、宇野に向った。快速列車とは言うものの、ひどく込んでいて、便所の前に立ち往生だった。

　宇野の桟橋には、紫雲丸という大きな連絡船が、甲板高く待っていた。高松に渡れば、讃岐へ、伊予へ、阿波へ、土佐へと散り散りになる旅客が詰め寄せて、桟橋から陸橋伝いに甲板まで、殺気立った人波がつづいていた。船室のベンチは既に塞がっていた。私はそこを通り抜けて、海に面した甲板に出た。

　海は暗かった。標識燈が一つ、暗い海面にチラチラと影を落しているだけだった。しかし、甲板に出た途端、潮騒の音が、まるで思い設けぬもののように、脚下《あしもと》遥に起って来た時には、私はその音が変に懐しかった。久しく忘れていたものから呼びかけられるような気持だった。

　私は、リュックサック共に三個の荷物を甲板に下ろし、また古新聞を敷いて、そこに腰

を据えた。甲板の湿りは尻に冷たかった。潮風が強く吹きつけていたが、折好く、角帽をかぶった女子医専の生徒が、まん前で欄干に凭れてくれ、また誰かの荷物も囲いのようになって、風に弱い私の呼吸を助けてくれた。私はその風囲いの中で、また粕取焼酎の栓を抜いた。心して三口四口飲むと、身も心も弛んで来て、私は荷物に凭れて眠り込んでしまった。

時ならぬ声に目を覚ますと、船は既に高松に近づいていた。声の主は、白い服を着た船員の一人だった。掏摸《すり》を警戒するよう、船客に注意を与えるところだった。

「彼等は、押すな押すなと騒ぎ立てながら、その実自分達で押していて、その隙に掏摸を働くのです。ですから、梯子段の廻り角などで、決して混雑を起してはなりません。混雑を起せば、彼等の思う壺に嵌るだけであります。急がなくても、汽車には十分乗れるのでありますから、決して急がないように。」

聞き手の中には、必ず掏摸がいたにちがいない。その見えない敵に向って、船員の語調は挑戦するようだった。私は頼もしいような気持で、その船員の立ち去るのを見送った。

桟橋に降りると、暗く垂れた朝明けの空に、港の建物の間から、高松玉藻《たまも》城の黒い影が見えた。停車場へ急ぐと、松山行徳島行と連絡した列車の最後尾が、土佐久礼《とさくれ》行だった。金毘羅様の大祭日だとかで、車内は満員だった。

汽車が動き出すと間もなく、雨がポツリポツリと降って来た。リュックサックを足許に、

目を窓の外に放っていると、田圃の上を、白い鳥が三四羽飛び立っていた。これも白鷺らしかった。鳥の群は、あとから一羽二羽ずつ飛び立って来たのが、前に待ち後に追い縋って、一塊りになって飛び去って行った。

荷物棚は壊れて傾いて、遺骨箱を載っけたものの、落っこちそうなのが心配で、目が放せなかった。時々手をやっては、安定を計らねばならなかった。するうち、ガクリと強い動揺が来たと思ったら、風呂敷に包んだ誰かの大きな荷物が、棚から転げ落ちた。荷物は、腰掛にいた老人と、床に踞んでいた老人に小突き当って、落ちた。それは大きな釜だった。荷物の主は、私の前に腰かけていた若い娘だった。娘は慌てて包みを抱き取った。老人たちは頭を撫でたり腕をさすったりして痛がった。事実痛かったにちがいないが、多少当てつけがましくもあった。

「さきから、危いと思うとったが。」と、腰かけた老人は口を尖《と》んがらかして、娘に目を剝いた。

娘は腕を目に当てた。久しいこと、そうしていた。娘心の切なさで、泣いていたのかも知れなかったが、声は立てなかった。顔が合せられなかったのでもあろう。老人は、それでもまだ余憤が収まらないらしく、目を覆うた娘の方へ、唾を飛ばしながら、ブツブツと悪態を吐いていた。すると、娘の腕はいよいよきつく目を覆うようであった。

私はそれを見ると、遺骨箱を落して、箱の角ででも人を打っては大変だと、ひと事なら

ぬ思いで、いよいよ警戒が怠れなくなるのだった。

やがて、目から腕を放した娘は、もうカラリとした顔をしていた。娘は、善通寺の一つ手前の金蔵寺という駅で降りて行った。

私は箸蔵《はしくら》の駅で漸く腰を掛けることが出来た。雨にレエルが辷《すべ》るかして、汽車は何度もスリップして、のろのろ進んだ。時には、追突のような激しい音を立てて、停車することもあった。雨はだんだん強くなって行った。汽車は吉野川の峡谷に沿うて、幾つものトンネルを出入りした。煙を出そうとして窓を開ける度に、青い淵川やそそり立つ山峰が、不連続な連続をしながら、雨にしっとり濡れた趣で、眼に映って行った。山膚には、櫨《はぜ》が早や紅《あか》ばんでいた。しかし、雨がしぶき込むので長くは開けていられなかった。

雨は激しく降りそそいで、いつ止むとも思われなかったが、高知に着く頃には、昼も闌《た》け、雨勢も衰えて、仄明るい空合を見せて来た。私は高知の市外の田圃で、また白鷺を見た。私はあまり度々白鷺を目にするので、自分の眼を疑ったが、やはり白鷺であった。水田の中に、雨に濡れながら立っていた。遺骨を持ってかえる旅に、こう度々白鷺を見るのは、どうしたことであろう、何か因縁があるのではないか知らというような気がした。そう思うと、あの果敢ない姿態と死との間に、何か係わりがありそうに思われた。死の弔い、そういう風に私は白鷺を見立てようとするのだった。

終点久礼駅で省営バスに乗換え、一時間もかかる焼坂を登る頃は、快い秋陽が照って、

雨上りの赤土路は鮮《あざやか》に冴え、山の木々は眩しく輝いていた。私は遺骨箱を荷物棚に横たえ、自分は金棒に掴まっていた。遺骨箱のそばには、誰かの菊の花束が揺れていた。

窪川で私設バスに乗り換えたのは四時だった。これからはもう一路である。私の心は逸った。なんとはなしに逸った。バスは空いていた。私は遺骨箱を膝に置いて腰かけていたが、バスの動揺で揺り上げられる度に、自分の心まで揺り上げられるようであった。

バスはまたつづら折りの山坂を降って行った。佐賀の港に出るまでが、待ち遠しかった。漸く佐賀の港に浮んだ鹿島を望んだ時、私は自分の郷里に第一歩を入れた感じだった。

海は荒れていた。波は断崖に打ち寄せているかと思うと、乱礁《らんしょう》の間で砕け、或は真砂を嚙んでいた。そういう海沿いの道を、バスは三里余りも走るのである。私は絶えず海の方を眺めた。西陽を遮った山蔭の海は、渺々《びょうびょう》としながらも、陰気な暗碧色の翳を湛えていた。街道に散らばった白浜の在所が、何か荒涼たる風色であった。

伊田の鼻を望むようになると、岬を掠めて走る西陽が、沖で折れる波頭を、薔薇色に染めているのが見えて来た。バスは日表に出て行くのである。海の面も春霞が立ち罩めたように陽に煙っていた。岬をかわすと、途端に、目を開けていられないような眩しい光が、真正面からきらめいて来た。バスのガラス窓は、ギラギラと赤く輝いた。夕陽は間もなく沈もうとしていた。遠く足摺岬のなだらかな稜線が、光りさざめく静な内湾を抱くように、霞みながら突き出ていた。

私の村に入ると、もう黄昏《たそが》れていた。砂糖黍《さとうきび》畠が方々に黒い影をつくっていた。灯は一つも見えなかった。家々は、松原のかげに、低くうずくまっているように見えた。

本村の停留場を過ぎると直ぐ、「次ぎで降ります。」と女車掌に声をかけて、私は出口の方へ立って行った。じっと坐っていることが出来なかったのだ。私は立ったまま、首を屈めて、薄暗くなって来た前方を、きっと見透した。東京を立つ前の晩、父宛て電報を打ってあったから、誰かそれらしい人が出迎えに来てくれているのではないかと思って、それを見極めようとするのだった。そんな遠方から見たって、見えるはずはないと思いながらも、見詰めるのだった。そうしている間に距離は短縮されて行った。すると、何か人影のようなものが、行く手にちらついたようだった。

バスは停った。降りたところに、停留場の方から、道路を横切って、父が走って来た。父はまだ仕事構えで、古びた経木帽を冠り、膝の露わな短いパンツをはき、素足に摺り切れた藁草履を引っかけていた。陽に焼けて萎びた両脚が、ひょろひょろと痛々しかった。

「戻《も》んたか。」と父は言った。

「うん、今戻んた。」

リュックサックを降ろしてくれて、バスは行った。バスが居なくなると、停留場を兼ねた茶店の軒下に、短いスカートをはいて、長い脛を出した女の子が佇んでいるのが見えた。

「おい、三津子。」

父はその子を呼んだ。「おや、あれが三津子か。」と思っていると、三津子は羞《はにか》みながら近寄って来た。四年前に預けてあった下の女の子である。

「三津子も太っつろ。」と父は三津子を顧みた。すっと伸びた脚に草履をはいていたが、その脚は埃でまっ白になっていた。

「さア、お母さんの遺骨。三津子持ってかえるか。」

旅の間、片時も心の放せなかった遺骨箱を渡して、私は初めて安堵した。三津子は遺骨箱を胸に抱いて、先に立って歩き出した。私は道路に置いたリュックサックを背負おうとした。

「おらが担おう。」

父はそれを横合いから取って、自分で背負った。私は父の言うなりにした。父は屈み加減に歩き出した。私は煙草に火をつけて、父と並んで歩いた。

「三津子、そんなに急がんでもいい。」

そう言って私は制したが、三津子は急ぎ足に歩いて、廃村のように暗い在所の中へ入って行った。

暗がりの中を家の門口まで帰って、そこに出て来ていた母や妹たちと話をしていると、後から「お父さん、お帰りなさい。」と明るい声がする。上の娘の多根子だった。町の女学校まで二里の道を通っているのが、帰って来たのだった。

私が井戸端へ行って、パンツ一つの裸になって、妹の取ってくれた湯で顔を洗っていると、私のうしろを、物も言わずに摺り抜けて行くものがあった。振り向くと、これも町の中学校から帰った私の長男の幸夫が、茶の間へ上ろうとするところだった。帽子に巻いた白線が、チラリと私の眼を掠めた。彼は、父親である私に顔を合せるのが恥かしかったのであろう。

かくて、私は妻の遺骨を持ちかえったが、東京を立つ前、郷里に帰ることを思うと、気になることが一つあった。私は妻の遺骨を持ってバスから降り立つと、迎えに来ている子供達は、どんな顔をするだろうか、わっと泣き崩れるのではあるまいかと思うと、私は辛くなって、涙ぐまれたものであった。しかし帰ってみると、そんな風にケロリとしていて、案ずることは少しもなかった。私の妻は、八年の間脳病院に行っていて、そこで死んだので、子供等は幼くして、母親というものを身辺に知らずに育った。私の母も、「あの子等は、お母さんを知らんけん、死んだ言うても、あんまり情がないわよ。」と言っていた。それも、死んだ当座なら兎も角、遺骨になってからでも既に一年半になるのだから、生ま生ましい悲しみが湧いて来ないのも当然だった。私は救われたが、物足りなくもあった。

告別式の時も、そうだった。告別式の時に一番泣いたのは、妻の母親だった。式の間中、啜り上げていた。殊に、私の二人の娘が、二人寄り添って、霊前に焼香した時には、その後姿を見て、一段と啜り泣きの声を高めた。しかし、焼香が済んで、座を下ろうとする時、

三津子は晴がましさのせいか、思わず笑いそうになって、白い歯の出た口を掌で抑えていた。見ている私には、悲しむすべを知らぬそれが、却《かえっ》ていじらしかった。と同時に妻が哀れでもあった。

告別式は、十一月三日の午後行われた。三の日は、妻の命日に当るのである。

焼香が終ると、坊さんが先に立って、位牌を持った私が、それにつづいた。位牌には、「圓山浄繁大姉」と書かれてあった。私の後に、幸夫が骨壺を抱いて、つづいた。前日、箱から壺へ、遺骨を移し替えたのである。私が東京から持ちかえったその箱は、私の弟が持って、幸夫の後につづいた。その箱の中には、近親者の髪や爪が入れてあった。坊さんは、途々《みちみち》、チン、チンと鉦を叩いた。

墓地は、二三日前、父と弟が、裏山のおどろを焼き払って、新しく拓いてあった。骨壺と箱とは、墓掘りの男の手によって、地下三尺ばかりの墓穴に入れられた。墓掘りの男たちは、シャベルで赤土を好い加減落すと、「踏み固めろうか。」と言って、墓穴へ降りて行って、壺の上から、赤土を踏み固めた。それから、土を盛り上げて、塚が出来た。

その母親が、私の村の生れであり、而も縁つづきであるところから、二十年昔、遠い高知市から私に嫁入って来た妻は、二十年の後遺骨となって東京から帰って、母親の故郷で、こうして眠ったのである。

私達が結婚したのは、婚約してから二年目であった。私が捗々《はかばか》しく式をしないものだか

ら、妻はその間気を揉んでいたらしかった。
「待ち遠しかったわ。」と、結婚してから妻は言った。

雑誌社に勤めていた私は、夏の休暇に帰って式を挙げた。妻は両親に伴われて、高知市から自動車でやって来て、母親の実家から嫁入りして来た。式が済んでから、「仲好うせんといかんぞ。」と、仲人の小父さんが、皆の前で、二人に言った。その時私は、何を言うかと思って聞き流したものであったが、それが歳月を閲《けみ》するにつれ、幾度もその言葉に思い当ることがあるようになろうとは夢にも思わなかった。結婚式の翌る日になると、妻は奥の間にいて、頻りに島田を窮屈がって、早く解いてしまいたいと言った。その同じ奥の間で、遺骨になった妻は、箱から壺に移されたのであった。

式が終ってから二三日後、私達はみんなで、浜へ遊びに行った。妻は、只一人、皆から離れて、波打際を向うへ向うへと歩いて行った。やがて帰って来た妻は、手拭に海月《くらげ》を包んでいた。帰る途すがら、妻はその海月に、手拭の中から刺されて手を赤く腫らした。

妻は後年、その時のことを私に語って言った。
「わたし、あの時、波打際を歩きながら泣いていたんだわ。結婚て、なんて悲しいものだろうと思って。」

結婚後数日ならずして、「結婚て、なんて悲しいものだろう。」と泣きながら、波打際を

遠くへ遠くへと歩いて行った姿、それが、妻の一生の姿であり、私達の結婚生活のありようであったと言えないだろうか。

しかし、総ては終った。総ては夢となった。今はもう、三人の子供達を見て、徳子という女が、嘗て自分の妻であったことを信ずるよりほかに、手立てはない。

墓は背戸から見えている。私は時折墓参りをする。三津子を連れて行った時は、二人で路ばたに咲いていた野菊の花を折り集めて行って、墓に供えて来た。

(昭和二十二年十一月十九日郷里にて、昭和二十三年一月十三日東京にて)

聖ヨハネ病院再訪

某新聞社の発行にかかるグラフ雑誌に、「文学を漫歩する」という面が、毎号編集されている。現代作家の主なる作品を選んで、そのモデルとなった人物やシインなどを、カメラを持って探訪する狙いである。すでに、きだ・みのる「気違い部落周游紀行」、井伏鱒二「本日休診」、内田百閒「贋作吾輩は猫である」、壺井栄「右文覚え書」、伊藤整「伊藤整氏の生活と意見」などが取扱われた。

私の「聖ヨハネ病院にて」という作品が扱われることになったのは、五月中旬のことだった。

「聖ヨハネ病院にて」という私の作品は、俗に「病妻物」と言われている連作の中の一篇で、まア私の代表作として許されているものである。作品で聖ヨハネ病院となっている病院は、正確には、聖ヨハネ会桜町病院と言って、都下小金井町の桜堤の近くにある、カソリックの病院である。長年精神分裂症で病院生活を送っていた私の妻は、昭和二十年、つまり終戦の年の秋、この病院に移されて来て、一ヶ月半ばかり、そこの精神科に入院して

いた。作品「聖ヨハネ病院にて」は、私がこの病院に十日余り寝泊りして、瀕死に近い妻を看取った間の記録である。今から八年前の話である。

「文学を漫歩する」という企劃《きかく》によって与えられた思いがけない機会で、私は八年ぶりに、再び聖ヨハネ病院を訪ねることになったのである。当日は五月十五日であった。私は新聞社の自動車で連れて行かれることになった。

その朝、私は用心のために、先ず近所の医者へ行って来た。というのは、この二年間、私は軽い脳溢血の養生中で、全然遠出をしたことがなかった。で、医者の健康診断を受けるためだった。医者は診察に先立って、最近発明されて、新聞にも大きく報道されたという高血圧の新薬を、五人の患者に投薬してみた話をした。その結果は、二〇パーセントの治癒率であったが、応急薬を持たぬわれわれ患者に、明るい希望をもたらすに十分な話だった。血圧の工合を計ってみると、この正月よりもまた下っていて、ほとんど正常に近く、もう全快と思ってもよさそうだった。私は気を好くした。

「今日は、これから小金井まで出かけようと思うんですが、大丈夫でしょうねえ。」と私は医師にたずねた。

「大丈夫ですとも。」

「新宿へも銀座へも、まだ出かけられないんですが。」

「新宿でも銀座でも、大丈夫ですよ。」医師は太鼓判を捺してくれた。

新聞社から来た田中君も、私の容態を聞くと、安心してくれた。田中君はもと或る雑誌社に勤めていたが、その雑誌社というのが、私も昔勤めていた社だったので、その意味では後輩社員に当り、気安い間柄だった。雑誌社にいた時分には、私の家へも原稿を取りに来たし、原稿料のことで心配かけたこともあった。彼の妹が嫁入りする時には、贈物にするのだと言って、私の著書を持参して、署名を求めて行ったりした。

私達は、ひる過ぎに小金井へ向った。一行は、田中君とカメラマン、それに私の妹を附添いとして連れて行った。私は妹に水筒を持たせた。疲れて、咽喉が渇いた時の用意だった。私は病後初めて映画館へ入った時も、肩に水筒を掛けていた。

五月の、まっ只中の日だった。しかも、天気は爽かだった。自動車は快適に辷《すべ》って行った。久しぶりに見る沿道の田園風景は、私の目を楽しませて、私を生気づけた。青麦の畠がつづいたり、ゆさゆさと緑を盛り上げた並木を、送り迎えたりした。時折車窓から射す陽で、肩や膝は熱いほどだった。私は健康を感じた。

「ああ、いい気晴らしだ！」と、私は何度も声に出した。

私の妻は、聖ヨハネ病院に移るまでに、聖ヨハネ病院に隣接した、精神病専門の小金井養生院で、七年間厄介になっていた。そして、その間、入院したり退院したり、退院したり入院したりを、三度くりかえしていた。だから私は、今行く道を、三度にわたって、妻を小金井に送ったものだった。

一番最初は、昭和十四年の真夏だった。妻は睡眠薬を注射されて、寝台車の中に、仰向けに寝かされていた。車内には、私と妻の叔母が附添っていた。妻は咽喉がひからびらしく、ペッペッと唾を吐き散らし、あらぬことを口走っていた。初めて行く精神病院という所は、私には地獄のように思えた。私は額から、大きな汗をポタポタとこぼしていた。

二度目は、その翌《あく》る年の三月だった。やはり私と叔母が附添って、寝台車で送って行った。

三度目は、昭和十九年の、これも真夏だった。戦争闌《たけな》わの頃だったから、寝台車がなくて、リヤカアで運んで行った。附添いは私一人で、リヤカアに同車して行った。妻は病院に還るのを嫌やがって、虚空に向って腕を振っていた。もう視力も薄れていて、通り過ぎる畠から匂って来る肥《こ》やしの匂いによって、小金井に還っているのを知覚しているに過ぎない様子だった。

いずれも、辛く悲しい思い出のみと言えよう。今行く道の上には、私の落した大きな汗の跡が、点々として残っているのではないかと思われる感じだった。しかし思い出に蘇って来るのは、悲しみや辛さではなくて、悲しみや辛さも含めた切ないなつかしさのみだった。つまり私は、今行く道が、なつかしくてたまらなかったのである。

以前来た時とは少し違った道を通って、車は西武線の田無《たなし》の駅の方まで行っていたが、気がついてみると、いつかゆかりの深い往還になって、上水に沿って進んでいた。上水を

挟んだ堤には、葉も乏しい、古びた桜樹が間をおいて並び、岸の青草は埃をかぶって萎れ、真夏の草いきれを思わせる風情であった。長い一本道で、上水に架った小さな橋を、幾つも見過して行った。目指す小金井に近づいたなと思うと、私は妙に落着かなかった。聖ヨハネ病院の方へ曲る橋は幅が広く、その袂には、小金井桜の由緒を記した碑が立っているので、それが目じるしのはずであったが、その碑の立っている所が来るのがもどかしく、じっと待てなくなっていたらしい。小橋が見える度に、案内役の私は身を乗り出して、
「ここから曲るんじゃないか、ここから曲るんじゃないか。」と慌てた。しかし、どれも見覚えのある橋ではなく、自動車なんか通れそうもない狭い橋だった。すると、知らぬ間に行き過ぎてしまったのではないかという不安が湧いた。

とある橋から、自転車に乗った少年がやって来るのを見ると、田中君は自動車を停めて、降りて行った。

「桜町病院は、まだですかねえ。」と尋ねている。

「知りません。」

「桜町病院を知らないの。」

「ええ。」少年は困ったような顔で答えている。小金井にいて、桜町病院を知らないのが不審であったが、後から考えると、よそから来た子供かも知れなかった。

田中君はまめまめしく、右手の農家の庭へ駈けて行った。

「これから四つ目の橋を渡るんだって。」と言いながら、田中君は車内に戻って来た。皆がホッとした顔だった。

「繁治さんも、上林さんと同じでしたよ。あッ、ここだ、あッ、あすこだと言って、とても慌てたんです。」と、田中君は笑った。

繁治さんというのは、「右文覚え書」の作者壺井栄さんの夫君で、詩人の壺井繁治氏のことであった。「右文覚え書」という作品は、壺井氏夫妻が育てた孤児右文の生い立ちを書いたものであるが、その右文の生れた家が横浜にあって、そこを訪ねて行った時の壺井氏のそわそわした様子を、田中君は話したのだった。

「どうも、こういう時は、誰でも興奮するものらしいなア。」と言って、私は苦笑した。私同様、頭の薄くなった壺井氏の興奮した顔も思い浮んで、可笑しかった。

やがて、花の名所小金井の中心である場所が来て、袂に碑の立っている橋を渡って行った。直ぐまた桜町病院の方へ折れ込みながら、私は「聖ヨハネ会桜町病院入口」と書かれた白い標柱に目を停めた。

「田中君、あれも写真に撮るといいよ。」

「帰りに、撮りましょう。」

自動車は、低い人造の門柱の間を抜けて、玄関の前に停った。その門柱は、前にはなかったもので、前の道路に押し出すように立っていた。

前以て電話で打合せをしてあった田中君が、院長の三浦博士に刺を通ずると、私達は廊下はずれの応接間に通された。応接室は新しく、鍵の手に折れて、ゆっくりと広かった。応接室に入った途端、私はすがすがしくて、目がさめるような気持だった。黒いかずき物を冠った修道尼が、廊下や窓の外をあちこちする姿も、カソリックの病院に来た感じだった。

「あの尼さん、可愛らしいわねえ。」

と妹が言うのを見ると、前面の木造二階建の家屋の前を往き来する若い修道尼だった。ふっくらした頬は桜色をして、にこやかな笑みをたたえて、清らかな姿だった。

「その建物が、修道院かも知れないなア。」と、私は前面の建物を指して言った。私がこの病院にいた頃、修道院が建つかも知れないと聞いていたのが、それらしく思われるのだった。仕舞家《しもたや》風の入口には格子戸がはまり、台所の外を被うて、竹藪が高く繁っていた。小さな煙突からは、薄い煙が噴き出ていた。

私達は、思い思いの席についた。妹は奥の室の長椅子にもたれかかった。私はそこの大きな卓を前にして、水筒の水を飲んだ。田中君は窓に近い小卓に向って、私の「聖ヨハネ病院にて」という文庫本をめくりながら、撮影すべき雰囲気を吟味していた。カメラマンの内田君は、ガラス戸越しに、しきりにカメラを覗いていた。

二方の窓から、明るい光の溢れた外景が見渡され、木々の若い緑は艶々と輝いて、目に

まぶしいほどだった。そこへ突然、二人の尼さんが姿を現した。広い芝生に沿った道を曲って、修道院の角から現れたのだった。

「いいわねえ。」と妹がささやいた。私もふと、夢幻的な気持に酔った。

一人は日本人で、一人は西洋人だった。二人とも相当年配で、日本人の尼さんは眼鏡をかけていた。二人の胸には、花の多くない草花の鉢が、両手で抱えられていた。石竹かカーネーションではなかったかと思われた。二人は睦じそうに語り合いながら、静かに歩を運んで来た。二人は家の蔭や木のかげを選んで、陽の光を避けながら、立ち停って語りつづけた。妹の背後の、窓のすぐ外の楓の木の下にも来た。内田君は二人を追ってはカメラを向けた。

二人の若い尼さんが、私達にコーヒとケーキを運んで来てくれた。ミルクも添えてあった。私達は、田中君のいる小卓に集まった。二人は黙って支度を終えると、また黙って出て行った。

「修道院では、沈黙するということが、大きな戒律なんだろうねえ。」と私はあとで妹に言った。

私達がコーヒを馳走になっているところへ、「どうも、お待たせいたしました。」と言って、若い男の事務員が顔を出した。私は直ぐ自分を名乗って、挨拶をした。事務員は以前から居るので、私を見覚えていると言った。私の妻は変ちょこりんな入院患者だったから、

その附添いである私も、目立たないはずはなかったのである。私の方では、事務員を知らなかった。

「おかげさまで、病院もすっかり名高くなりましてねえ。」と、事務員は私の小説のことを言った。

「いやア。」と私は照れた。

だが、そう言われて、私は内心ホッとした。私は自分の作品の中で、別に病院の悪口を書いた覚えはないが、何か迷惑をかけることがありはしないかと恐れ、病院に対して自作を憚っていたのだった。だから、自作に言及する機会があっても、その病院がどこにあるかなど、いつもぼかしていたのだった。

しかし、私の作品が次第に知られるにつれ、世間でも、また病院でも、聖ヨハネ会桜町病院が、私の作品の舞台であることを知るようになったらしいことは、私も聞き及んでいた。

去年の暮に、私の或る知人が、この病院で結核の成形手術を受けた。同室に入院していた患者が、やはり私の作品を読んでいて、その話をしたということだった。また今年の春、私のこの作品が、ラジオで朗読放送されたことがあった。その朝、外来で通っていたその知人が廊下をかえりかけると、看護婦たちが、「きょうは『聖ヨハネ病院にて』の放送があるわ。」と話し合っているのを耳にしたそうであった。それにしても、事務員の言葉を

聞くと、私はすっかり安心してしまった。

「院長さんは、お会いしたくないと言ってるんですけど。」と、事務員は気の毒そうに言った。

「それなら、僕が直接面会を頼んでみようか。」私は怪訝に思いながら、田中君の顔を顧みた。

「昨日慶應へ電話をかけて、打合せをしたら、午前中はこちらにいるからというお話でしたが。」と田中君が言った。三浦博士は慶大医学部の助教授であった。

「ああ、三浦先生のことですか。医長さんにお会いなさりたいんですか。」と事務員は頷いて、

「こちらでは、院長さんと申しますと、修道院の院長さんのことなものですから。今そこに、眼鏡をかけた方が立っていられたでしょう。あの方が院長さんですよ。」

「ああ、あの尼さんが修道院の院長ですか。一緒にいた外国人の尼さんは、あれはどこの人ですか。」と私は尋ねた。

「あの方はドイツ人です。ここは日本人だけの修道院ですから、あの方は、病院を出たところの、バスの停留場のそばの修道院にいられるんです。」

「ドイツ人の神父さんが、ここにいましたねえ。」と、私は思い出しながら言った。

「あの方は、まだいらっしゃいますよ。一年の予定でお国の方へお帰りになって、途中修

道院の用事で、オーストラリヤに寄ってられるんです。」

外国人の旅行のスケールは、やはり大きいなアと、私は心の中で感心した。

「あの神父さん、毎朝病室から病室を廻って、祝福を垂れていましたねえ。」

「私も、あの神父さんのあとについて、鉦を叩いて歩きますよ。私も、お燈明——聖体拝受のお燈明と言うんですが、あれを壊したことがありますよ。」と言って、事務員は笑った。

私の小説の中に、目の見えなくなった私の妻が過って、廊下においてあったお燈明を蹴壊すことが書かれているのであった。神父さんが病室を廻るとき、誰かが鉦を叩いて後に従うことも、私の小説に書かれていた。私と事務員との間には、一しきり当時の思い出話が交わされた。

「三浦先生は、この春医長を代られましてねえ、現在は顧問でいられるんです。今朝は会議で来ていられましたが、午後は日仏学院の方へいらっしゃったかも知れませんよ。」

と事務員は言い残して、構内にあるという三浦博士の自宅へ出て行った。間もなく、事務員は引っ返して来た。

「奥さんにお会いしましたが、先生はやっぱり日仏学院の方へお出かけでした。」三浦博士は日仏学院で毎週講義しているのだった。

「残念だなア。尤も、午前中という約束が遅れたんだから、仕方がないけど。三浦先生と

上林さんが対談してるところを撮りたかったんだがなア。」と田中君はしょげた。

「僕も久しぶりに、三浦先生にお会いしたかったんだが。」私もがっかりした。

「それは、残念でしたねえ。明日は日曜で弥撒《ミサ》がありますから、先生もいらっしゃるんですけれど。」

「弥撒は何時からですか。」田中君は頭を上げた。

「七時からなんです。」

「今夜のうちに編集を終って、明日は大阪の本社へ送らなくてはならないんでねえ。」と田中君は考え込んだ。

三浦博士の写真は諦めることにして、私達は立ち上った。

「病院の中はどこでも、御随意に撮影なさって構いませんから。」と、事務員は便宜を計ってくれた。

私達はぞろぞろと、私の妻が入院していた精神科の病棟の方へ、廊下を歩いて行った。

「ここでしたねえ。」と事務員は、私の妻のいた病室のドアを指して言った。

配膳室も、洗面所も、便所も、もとのままだった。

「ああ、ここでした。」

私はドアを見詰めた。そこは、階下の病室では、一番端れであったことに、私は気づいた。このドアの中で、妻と二人で、人生の悲しみの極を味ったのかと思うと、私は病院に

来て初めて、胸が塞がるのを覚えた。私は黙って、唾を呑んだ。名札には、載某という、朝鮮人か支那人らしい患者の名が書かれていた。ドアの中はシンとして、コソとも気配がしなかった。私はドアを開けて、中の様子が覗きたくてならなかった。しかし開けてみなくても、中の様子はありありと私の目に浮んだ。

私は事務員と一緒に、新しく設備された調理場を覗いたり、もとと変らない看護婦室の前まで行ったりした。病室のそばへ還って来ると、カメラマンの内田君は、廊下に跼《かが》んだり、二階に通ずる階段の上に踏ん張ったりして、病室のドアを撮影しようと苦心をしていた。そこには、名札と、室の番号札が懸っているきりだったが、その単純さが却って、その思いつきに趣を持たせた。

「それは一寸《ちょっと》面白いねえ。」

と言いながら、私は側へ寄って行った。ふと番号札を見上げると、「五号室」だった。それは私の記憶の中で、忽ち蘇った。

「田中君、この室は五号室なんだ。」と私は番号札を指さしながら言った。「もう一つの違いで、『六号室』になるところだ。チェホフの『六号室』にねえ。」

「ああ、そうか。」と田中君は頷いた。

チェホフの『六号室』というのは、周知の通り、気が狂って、精神病院に入れられていた大学教授のことを書いた作品で、彼が監禁されていた室が、六号室だったのだ。私は病

院に来ていた時、一号違いのことで、妻の病室が六号室でないのを残念に思うような浪曼的な気持がしたものだった。だが一方では、不吉な六号室でなくてよかったとも思ったものだった。

「六号室は、二階でしたねえ。」と私は事務員に言った。

「はい、この上です。」

その当時、この病院の「六号室」の患者は、一見病人とは思われない、若い青年だった。いつも寝台を軋ませているのが、階下にも聞えて来た。かと思うと、突然バタバタと階段を駈け降りたり駈け昇ったりして、騒々しい患者だった。この病院の精神科は、軽症の患者ばかりだから、鍵をかけて監禁するということはなかったのである。

「奥さんが、弁当箱に入れて来た芋を、手づかみで食べるところがありますねえ。ああいうところを撮りたいんですがねえ。」と田中君が言った。

「本人が死んで、いないんだから、仕様がないねえ。」と私は笑った。

しかし、過去の幻影を追って、それを再現したいと逸る田中君の気持は、私にも通じた。田中君のその気持は、廊下の隅にある配膳室に着目させたようだ。そこのガラス戸の中の棚には、食器類が並べられてあった。患者の食事は、そこから運ばれるのだった。私の妻もそこから運んでもらったものだった。だが配膳室は写真にならないらしかった。カメラマンの内田君は、片側に病室の並んだ廊下を、端れに二三人の看護婦を配して、撮影した。

看護婦達は恥かしがって、もっと近くには来てくれなかった。その時、手前の病室から、髪を振乱した十五六の少女が、ドアを排してよろけ出た。入院患者なのだ。通りかかった若い医員が、なにか小声で諭して、押込むようにドアの中へ戻した。

内田君は、こちらの廊下から、内庭を隔てて、妻のいた病室の窓も撮した。内庭には、紐が張ってあって、白い洗濯物が掛かっていた。窓の前に立っていた鈴懸の木も、かすかに私の目に入った。妻がいた時は、秋のさなかで、その鈴懸の若木は黄葉をつけていたから、昼過ぎにならなくては、暖い陽を通さなかった。早く葉が落ちてくれればいいと、始終私は思っていたものだった。（鈴懸の木と記憶していたのは、私の間違いで、あとで検《しら》べてみると、梧桐《あおぎり》の木だった。）

私達は外に降りて、教会堂の方へ行った。会堂は、この病院の象徴のように、青い空に向って、白い十字架を聳やかしていた。この会堂で、病院の十周年を記念する弥撒《ミサ》の行われた朝には、私も見物がてら、会衆の中に交っていた。その時のことは、私の作品に詳しく、私は下駄を提げて廊下を伝って来て、紅白のコスモスなどの咲き乱れた庭におりて、ガラス戸に顔を当てて、会堂の中を覗いた。西陽が向う側の窓から射して、ガランとした会堂の中には、黄色味を帯びた、澄んだ空気が籠《こも》っていた。祭壇の両端には、白い聖母像が立っていた。その一基は、幼いキリストを抱いていた。説教壇の前面には、何んという意

味なのかは知らないが、ラテン語が光っていた。「オルガンは？」と思って目で探すと、黒い被いをかけられて、入口の近くに据わっていた。

　事務員に来てもらって、会堂の扉が開けられる間に、私は修道院の前の舗装路を歩いて、芝生の方に出てみた。その路は、先程二人の尼さんの立っていた地点だった。さっき応接室から見渡した時には、夢幻的な気持に誘われたものだったが、今度は反対に、自分がそこに立って歩いてみると、夢幻的な気持は消え失せて、只の雰囲気になり変っている感じだった。

「さっきと、どうも感じがちがうねえ。立ってる位置で、こうも違うものかねえ。」と、私は妹に言った。「尼さんがいなくなってるせいもあるだろうが。」

「もう見慣れちゃったせいじゃないか知ら。」

「うん、フレッシュな感じがなくなったんだねえ。さっきは、応接室に入った途端、パッと目に映ったから、何もかも物珍らしかったということもあるんだねえ。」

　そんなふうに話しながら、私達は芝生のふちに立った。広い芝生は滑かで、熱い陽に照らされていた。サナトリウムと思われる病棟の前に並んだ立木の近くでは、庭作りの女たちが塊って、芝の手入れをしているのが、遠くに眺められた。芝生に椅子を持出している患者の姿も見えた。芝生のずっと先には、新しい病棟が完成しつつあった。小児結核の病舎だということだった。病院は、活気を帯びて、発展しつつあるのだった。

教会堂の内部の撮影が終ると、会堂の前で、私が写ることになった。私は会堂を背にして、立った。灰色の会堂の屋根には、白い十字架が、輝き澄んだ空に冴えていた。会堂の横手には、若葉をそよがした楓の木が傾いていて、屋根の一部にかぶさっていた。これは気持のいい写真が出来るかも知れないと、私は快活な気持になって、カメラの前に立った。

しかし、グラフが出来て来たのを見ると、背景に申分はないが、私の顔は、なんとなく悲しみを帯びている。少しも快活そうには見えないのである。私はハンチングを冠り、羽織を着て、ステッキを突いていた。ハンチングの庇で額が暗く翳って、私は殆ど目を閉じているように見える。その目には涙がにじんでいるのではないかと思われる。頬もこけ、顎を突き出した下に見える咽喉も肉が落ちて、咽喉仏が突き出ている。病いの跡と言えばそれまでだが、それが私の悲しげな表情に与《あずか》っていることも争われない。私はその時快活な気持でいたつもりなのだが、心の底にはやはり悲しみを持っていて、それがおのずから面に現れたのだろうか。グラフの説明には、「写真は八年振りに桜町病院を訪れ、教会堂前にて往時を回想する著者」と書かれている。計らずも、田中君の注文にはまって、その説明に打ってつけの、感慨深げな表情となったのだった。

「三浦博士ははずれるし、景色の写真ばかりで、どうも人物の写真が少いなア。」と田中君は思案顔で、唇に鉛筆を当てながら、首をひねっていた。風邪で扁桃腺を痛めていた田中君は、ひっきりなしに咳をして苦しそうだったが、仕事に対する熱意は旺《さか》んだった。

「じゃア、当時を知っている人として、さっきの事務員に写ってもらおうじゃないか。」と私は言った。

田中君は事務室の外から交渉した。

「わたしはどうも。」と、事務員は極り悪るそうに尻込みをした。「婦長さんにお願いしてみましょう。婦長さんは当時を知っていられますよ。婦長さんがいいでしょう。病気で休んでいられましたから、どうかと思いますが、お願いしてみましょう。」

事務員は引っ込んで、婦長を探しに行った。

「婦長さんが出て来られました。」と言って、事務員は直ぐ引っ返して来た。

婦長は四十がらみの人で、白い帽子を冠って、白い服を着ていた。病後のせいか、弱々しげな微笑を浮べていた。

「その節は、大へんお世話になりました。」と私は挨拶した。

しかし、私は婦長に見覚えがなかった。この場合も、婦長は私達夫妻を知っていると言った。

「変てこりんな病人で、目立ったでしょうからねえ。」と、私はさっきと同じことを言って、笑った。

そして私は、今更のように、あの当時の私達夫妻の風体を思い浮べた。妻は頭も狂っている上に、目も見えなかった。痩せさらばえて、幽霊のような姿だった。おまけに、その

恰好ったら、むさくるしくて、お話にならなかった。着物は垢まみれ、モンペはつぎだらけだった。附添いの私はと言えば、弟のお古の、よれよれの青年服を着て、無精鬚を生やし、ひしゃげた戦闘帽を冠っていた。どう見ても可笑しな、一対の男女だった。婦長が覚えているのは、こういう私達の姿のはずであった。私達は、恐らく鼻つまみにされていたであろう。

それかあらぬか、私達は係りの看護婦からは邪慳にされたものだった。その時も、無理はないと思ったが、今考えても、それに変りはなかった。係りの看護婦は二人で、一人は二十五六かと思われ、顔に色がなくて、息切れのするような病身らしく見えた。一人は十七八の、肥え太った娘で、赤坂で焼出されて病院に来たと言っていたから、臨時の手伝いのようだった。

「あの方たちも、一人は福島県に行かれ、一人はそこの小平町におられます。」と婦長は消息を伝えた。

「そうですか。終戦直後のことで、若い方の看護婦さんが、腕時計を持たないものだから、大きな目醒《めざまし》時計を持って来て、女房の脈を計りましたよ。」

私の笑いに釣られて、

「あの時分は、食べ物も不自由でしてねえ。」と婦長も笑った。食べ物の不自由こそ、私の作品の大きなテーマになっているのだった。婦長もそのことを思い出したにちがいなか

った。

婦長は、玄関のドアにもたれていた。私達は和やかに話した。自然な状態で話していてくれという田中君の注文だったが、話に身が入って、注文なんかなくても、我を忘れた状態になるのだった。それを、内田君はパチパチと写真に撮った。田中君は、婦長の名前や歳を尋ねた。諸岡さんと言って、四十四歳だということだった。田中君は病院の現勢も尋ねた。看護婦が六十五人いることや、ベッドの数などが語られた。

「いつかわたしが田舎へ帰りましたらねえ、『聖ヨハネ病院にて』という小説が出てるんだが、お前のとこじゃないかって聞かれましたの。その時はまだ何も知りませんでしたの。」と婦長は言った。数年前の話だった。

「そうでしたか。」と、私はニヤニヤした。

「栗原さんも亡くなられましてねえ。」

「栗原さんも亡くなられたんですか！」

思いがけぬ名前を聞くものであった。私は忘れていた人を思い出した。栗原さんというのは、私の妻と一緒に、隣の小金井養生院からこの病院へ移って来た患者だった。眼鏡をかけた、奥さん風な感じの人で、見たところ病人とは思えなかった。病院にいても、一人で勝手に外出して、映画館などにも入っていた。私の妻はその人を羨ましがっていた。

「あなた方が宇田病院の方へ行かれましてから、間もなく、亡くなられたんです。」

私の妻は、ここから、多摩川に近い宇田病院というのへ移送されて、そこで死んだのだった。

「あの人は元気で、亡くなりそうには見えませんでしたがねえ。やっぱり栄養失調でしんが弱っていられたんでしょうねえ。」

「ポックリ亡くなられましたよ。」

私は更めて、すべてが終った感じを味った。

「武蔵野の面影を、一枚撮りたいんですがねえ。」と田中君が、文庫本のページを鉛筆で叩きながら言った。

「どっか、病院の前でもいいんじゃないですか。」と私は振返った。

「上林さんが、奥さんに弁当を盗み食いされて、腹を立てて病院を出て行って、川っぷちに立つところがありますねえ。」

「ああ、水の上にペッ、ペッと唾を吐くところか。あれは、病院の裏手だ。あの時は、大雨で水が氾濫して、川のようになってたんだが、実際は小さな溝《どぶ》川に過ぎないんだ。」

「そこへ行ってみたいですねえ。」

私達は、婦長の案内で、裏手へ廻って行った。私が団栗の実を拾った所には、団栗の木がそのまま並んでいたが、あたりに物置が建て込んで、せせこましくなっていた。垣越しに、小金井養生院の陰気な病棟が見えた。

「嫂さんが入院していたのは、あすこかしら。」と妹が言った。

「うん、あの部屋だよ。」と言って、私は養生院の一室をステッキで指した。

あまりに間近かなので、妹は驚いていた。その部屋には、妹も度々見舞に来たことがあるのだった。

印象深く記憶に残っていた消毒室のそばを通って、私達は朽ちた裏門を出た。外は一面の麦の穂波だった。私がここを歩いた時には、芋を掘り終えたばかりの畑つづきだった。小径に沿った茶の木の列は、やはりそこにあった。その小径を下ってゆくと、溝の流れに出るのだった。

私と婦長と妹が、麦畑のへりへ、向う向きに並んだ。麦は肩の高さだった。穂波の果てに、赤松が四五本立っていた。その赤松も、私の作品に捉えられている。あの時は、百舌鳥《もず》が啼いていた。

「あッ。この畑で、芋の掘り残りを拾ったんだ。」と、私は思わず叫んだ。

皆が笑った。

飢えて、団栗の実さえ拾って食べようとした私は、水際からのかえりに、芋の掘り残りを物色して、今目の前にある畑をほっついたのだった。雨上りで、黒い土はしっとりと湿っていた。掘り残りなんてものは、全然なかった。僅に鬚根ともいうべき、紡錘のような細い芋を四五本拾って、私は病室に帰って来た。それを知った妻は、それさえ私から奪っ

て、自分でガツガツ食ってしまった。――私は皆にそれは言わないで、黙っていた。

田中君の指示によって、婦長が手を挙げて、麦畑の彼方を指差しているところで、カメラのシャッタアが切られた。

全部が終ったので、私達は病院の門を辞すべく、私と妹が先に自動車に乗っていた。運転手は、玄関の真向いに建った病院のガレージへ行って、同業同士で仲好しになっていた。私はその時、ふっと頭に閃いたことがあったので、慌しく田中君を呼んだ。

「田中君、田中君。あの婦長さんを思い出したよ。僕の本に、弥撒《ミサ》が済んで、ドイツ人の神父さんが会堂を出て行くあとから、頭《かしら》立った看護婦が鉦を叩きながら扈従《こしょう》して行くところがあるだろう。その頭立った看護婦というのが、あの婦長さんなんだ。」

口早やにそう説明する私の頭の中では、いま会った婦長と、弥撒の朝鉦を叩いて行った看護婦の面影とが、完全に合致していた。あの時、その看護婦は少し反り身になっていた。一番合致したのは、長めなその頬が、少し窪んでいることだった。あの時頭立ったと感じた自分の眼に狂いはなく、婦長であったのだからそのはずだと思うと、私はほほえましい満足をおぼえた。

私の説明を聞いて、文庫本のページをめくっていた田中君は、私の言った文句に出会わすと、

「ああ、そうですか。」と大きく頷きながら、そこのところを、鉛筆の頭で叩いた。

車が動き出すと、婦長は名残りを惜んで、何度も頭を下げた。

さっきの、バス停留場の標識のそばまで来ると、車を停めて、田中君とカメラマンが降りて行った。二人は、標識を中心に吟味してるようだったが、暫くすると、カメラマンを残して、田中君だけが還って来た。

「どうしたの。」

「いや、誰かあそこに立たせなくちゃ、写真にならないんです。それで、尼さんに来てもらおうかと思うんです。」と言いながら、田中君は車を還さした。

「それは、いい思いつきだが、修道院から出て来られるかな。」と私は危ぶんだ。

田中君が事務室に話すと、心配するほどのことはなく、快く尼さんを来させてくれることになった。車で待っていると、尼さんが植込の蔭から現れた。

「さっき、可愛いと言ってた尼さんだわ。」と妹が息を弾ませるように言った。その清浄な姿は妹を魅惑してるのだった。

その尼さんは、素足に下駄をひっかけて出て来ていたが、直ぐ思い返したように、修道院の方へかえって行った。今度出て来たのを見ると、靴にはき替えていた。下駄の時には、さりげない日常生活のままに見えたが、靴をはくと、よそゆきになった。尼さんは妹と並んで、腰をかけた。黒い尼服の下に、ふくよかな膝が揃えられていた。妹は気押されるようにして、物珍らしげに、尼さんの横顔を眺めていた。尼さんは挨拶も何もしなかった。

黙ったままだった。

車は尼さんを運んで行った。そして、田中君達は彼女を標識のそばに立たせた。カメラマンの内田君は、暗い林を背景にして、バスを待ち顔に立っている尼さんを、カメラに収めようとして、腐心した。蹲んで、裾の方から見上げるようにしたり、カメラを突きつけるようにしたりした。尼さんは、身動きもしないで立っていた。集団作業のような仕事からの帰りらしい女の人たちが、ゾロゾロ群をなして帰って来て、カメラは妨げられ勝ちだった。附近に、紀元二千六百年の式典の行われた宮殿が移転されていて、その建物を中心にして公園が出来ているようだから、そこで作業している人たちではないかと思われた。

車はまた尼さんを送って、病院へ還って行った。尼さんは辞退していたが、田中君が勧めて、乗ってもらった。私は度々の往復で、大分疲れが出ていた。本当はそこに降りて待っていたかったけれど、尼さんと一緒だというのに気を引き立てられて、また乗って行った。

「お名前は、何んとおっしゃるんですか。グラフが出来たら、お送りしますよ。」と、田中君が尼さんに言った。

「修道名でいいですか。」

尼さんの声は、はきはきして、明晰だった。この世の人ならぬ思いがしていた私は、そのはっきりした声を聞くと、不思議でならなかった。

「シスタア・アガタ。」尼さんは一声答えて、また沈黙に陥った。

「ええ、いいです。」

車が停ると、尼さんは無言のまま、飛び降りて行った。

車が走り出すと、私は、「あの尼さん、修道名はシスタア・アガタと言ったねえ。俗名は県何子とでも言うんだろうねえ。」と言った。

妹は家に帰ってから、「わたし、あの尼さんが好きになりそうだわ。」と言った。

私達は、桜堤の橋の袂の茶店で、一休みした。それから、一路、帰途に就いた。

沿道は、麦畑。そよぎ立つ木々。

日は好く、人の心は温く、私にとっては、病後第一等の日であった。

（昭和二十八年九月）

編者解説

山本善行

上林暁という作家に出会う

私は、今までの読書生活を振り返って、上林暁という自分にとって特別な作家に出会えたことを、有難いことだと思っている。こういう出会いは出会いたいと思って出会えるものではないだろう。読書の途中で自然な形で自分にぴったりと合った作家に出会えたことに感謝したいのである。

現代教養文庫の『武蔵野』を読んでいたある時、これは凄い文章だと心底思い、古本屋で上林暁の本を探しては読むようになった。生涯読み続けるだろう予感があったが、実際その通りになり、四十年ほども読み続けてきた。その結果、今では、上林のどんな文章を読んでも、海綿が水を吸い込むように、頭の中にすうっと言葉が入ってくる。

もちろん、上林だけを読んできたわけではないが、心の中心にはいつも上林の文学があって、何かがあればいつでも帰って行ける故郷のような場所になっている。全集を三回ぐらい繰り返し読んでいるので、作品も体の中に入っていて、問い掛け話し掛ければ答えて

くれる。だから作品選びも自分で作り上げた上林暁と相談しながらの楽しい作業になる。

私が今までに編集した上林暁の作品集は、発行年順に記すと、『星を撒いた街』（小説集）、『故郷の本箱』（随筆集）、『文と本と旅と』（随筆集）、『孤独先生』（小説集）ということで、今回のこの『命の家』（小説集）が五冊目の刊行となる。そして『命の家』の編集を終えた今、またいくつかのアイデアが思い浮かび、これからさらに上林暁作品集が増えるかもしれない。

一人の作家の作品集をこれだけ多く編集できるとは思わなかった。それは第一に読んで下さった方々のおかげで、現代にも上林の文学を良しとする人たち、必要とする人たちが沢山いるということだろう。忘れ去られていく作家が多い中、「初めて上林の小説を読みましたがこんな凄い作家がいたんですね」、「こんなに素朴な文章は読んだことがなかったです」とかの感想を頂くと、上林の文学が読み継がれているのを実感できて、本当に嬉しく思う。

でも私は、最初から多くの人に上林の文章を読んでほしいという気持ちがあったわけではない。ひとりで例えば『ジョン・クレアの詩集』などを読みながら、「良い小説だなぁ、こんなに読んで落ち着く日本語は滅多にないなぁ」などといわば独り言を言って楽しんでいたのだった。本はいつもひとりで読むもの、またそれが良いところなのだが、感動すれば、その本がどんなに素晴らしいかを人に伝えたくなります。

人に感動を伝えたい気持ちが少し芽生えてきたのは、全一九巻の『上林暁全集』を毎日少しずつ読むようになった頃で、読み終わると自然な感じで印象に残った作品を見返しに書き記していた。今思えば、その頃は上林全集を読むことが生活の中心だったといえる。何度読んでも飽きることなく、その都度何かに気付き驚かされる、日々様々な出来事があり、心悩むことがあっても、夜、家に帰り、上林全集を開けば、たちまちいつもの上林の見つめた世界に包まれる。

この目なんですよね、上林が人を見る目、自然を見る目、病に侵された妻を見る目、この目が一番の魅力かもしれない。何度も私はこの目に救われた。周りにあるのは頼りないものばかりじゃないか、信用できないものばかりじゃないか、と気持ちが下降しがちな時でも、そこから立ち上がるきっかけになったのは、この自分勝手なところもある上林の物を見る目であった。

こうなるともう近くの人に薦めるだけでは物足りなくなった。良い小説を読んだ後などには、もっと多くの人に上林の文章を読んでもらいたいと強く願うようになる。そういう思いが、私が編んだ五冊の選集には詰まっているのだ。

病妻物語は上林暁文学の極み

今まで私が編集した上林暁作品集には、病妻物と言われている小説はあまり選んでこな

かった。『星を撒いた街』に「晩春日記」と「病める魂」を入れただけである。これは、病妻物が作品として他のものより質が落ちると考えてのことではない。実際はその逆で、私は上林の文学の中での最高のものは病妻物の中にあるとずっと思ってきた。でも一作一作、その読後感が重すぎて複雑で、選びにくいのだった。また読み返すのが辛いこともあるのかもしれない。心して読まないといけない。かつて物語の熱量に当てられて気持ちが沈み込むということもあった。

短篇の選集を編む場合、ひとつの小説の読後感は非常に大切で、余韻を残しながら次の作品に入っていくものなので、作品の並び、順番は最も重要なところとなる。また、一冊読み終わった後では、全体として一つのまとまった感情を期待したいし、その感情を予め想像したいものなのだ。

もちろんその感情は読者によって様々なものなのだが、あるひとりの読者を想定して、感情の起伏に気を使いながら組み立てていく。病妻物の小説は、先ほど述べたように、一篇だけでも満たされてしまうので、他の小説と共存しにくいと思ってきた。でも一方で、いつかは病妻物だけで一冊の本を作ることができればという考えもあった。それは、上林が遺書を書くように残した作品たちの中でも、最も苦しみ抜いた病妻物をまとめて読むことができる一冊を編み、世の中に差し出したいという思いからだった。全篇が病妻物なら、バランスも取りやすくなる。

それが今回の『命の家』になり、収録作品のすべてが病妻物という特別な一冊が出来上がった。上林の病妻物と言われる小説は、今回私が選んだ他にも数多くあって、もしこの『命の家』が多数の読者に受け入れられたら、続篇でもう一冊出して病妻物完全版を作りたいというのが今の私の願いである。

上林の妻、繁子が精神の病を発病したのは、昭和一四年のことで、上林三七歳の年、赤塚書房から随筆集『文學開眼』を、竹村書房からは小説集『ちちははの記』を出版した年でもあった。繁子が亡くなったのは昭和二一年だから、八年にわたり入院した妻のことを見つめたことになる。戦争中でもあり、子どもたちは郷里である高知に疎開させ、妹の睦子を呼び寄せ、上林自身は妻のいる東京を離れなかった。繁子は少し良くなって外出したり、家に帰れる日があったりしたが、徐々に弱っていき、とうとう戦後まもなく病院で亡くなった。

私小説作家の全集は絵巻物のようで、長い長い長篇小説を読むようなところがある。『上林曉全集』も全一九巻の内、一三巻まで小説が続くのであるが、まさしく長篇小説の趣で自伝的な要素がちりばめられている。最初は故郷のことや、高校生活を過ごした熊本でのこと、友人との出会い別れなどを書いていた上林だったが、妻の発病後、それも精神の病ということもあり、その筆は苦渋に満ちたものになっていく。

妻の死のあと、生活は徐々に楽になった。それは東京に残ったことで、戦後多くの出版

社が出来て雑誌なども発行され、原稿依頼も多くなって名前も知られるようになった。でも上林は、妻のいない寂しさからか、原稿料で飲み歩くようになる。何度も全集を読んできた私はこのあと上林が脳溢血で倒れることがわかっているので、読みながら心の中で上林に、飲むのも程々にしないともうすぐ倒れるよと言いたくなる。そんな読み方が果たして良いのかどうかはわからないが、私の上林の読み方はそんな風になってしまった。でもいつの日か、作品に書かれてあることだけを考え上林の短篇を読む日がくるといいな、と思うこともある。

そして二度目の脳溢血のあと上林は寝たきりになり、妹の睦子の世話になるのだった。それぞれの時期に書かれた私小説を読むと、やはり妻のことを見つめ書き尽くした一連の作品、病妻物を書くことで上林は自らの作品を高めていったことがわかる。

それはまさしく精神だけでなく経験さえも、書くことで研ぎ澄まされていく様子が文章に表れている。上林は八年間、変わっていく妻を見、妻の言葉を聞き、それを描くことで、自らの心を開き、心の奥深くを探っていったのだ。病妻物を書くことで得た上林の目は、後年寝たきりになり口述筆記で病妻物以外の作品を作るようになっても、充分に輝き独特な光を作品に与えていた。

小山書店版と角川文庫版から中公文庫版『命の家』へ

上林曉の病妻物語を集めた書籍は、今までに二度出版されている。昭和二三年に小山書店『病妻物語』、昭和三〇年には角川文庫『聖ヨハネ病院にて』。

小山書店は、小山久二郎が岩波書店勤務のあと独立して立ち上げた出版社で、今でも太宰治の『津軽』、宇野浩二の『大阪』、田畑修一郎の『出雲・石見』、稲垣足穂の『明石』などが入った「新風土記叢書」や、寺田寅彦の随筆集『柿の種』、内田百閒の『居候匆々』などといった本は、本作りのセンスの良さや内容の素晴らしさもあり古書としても人気がある。またそれらの本を出版したことで、小山書店の評価は現在でも高い。

上林も「あとがき」で、小山書店のようなところから出せて幸せだと書いている。また、いくら傑作が書けるとしても、戦争のなか病妻を抱えていた八年間は決してもう繰り返したくないと書いているのが印象深い。出版するにあたり、原稿を読み返すことが辛く、読み返さずに書店に渡したとも書いていた。

小山書店版の目次は、「林檎汁、明月記、悲歌、命の家、晩春日記、現世図絵、聖ヨハネ病院にて、嬬恋い」、これらは発病から死に至るまでの年代順になっている。

角川文庫版『聖ヨハネ病院にて』には副題として「病妻物語全篇」とあるが、実際はすべてを収めたわけではなかった。上林も「あとがき」で、収録作品は病妻物の主軸をなす

ものだと言い、また病妻物は他にも無数にあると述べている。この「無数」という文字を初めて見たとき、上林の文章では誇張は珍しいので驚いたことを覚えている。

角川文庫版には、外村繁の見事な解説が付いていて、頷くところが数多くある。例えば、「七篇の作品は、いずれも血のにじむような生活の中から打ち立てられた、それぞれのピークであるが、注目すべきことは、年とともに、その頂点の高度が高まっているということである。つまり、この作者は作品を書くことによって、人間として生長し、生きることによって、作家として生長し続けたのである。」

外村繁は、上林と同年（一九〇二年）生まれで、第三高等学校時代に知り合った、梶井基次郎や中谷孝雄と雑誌「青空」を創刊、阿佐ヶ谷に住み、同じ私小説作家ということもあり上林とも交流があった。外村は最初の妻を心臓病で亡くしたということもあり、上林の看病の苦しみや切なさを充分に感じ取っていただろう。また外村の晩年には、再婚した妻も外村自身も癌になり、苦渋に満ちたものであった。こうして書いていると、外村の『落日の光景』や『阿佐ヶ谷日記』を読み返したくなる。外村繁、全六巻の全集も出ているので皆さんにも読んでほしい作家である。

角川文庫の目次は、「明月記、悲歌、命の家、晩春日記、遅桜、聖ヨハネ病院にて、嫣恋い」。

角川文庫版は、小山書店版から「林檎汁」と「現世図絵」を省き、新たに「遅桜」を加

えている。

現在どちらも絶版で、古本屋でも入手し難い本になっている。過去に読んだ人にも、まだ読んだことのない人にも、新たに編集したこの中公文庫版『命の家』を手に取って、上林暁の病妻物をまとめて読んでほしいと思う。

中公文庫版の目次は「林檎汁、夜霊、悲歌、明月記、命の家、風致区、聖ヨハネ病院にて、遅桜、嬬恋い、庭訓、弔い鳥、聖ヨハネ病院再訪」。

こうしてタイトルを並べるだけで私は様々な場面が蘇る。例えば、妻を入院させた様子が「**林檎汁**」にあった。嫌がる妻に眠り薬を注射して一番深い眠りの時に毛布に包《くる》めて病院に運ぶ。子ども三人はまだ幼い。友人が来て「気の毒ですなア、気の毒ですなア」と気遣う。母がいなくなったので一番下の子（三歳）が泣きだす。それがいつまでたっても泣き止まないような泣き方で上林は一番恐れていたことがきたのだと思い、のぼせ上がる。「林檎汁」というタイトルは、最後の場面で、お腹が空いて泣き止まない子に林檎汁を飲ませるところからきている。妻の入院から間をおかず、すぐに書かれた作品だったので上林の筆記も生々しい。

「**夜霊**」では、雨のなか手伝いに来ている上林の妹の着物を庭に放り出したり、その妹の手を三時間も強く握って離さないなど、妻の異常な行動が描かれる。「**悲歌**」では、入院中の妻に送る手紙を書き、自らの寂しい生活を語っている。「**明月記**」では、病院の窓か

ら飛び出し墜落しそうになる妻のことから語り出し、病院を変わりまたそこで闘病生活が始まる。

この中公文庫版の表題作「**命の家**」では、妻が一日だけ帰ってきた日のことが書かれている。「お母ちゃんは、うちのひとだね」と聞く娘、「うん、うちのひとだとも」と答える父親。五年ぶりに病院から帰ってくるのを待っている家族。母親の恐ろしい発作の横で天に向かって泣いていた娘ももう七歳になった。

「**風致区**」では、妻の入院先が転々とするときのやるせなさが淡々と語られる。「**聖ヨハネ病院にて**」では、上林が病院に泊まり込み看病する様子が妻との会話でより鮮明に描写される。病院でのことも印象深く書かれていて、病妻物の代表作と言われるのも良くわかる。「**遅桜**」では、義父（妻の父）を妻のいる病院へ案内する。この時の義父を見事に描いている。義父を見る上林の目、その感覚が研ぎ澄まされている。これも上林しか書けない短篇ではないか。「**嬬恋い**」では、妻が病院で亡くなったときのことが切々と淡々と書き記される。「**庭訓**」では、母のことについて子どもたちに手紙を書き、「**弔い鳥**」では、妻の遺骨を故郷に持ち帰る。「**聖ヨハネ病院再訪**」では、八年ぶりに訪れたときのことを書いている。上林は一度目の脳溢血の養生中で、用心しながらの再訪となったが、当時を思い出す上林の記憶はしっかりとして確かだ。

ひとつひとつの作品を上林はどのように描いたのかをじっくり味わってもらいたい。き

っと素晴らしい表現に驚き、本を横に置いて、しばらく余韻を味わう、そんな時間を持っていただけるのではないか。

上林暁は、自分に向かってきた悲惨な出来事を、闘いはしないがそこから逃げないで、その正体を見つめ、できるだけ正直に書こうとした。このことが読むものにとって、大きな救いになっている。

本書は中公文庫オリジナルです。

底本は『増補決定版　上林曉全集』全十九巻（二〇〇一年、筑摩書房刊）によりました。

初出および全集の収録巻数は左記の通りです。

林檎汁　「新風土」昭和十四年十月号　全集③

夜　霊　「世界文化」昭和二十一年八月号　全集⑥

悲　歌　「新潮」昭和十六年二月号発表の「悲歌」、「知性」昭和十六年五月号発表の「筐底原稿」を一篇に改作。　全集③

明月記　「文藝」昭和十七年十一月号、原題「名月」。　全集④

命の家　「新潮」昭和十九年五月号　全集④

風致区　「新文藝」昭和二十一年一月号　全集⑤

聖ヨハネ病院にて　「人間」昭和二十一年五月号　全集⑤

遅　桜　「座右寶」昭和二十一年五月号　全集⑤

嬬恋い　「展望」昭和二十一年九月号　全集⑥

庭　訓　発表誌不詳、昭和二十二年一月作　全集⑥

弔い鳥　「文明」昭和二十三年二月号　全集⑦

聖ヨハネ病院再訪　「小説公園」昭和二十八年九月号　全集⑩

底本の正字は新字に、旧かなは新かなに改め、適宜ルビを追加しました。また、明らかに誤植と思われる箇所は訂正しました。

本文中に、今日の人権意識に照らして不適切な語句や表現が見られますが、執筆当時の社会的・時代的背景と作品の文化的価値、著者が故人であることを考慮して、そのままとしました。

中公文庫

命《いのち》の家《いえ》
——上林《かんばやし》 暁《あかつき》 病妻小説集《びょうさいしょうせつしゅう》

2023年10月25日　初版発行

著　者　上《かん》林《ばやし》　暁《あかつき》
編　者　山《やま》本《もと》　善《よし》行《ゆき》
発行者　安部順一
発行所　中央公論新社
〒100-8152　東京都千代田区大手町1-7-1
電話　販売 03-5299-1730　編集 03-5299-1890
URL https://www.chuko.co.jp/

DTP　嵐下英治
印　刷　三晃印刷
製　本　小泉製本

Published by CHUOKORON-SHINSHA, INC.
Printed in Japan　ISBN978-4-12-207429-3 C1193

各書目の下段の数字はＩＳＢＮコードです。978-4-12が省略してあります。

中公文庫既刊より

か-95-1
文と本と旅と 上林暁精選随筆集
上林暁／山本善行 編
文章、本（古本）、旅、酒、そして人……。私小説作家上林暁が愛した題材から、全生涯にわたる名文を精選。その魅力が詰まった珠玉の一冊。文庫オリジナル。
207228-2

い-38-6
広島風土記
井伏鱒二
広島生まれの著者による郷里とその周辺にまつわる回想や紀行文十七編、小説「因ノ島」「かきつばた」、半生記などを収める。文庫オリジナル。〈解説〉小山田浩子
207375-3

う-37-2
ボロ家の春秋
梅崎春生
直木賞受賞の表題作と「黒い花」をはじめ候補作全四篇に、小説をめぐる随筆を併録した文庫オリジナル作品集。〈巻末エッセイ〉野呂邦暢〈解説〉荻原魚雷
207075-2

え-1-9
あの世の妻へのラブレター
永六輔
昌子さん、今でもあなたの声が聞こえます……。最愛の妻をがんで亡くし三年、著者の心に去来するものは。介護に関連する対談や座談も収録。
205039-6

お-33-3
新編 **閑な老人**
尾崎一雄／荻原魚雷 編
生死の境を彷徨い「生存五ケ年計画」を経てたどり着いた境地。「暢気眼鏡」の作家が、脱力しつつ前向きな日常を味わい深く綴る。文庫オリジナル。
207177-3

し-10-6
妻への祈り 島尾敏雄作品集
島尾敏雄／梯久美子 編
加計呂麻島での運命の出会いから、二人はどのようにして『死の棘』に至ったのか。島尾敏雄の諸作品から妻ミホの姿を浮かび上がらせる、文庫オリジナル編集。
206303-7

し-11-2
海辺の生と死
島尾ミホ
記憶の奥に刻まれた奄美の暮らしや風物、幼時の思い出、特攻隊長として島にやって来た夫島尾敏雄との出会いなどを、ひたむきな眼差しで心のままに綴る。
205816-3